Bettina Belitz

Amuria

Der Himmel unter der Erde

Bettina Belitz

AMURIA

Der Himmel unter der Erde

EDEL KIDS BOOKS

Inhalt

Mondscheinkind

»An der Westküste sind gestern früh wieder zwölf Wale gestrandet und verendet. Warum immer zwölf?«, fragte Mama besorgt.

»Ja. Passt zu den Delfinen bei Wellington. Auch zwölf«, antwortete Papa und klickte ein paarmal mit der Maus. »Zur gleichen Zeit haben wir neue seismische Aktivitäten gemessen, obwohl der Berg schläft. Ich sag dir, da gibt es einen Zusammenhang. Es muss einen geben – wenn ich nur wüsste, welchen!«

»Und wenn ich nur wüsste, warum es jedes Mal zwölf sind …«, murmelte Mama.

Noch immer hatten sie nicht bemerkt, dass ich hinter ihnen stand. Es musste schon ein Tornado durchs Zelt fahren, damit sie mal ihre Arbeit vergaßen. Denn sie lebten für ihre Arbeit.

Seit ich denken konnte, versuchten meine Eltern, die Welt zu retten. Für sie sah das allerdings so aus, dass sie stundenlang über ihren Laptops brüteten, Kurven und

Diagramme betrachteten, die sich kaum veränderten, oder aufwendige Messungen vornahmen – und zwar rund um den Globus. Ich war erst dreizehn und hatte schon in Südamerika, auf Island, in Mexiko und auf den Kanarischen Inseln gelebt, doch nun waren wir endlich wieder an dem Ort gelandet, den ich am meisten liebte: Neuseeland. Genauer: Mount Taranaki auf Neuseelands Nordinsel. Meine Eltern waren verrückt nach Vulkanen, auch wenn sie am Fuß eines Vulkans kaum etwas anderes machten, als ihre Messstationen und Laptops aufzubauen, und sich manchmal den ganzen Tag kaum vom Fleck bewegten.

Ich war da anders. Anstatt die Natur über den Computer auszuwerten, befand ich mich lieber mittendrin, ganz besonders in dem märchenhaften Regenwald am untersten grünen Gürtel des Mount Taranaki.

Goblin Forest nannten die Einheimischen ihn, den Kobold-Wald. So sah er auch aus – und noch wollte ich nicht akzeptieren, was meine Eltern und ihre Kollegen glaubten, herausgefunden zu haben. Dass dieser dichte, sumpfige Wald zu sterben begann und mit ihm die süßen Kiwivögel, die Papa und ich früher zusammen behutsam aus ihren Erdhöhlen gezogen hatten, damit ich sie in meinen Armen hielt und er ihnen Fußbänder mit Sendern anlegen, sie wiegen und vermessen konnte. Nie hatte ich ihre sanften schwarzen Kugelaugen vergessen können und erst recht nicht, wie weich sie sich anfühlten, wenn sie wieder schläfrig wurden und sich schwer in meine

Hand schmiegten, um weiterzudösen. Kiwis waren nur nachts richtig munter, bei Helligkeit versteckten sie sich und schliefen. Doch das würde mich nicht abhalten, auch tagsüber nach ihnen zu suchen.

Wir waren schon drei Tage im Camp, und ich hatte es bisher nicht eine Minute verlassen dürfen. Meine Eltern konnten nicht erwarten, dass ich noch länger bei ihnen herumsaß und ihnen dabei zuschaute, wie sie irgendwelche komplizierten Analysen auswerteten. Das war todsterbenslangweilig. Gestern Abend hatte ich sie endlich breitschlagen können, mir die Erlaubnis zu geben, dass ich heute Mittag allein durch den Wald streifen durfte. Schließlich kannte ich mich hier aus.

»Hey, ihr zwei.« Es dauerte ein paar Sekunden, bis meine Eltern ihre Blicke von den Bildschirmen lösten und sich fragend zu mir herumdrehten. »Ich zieh dann mal los. Okay?«

Mama und Papa seufzten beide auf und warfen sich einen kurzen Blick zu. Dann zwang Mama sich zu einem Lächeln.

»In Ordnung, Maja, aber denk daran, was wir gestern Abend besprochen haben. Du bleibst auf den beschilderten Wegen. Kein Schritt abseits der Pfade!«

»Ja, und sobald Nebel aufzieht, bleibst du stehen und wartest, bis er sich legt«, redete Papa weiter, über dessen Augen sich dicke Kummerfalten gebildet hatten. Er machte sich schon jetzt Sorgen, ich sah es genau.

»Ich weiß nicht…«, wandte ich achselzuckend ein. »Hier ist dauernd Nebel. Könnte sein, dass ich dann stundenlang im Wald rumstehe.«

»Da ist was dran.« Mama legte Papa beruhigend die Hand auf den braun gebrannten Unterarm. »Wir haben den Berg seit drei Tagen nicht gesehen. Trotzdem, bei dichtem Nebel hältst du dich an Papas Rat, ja? Das Klima hat sich eben verändert… Wir können sie deshalb aber nicht zwingen, immerzu hierzubleiben«, schloss sie in Papas Richtung, weil der schon wieder aus tiefstem Herzen aufseufzte, als hätte ich gar keine andere Chance, als mich im Nebel zu verirren.

»Wir könnten schon, wenn wir das wollten…«, grummelte Papa und verzog sein stoppelbärtiges Gesicht. »Aber wir wollen ja nicht.«

»Nein, wir wollen nicht«, bestätigte Mama sanft, doch auch sie wirkte angespannt. »Wir können Maja nicht im Camp einsperren.«

»Hallo, ich bin noch da!« Feixend winkte ich ihnen zu. »Ihr könnt mit mir direkt reden. Ich werde schon nicht verloren gehen im Wald.«

»Wäre ja nichts Neues.« Papa nahm einen Schluck aus seiner Wasserflasche und blickte mich ernst an. »Du erinnerst dich, was passiert ist, als wir das letzte Mal am Taranaki waren?«

»Klar«, erwiderte ich betont locker und schulterte meinen Rucksack. »Und eigentlich war es gar nichts.«

»Gar nichts?« Die Plastikflasche knackte in Papas Hand, weil er sie versehentlich zu fest drückte. »Du warst zwei Tage lang wie vom Erdboden verschwunden, und wir haben dich überall gesucht! Und zwar genau in diesem Wald!«

»Schatz, bitte...« Erneut strich Mama über seinen Unterarm, und er unterdrückte ein angestrengtes Schnaufen. »Maja ist jetzt dreizehn, keine vier mehr. Und sie hat ein Handy dabei.«

»Ja, und außerdem ist nichts Schlimmes passiert. Ich hatte nicht einmal eine Verletzung! Nur ein paar Kratzer, mehr nicht.« Und dazu Erinnerungen, an die ich heute selbst nicht mehr zu glauben wagte. Weil sie zu fantastisch waren, zu paradiesisch, zu... zu schön für einen Sturz in ein schlammiges Erdloch.

»Überlebensmaßnahme des Gehirns«, hatte der Kinderpsychologe gesagt, zu dem meine Eltern mich zwei Jahre später geschleppt hatten, weil ich immer wieder von diesen Erlebnissen erzählt hatte. Es habe sich Sachen ausgedacht und für wahr gehalten, die nicht da gewesen seien, aber für tröstende Gefühle gesorgt hätten, solange ich in Gefahr gewesen sei. Trotz meiner sechs Jahre hatte ich verstanden, was er damit gemeint hatte – und irgendwann glaubte ich selbst nicht mehr daran. Ja, ich musste mir das alles eingebildet haben, diese lichtdurchflutete Welt mit ihren seltsamen flimmernden Bewohnern, den zahmen Fabelwesen und Wasserfällen, die aussahen, als würden sie aus Regenbogenkristallen bestehen. So etwas gab es in Wirklichkeit nicht.

Trotzdem war es mir jedes Mal unangenehm, wenn Mama und Papa mich an dieses Kapitel meiner Kindheit erinnerten. Als hätte ich mich nicht im Wald verirrt, sondern meinen Verstand verloren.

»Dir ist nichts passiert, aber wir sind fast Amok gelaufen vor Sorge«, knurrte Papa. »Ein zweites Mal halte ich das nicht aus. Aber gut, Katja hat recht, du bist nun älter und… vernünftiger…« Er verkniff sich ein Lachen. Besonders vernünftig war ich wirklich nicht. Zu gerne verließ ich befestigte Wege, näherte mich wilden Tieren, kletterte auf steilen Felsen herum, spielte mit Feuerquallen oder kämpfte mit Riesenwellen. Aber ich war eben auch ziemlich gut in diesen Dingen. »Halte dich einfach an das, was wir ausgemacht haben. Nur bis zur nächsten Hütte, dann umkehren. Keine Experimente.«

»In Ordnung, keine Experimente«, versprach ich artig. Fürs Erste genügte es mir, endlich wieder im Goblin Forest zu sein. Alles Weitere würde sich schon ergeben. In Neuseeland warteten immer irgendwelche Abenteuer, auch auf den befestigten Wegen.

»Und denk daran, Maja, die Natur hier hat sich in den vergangenen Jahren verändert. Leider.« Mamas Lächeln schwand. »Der Wald bekommt wegen dem ständigen Dunst und Nebel zu wenig Sonne ab, viele Pflanzen wachsen nicht mehr so prächtig, und die Kiwis... die Kiwis sind ausgestorben.«

»Glaube ich nicht«, widersprach ich stur. »Die verstecken sich nur.«

Erneut warfen Mama und Papa sich einen vielsagenden Blick zu, doch anstatt mir weitere Warnungen mit auf den Weg zu geben, stand Papa auf, trat auf mich zu und umfasste mein Gesicht, um mich wie so oft auf mein Feuermal zu küssen. Es prangte über meinen Brauen, exakt in ihrer Mitte, und hatte die Form einer Mondsichel in einem Vollmond. Also quasi zwei Monde in einem.

»Dann pass gut auf dich auf, Mondscheinkind. Bis heute Abend.«

»Ja, bis heute Abend.« Auch Mama stand auf, um mich in den Arm zu nehmen.

Sie benahmen sich, als würde ich zu einer Weltreise aufbrechen. Dabei wollte ich nur eine halbtägige Wanderung machen, deren Strecke ich früher fast jeden Tag mit Papa gelaufen war. Ich war mir sicher, dass ich sie noch in- und auswendig kannte.

»Ruf an, wenn was ist. Ach, und Maja...« Mama schaute mir forschend in die Augen. »Wir werden ein wenig länger bleiben als sonst. Vielleicht findest du in der Schule ein oder zwei Mädchen, mit denen du in Zukunft...«

»Länger ist nicht für immer«, unterbrach ich sie leise. »Das lohnt nicht. Bin dann weg, viel Spaß mit euren langweiligen Diagrammen!«

Ehe Mama etwas einwenden konnte, schlüpfte ich durch den Zelteingang nach draußen in die frische Kühle und marschierte dem Wald entgegen. Ich wusste genau, was Mama mir hatte sagen wollen – dass ich mir Freunde suchen sollte, mit denen ich zusammen durch die Natur streifen konnte. Oder vielleicht mal ganz andere Dinge tun, als immer nur Gefahren zu suchen.

Aber ich wollte keine anderen Dinge tun. Ich war gerne draußen und fühlte mich dort niemals allein. Vor allem aber wollte ich keine Freundschaften mehr knüpfen, die ich nach einiger Zeit doch wieder aufgeben musste, weil woanders auf der Welt Tiere ausstarben und sich Erdkrusten verschoben. Das hatte keinen Sinn – und es tat weh. Davon hatte ich die Nase voll. In meinem Leben waren nicht die Tiere und Pflanzen vom Aussterben bedroht, sondern die Freunde. Also war es besser, gar nicht erst welche zu haben.

Sobald ich das Camp hinter mir gelassen hatte, beschleunigte ich meine Schritte, denn ich konnte es kaum erwarten, dass sich das dunkelgrüne Dach des Goblin Forest über mir schloss und ich mir vorkam wie der einzige Mensch weit und breit. Zwar gehörten die ausgeschilderten, durch Holzplanken befestigten Wege zu den beliebten Touristenpfaden, doch bei dem feuchten, dunstigen Wetter, das im Moment herrschte, verirrten sich nur wenige von ihnen hierher.

Schon nach den ersten Metern musste ich mir meine

Kapuzenjacke überziehen, weil es aus den Ästen und Zweigen kalt auf mich heruntertropfte, ein ständiges Klack-klack-klack, und es dauerte eine Weile, bis ich begriff, warum es mir so merkwürdig fremd und unheimlich vorkam: Die Vogelstimmen fehlten. Kein einziger Vogel zwitscherte oder rief – ganz anders als früher, wo Papa und ich manchmal kaum unsere Schritte gehört hatten vor lauter Gesang aus den Wipfeln über uns. Bis auf das ständige Tropfen der Nässe aus den Bäumen war es totenstill.

Entschlossen lief ich weiter. Vielleicht war ich noch nicht weit genug in den Wald vorgedrungen, und die Vögel hatten sich in seine Mitte zurückgezogen. Doch nun fiel mir auf, dass er sich tatsächlich verändert hatte, ich konnte es nicht mehr ignorieren.

Die Farne wirkten blass, manchen von ihnen schien sämtliche Lebenskraft ausgegangen zu sein, ihre langen Wedel lagen flach auf dem sumpfigen Boden. Einige Bäume verloren ihr Laub, sahen kahl und tot aus, und andere wuchsen krumm um sich selbst herum, oder ihre Stämme waren übersät von Wucherungen, die aussahen wie Geschwüre. Sie erinnerten mich an giftige Pilze und sendeten einen dumpfen, modrigen Geruch aus.

Überhaupt müffelte der Wald. Früher hatte mich sein Duft immer an eines der Kräutershampoos erinnert, die Oma benutzt hatte. Nun aber hatte ich das Gefühl, mich durch Schwefeldämpfe zu bewegen, ja, an manchen

Stellen trieb der Gestank nach faulen Eiern mir fast die Tränen in die Augen.

Mama und Papa hatten recht – hier stimmte etwas nicht. Das war nicht der Goblin Forest, wie ich ihn kennengelernt hatte, und nun fürchtete ich auch, dass es wahr war, was sie vermuteten. Kiwis gab es hier keine mehr. Wäre ich ein Kiwi, hätte ich mich hier auch nicht wohlgefühlt. Aber wenn sie ausgestorben waren, was hatte sie vernichtet? Und gab es tatsächlich einen Zusammenhang mit den Delfinen und Walen, die dauernd an der Küste strandeten?

Noch immer hoffte ich, nach der nächsten Wegbiegung würde ich in meinen alten, geliebten Zauberwald eintauchen. Als die Farne wieder dichter und kraftvoller wuchsen und ich ein paar zarte Vogelstimmen hörte, ganz in der Ferne, wurde ich schneller und fand mich ein paar Schritte weiter mitten in einer undurchdringlichen Nebelbank wieder, ohne dass ich sie hatte kommen sehen.

»Wow, Wahnsinn«, flüsterte ich fasziniert, denn es war ganz so, wie man es immer sagte: Ich sah kaum die eigene Hand vor meinen Augen. Der gesamte Wald schien verschwunden zu sein. Nur noch an dem ständigen Klack-klack-klack der fallenden Wassertropfen konnte ich erkennen, dass sich Bäume um mich herum befanden.

Und jetzt? Stehen bleiben, wie Papa es verlangt hatte, und warten, bis der Nebel weitergewandert war und ich wieder mehr sehen konnte?

Nein, das war mir zu langweilig und nützte nichts, wenn der Nebel sich an dieser Stelle festsetzte. Umkehren wollte ich aber auch nicht. Links von mir sah es aus, als versuchte Licht, durch den Dunst zu dringen, er wirkte dort nicht ganz so dicht und grau. Also doch die Holzplanken für eine kurze Wegstrecke verlassen? Bis ich wieder etwas sehen konnte? Und mal ehrlich, hatte ich nur eine Sekunde ernsthaft daran gedacht, immer auf den Planken zu bleiben?

»Nein«, wisperte ich und machte einen großen Schritt zur Seite, nur um erneut zu erstarren, denn ich fühlte etwas, was ich in diesem Wald noch nie gefühlt hatte, ach, ich hatte es auch an anderen Orten noch nicht gefühlt: Angst. Innerhalb einer Sekunde hatte sie sich in meinem Bauch festgefressen und wanderte von dort in meine Arme und meine Beine bis hinunter zu meinen Füßen. Der linke sank bereits in den morastigen Untergrund ein.

Ja, ich hatte Angst. Das war neu. Erstaunt lauschte ich in den grauen Dunst hinein. Ich konnte mein eigenes Herz pochen hören. Es hatte bisher keine einzige Situation gegeben, in der ich in der Wildnis um mein Leben gefürchtet hatte. Doch genau so fühlte es sich an. Als ob ich sterben würde, wenn ich noch einen Schritt weiter machte.

Das konnte nicht sein. Dieser Wald war kein Sumpf. Ich hatte mich damals mit Papa oft abseits der festen

Wege bewegt, sonst hätten wir die Kiwis niemals gefunden. Wir hatten auch nasse Füße bekommen, aber das war normal im Goblin Forest. Genau deshalb waren ja die Holzstege montiert worden. Aber weiter als bis zu den Knöcheln waren wir nie in den Boden eingesunken.

War ich vielleicht genau an der Stelle, an der ich damals… verschwunden war? Meine Eltern hatten das Camp Hals über Kopf abgebrochen, nachdem sie mich wiedergefunden hatten, und waren zurück nach Europa geflogen, um sich von ihrem Schrecken zu erholen. Ein halbes Jahr lang hatte Papa an einer Universität Vorträge gehalten und Mama nach neuen Projekten gesucht, bis beide einen Rappel bekommen hatten und wir in die mexikanische Dschungelwelt abgereist waren. Ich war seitdem nicht mehr in diesem Wald gewesen.

Erinnerte sich etwas in mir an meinen… Sturz? Angeblich war ich gefallen und hatte zwei Tage in einer Erdhöhle verbracht, bevor ich die Kraft gefunden hatte, herauszukrabbeln und zurück auf den Pfad zu gehen. Wo meine Eltern mich endlich gefunden hatten.

Bang schaute ich an mir herunter. Ich fühlte, dass mein linkes Bein schon bis zum Knöchel in kaltem Schlamm steckte, aber sehen konnte ich es nicht. Ab der Taille abwärts verschwand mein Körper im Dunst und dieser ungewohnte Anblick machte mich auf einmal so schwindelig, dass ich das Gleichgewicht verlor.

Mir blieb nichts anderes übrig, als auch meinen rechten Fuß von den Holzplanken zu lösen, um nicht in den Matsch zu fallen, und musste drei weitere Schritte vom Steg weg machen, um mich zu fangen. Doch der Nebel hier war nicht weniger dicht. Er hatte nur eine andere Farbe. Irgendwie gelblich … beinahe künstlich. Und er roch – süß? Nach Blüten? Jedenfalls stank er nicht nach faulen Eiern. Er sah giftig aus, doch meine Nase fand ihn so köstlich, dass ich weiter in diese gelbe Wolke hineinstapfte, und mit jedem Meter, den ich zurücklegte, wurde meine Angst kleiner, bis ich sie kaum mehr spürte.

Der gelbe Dunst fühlte sich vertraut an. Warm war er auch und verlockend … Schon streifte ich mir meine Jacke vom Körper und ließ sie achtlos fallen, um meine Arme durch seine glitzernden Schleier zu ziehen und an ihnen zu riechen, als unter mir der Boden bebte und ich erschrocken die Augen aufriss. Vor mir stand jemand. Ja, da war jemand gewesen, ich hatte es genau gesehen, für einen winzigen Moment nur, aber da war eine Gestalt gewesen, nicht viel größer als ich, und es hatte fast so gewirkt, als ließe sie den gelben Dunst entstehen. Er kam aus ihren Händen! Spielte mir da etwa jemand einen Streich?

»Hallo?«, rief ich in den Nebel hinein, doch er verschluckte meine Stimme sofort. »Hallo, wer ist denn da? Hey, zeig dich, das ist nicht witzig …«

Keine Reaktion. Stattdessen wurde der Geruch so süß und betörend, dass mir zum zweiten Mal schwindelig wurde. Gut, dann musste ich mich eben wieder bewegen, das hatte vorhin schließlich auch geholfen.

Mit ausgestreckten Armen zog ich meine Füße aus dem schmatzenden Schlamm und stapfte auf den Punkt zu, wo ich die Gestalt gesehen hatte. Weit konnte sie ja nicht gekommen sein. Da! Da war sie wieder, etwas weiter links, und wieder strömten goldgelbe Schlieren aus ihren Händen und aus ihren … ihren Füßen? Scheiße, was war das denn? Ein Junge, der Nebel aus seinen Händen und Füßen schickte und mich dabei ansah, als ob … als ob ich ein Ungeheuer wäre, dabei … dabei war ich doch diejenige, die …

Ich hörte mich aufschreien, als befände ich mich weit, weit weg – viel zu leise, gedämpft und zart, obwohl ich spüren konnte, wie meine Lungen sich dabei blähten, denn ich brüllte um mein Leben. Unter mir war kein Grund mehr. Der Boden brach ein, als hätte ich auf dünnem Geäst gestanden und würde Tonnen wiegen, und ich wurde im Fallen so schnell im Kreis gewirbelt, dass es in meinen Ohren zu rauschen begann. Sterne tanzten vor meinen Augen, und mein Magen schlug Purzelbäume.

Mein Hilfeschrei blieb oberhalb der Erde und verhallte so schnell, wie ich nach unten gezogen wurde. Niemand hörte ihn. Da war nur noch das ewige Klack-klack-klack der fallenden Wassertropfen. Wieder war es, als hätte der Erdboden mich verschluckt, und meine Eltern würden mich vergeblich suchen und ihren Albtraum ein zweites Mal durchleben müssen.

Stumm, ohne jeden Klang, wurde ich hinab in die Tiefe geschleudert, und noch bevor ich das Bewusstsein verlor, wusste ich: Es war echt gewesen.

Mein Verstand hatte sich nichts ausgemalt, meine Erinnerungen waren keine kindlichen Fantasiebilder gewesen, die mich hatten schützen sollen, während ich mich fern meiner Eltern in dieser magischen, unbegreiflichen Welt bewegt hatte.

Ich hatte das alles wahrhaftig erlebt.

Und nun kehrte ich zurück.

Schlammschlacht

Nein. Nein, das war nicht die Welt, in der ich als Kind zwei lichterfüllte Tage verbracht hatte. Der Sturz hatte sich ganz ähnlich angefühlt wie damals, und zum ersten Mal hatte ich mich bewusst daran erinnern können. Ich war nach einem Fehltritt abseits des Hauptpfads gestürzt, Kilometer abwärts, und dabei in schwindelerregender Geschwindigkeit um mich selbst gewirbelt worden.

Doch ich war in einem Paradies gelandet, nicht in einem Dreckloch. Dieser Schmodder, in dem ich nun keuchend darum kämpfte, Luft zu bekommen und mich irgendwo festhalten zu können, war jedoch ein einziges widerliches, stinkendes Dreckloch.

Vor allem aber hatte in der Paradieswelt niemand versucht, mich umzubringen. Was jetzt zweifellos geschah – und mein Möchtegernmörder war kein anderer als der seltsame Nebelheini von eben.

»Hör endlich auf mit dem Mist!«, brüllte ich ihn Schlamm spuckend an, als er zum dritten Mal meine

Hände von den feuchten Holzplanken über mir schob, sobald ich sie umklammert hatte. Er musste mich dafür nur sanft mit seinen nackten Zehen anstupsen, und sofort verließ mich meine Kraft. Ein ganz mieser Zauber war das – oder ich durch meinen Sturz so schwach, dass er mich zerdrücken konnte wie eine lebensmüde Fliege, wenn er wollte.

Strampelnd hielt ich mich oberhalb der braunen, modrigen Brühe, in der ich gelandet war, und holte erneut tief Luft, um meine Arme aus dem Schlick zu ziehen und nach den Planken zu greifen. Denn wenn ich mich nicht bald auf den Steg wuchtete, würde ich von diesem Sumpf verschlungen werden, und zwar bei lebendigem Leibe.

Dieses Mal hatte ich mit den Füßen des Jungen gerechnet, der stumm über mir stand und nur darauf wartete, dass ich mich zu retten versuchte, und war schneller als er. Ich packte seinen linken Knöchel, um mich daran hochzuziehen und ihm gleichzeitig einen kräftigen Biss zu verpassen, doch meine Zähne schlugen ins Leere und erwischten dabei nur ein Stück meiner Zunge. Es tat so weh, dass ich wütend aufquietschte.

»Hilf mir, verdammt! Ich ertrinke sonst, siehst du das nicht …«, brachte ich noch mühsam hervor, ehe meine Hände wieder abrutschten und ich in diesem fiesen Moder, der mich umgab, nach unten sank.

Ich war eine echt gute Schwimmerin, doch hier nützte mir das überhaupt nichts. Es war, als ob jede Bewegung, die ich machte, mich verspottete, sie zog nur Energie aus mir, ohne dass ich mir mit meinen Schwimmstößen helfen konnte. Trotzdem ruderte ich wie ein Hündchen mit Armen und Beinen, in der Hoffnung, ich könnte mich dadurch mit dem Kopf über Wasser halten. Dabei streckte ich immer wieder einen meiner Füße nach unten und versuchte, etwas Festes zu finden, an dem ich mich abstoßen konnte. Vergeblich. Unter mir befand sich das pure schwarze Nichts.

Okay, dann war es das wohl, dachte ich und presste panisch meine Lippen zusammen, um ja nichts von dieser ekligen Matschbrühe zu schlucken, was jedoch bald passieren würde, wenn mich nicht irgendetwas oder irgendwer rettete. Dieses Mal ging ich nicht nur im Goblin Forest verloren, ich starb auch darin. Vermutlich unauffindbar, denn der Sumpf fraß mich auf, als wäre er ein gieriges Monster, dessen Lieblingsspeise aus rothaarigen Mädchen bestand. Und endlich hatte er wieder eines gefunden. Er schmatzte sogar dabei, ich hörte es, während ich weiter nach unten gesogen wurde, und das machte mich so zornig, dass ich mich ein letztes Mal aufbäumte und wie ein Delfin durch den Morast pflügte. Im gleichen Moment griff etwas – oder jemand? – nach meinen Haaren, zerrte mich unsanft aus dem Schlick und wuchtete mich hinauf auf die feuchten Holzplanken.

Sieh einer an, dachte ich grimmig, als ich zwei nackte Füße vor mir erkannte. Der Nebelheini hatte also doch einen Rest Anstand im Leib, auch wenn er mir bei seinem halbherzigen Rettungsversuch wehgetan hatte. Hustend und würgend hieb ich meine Faust gegen seine Wade, was sich anfühlte, als hätte ich einen Wackelpudding geschlagen, und strich mir mit triefenden Händen die verschlammten Haare aus dem Gesicht, um ihn ansehen zu können.

Sofort wurde mir derart kalt, dass ich zu schlottern begann. Sein Blick … und diese Augen! Sie leuchteten so hell, dass ich mich geblendet fühlte und versucht war, wieder wegzuschauen, doch das allein war es nicht, was mich frösteln ließ. Es war der Ausdruck in ihnen, verächtlich, voller Abscheu und Hass und … Angst?

Reglos stand der Junge neben mir auf dem Steg und schaute auf mich herunter, als wäre ich die Ausgeburt der Hölle und müsste sofort wieder hinab in den Moder gestoßen werden. Erst als meine Stirn unangenehm zu prickeln begann, begriff ich, weshalb er nicht aufhörte, mich anzustarren.

»Jetzt glotz nicht so blöd, das ist ein Feuermal. Hab ich seit meiner Geburt. Das hat nichts zu bedeuten, ist nur eine Anomalie«, leierte ich genervt herunter, was ich in den vergangenen Jahren unzähligen neuen Mitschülern hatte erklären müssen. »Ich bin weder eine Hexe noch dämonisch, da spielen nur ein paar Pigmente verrückt … Sag mal, verstehst du mich eigentlich? Hallo?«

Noch immer klebte sein Blick an meiner Stirn, und

seine Augen begannen dabei so intensiv zu leuchten, dass ich meine Wimpern senken musste, weil ich das Gefühl hatte, jeden Moment blind zu werden, wenn ich länger hineinsah.

Doch schon in der nächsten Sekunde streiften meine Blicke sie wieder. Ich konnte nicht anders. Blaugrün waren sie, wie ein Bergsee von oben, nur gleißender und glitzernder.

»Bist auch nicht gerade ein Hingucker, wenn ich ehrlich bin«, setzte ich hinterher, weil er immer noch schwieg.

Ach, ich war nicht ehrlich, ich log wie gedruckt. Dieser Typ hatte zwar versucht, mich zu killen, aber er war der Hingucker schlechthin mit seinen Bergsee-Augen, seiner klaren bräunlichen Haut und den halblangen dunklen Haaren, die durch ein dunkelgrünes Band aus der Stirn gehalten wurden. Man musste ihn anschauen, denn alles an ihm schien zu strahlen, von innen heraus, und auch das erinnerte mich ... an damals? Aber warum standen wir dann auf einem feuchten Steg mitten in einem Sumpf? Den Sturz mochte ich mir ja eingebildet haben, und ich war vielleicht auch kurz ohnmächtig gewesen. Außerdem war ich beinahe gestorben, da durfte man ein bisschen durcheinander sein, fand ich. Trotzdem passte hier nichts zusammen. Diese Landschaft kannte ich nicht. Weder aus der Realität noch aus den Erinnerungen von damals. Die ja angeblich alle Einbildung gewesen waren.

Tja, das hier war leider echt. Ich war klatschnass und

voller Schlamm, meine Zunge blutete, und meine Hände waren übersät von beißenden Schürfwunden – und allmählich verlor ich die Geduld. Hübsch war mein Mörder/Retter ja, aber ätzend schweigsam.

»Wo sind wir?«, fragte ich ihn betont langsam auf Englisch und übersetzte meine Frage anschließend in sämtliche anderen Sprachen, die ich gelernt hatte.

Keine Regung in seinem Gesicht zeigte, ob er mich verstand oder auch nur hören konnte, und statt zu antworten, hob er nur seine feingliedrigen, aber kräftigen Hände und ließ erneut gelb glitzernden (und äußerst wohlriechenden) Nebel aus ihnen strömen, bis ich ihn nicht mehr sehen konnte. Und mich selbst auch nicht.

»Okay, besten Dank, das ist also alles, was du draufhast. Blödmann. Mist, das kann doch nicht sein …«, stöhnte ich und verbarg mein Gesicht in meinen schlammverkrusteten Händen.

Ich hatte schon vieles erlebt. Manches davon war wirklich wunderlich gewesen. Wie der Schamane in Mexiko, den wir nicht fotografieren durften, weil er glaubte, dann auf der Stelle zu sterben, und der den ganzen lieben langen Tag zwischen zwei Pyramiden saß, ununterbrochen rauchte und mit den Geistern sprach (was er sehr ausführlich getan hatte). Auch die Nordlichter hatten auf mich oft wie Zauberei gewirkt, und auf Island nicht an Elfen zu glauben, war kaum möglich.

Aber dieser Typ ließ goldgelben Glitzerrauch aus seinen Fingern strömen und hatte Augen, die aussahen, als würden sie von innen heraus angestrahlt werden. Sie fingen das Licht nicht ein, sondern sendeten es aus. Was schlichtweg nicht sein konnte, denn in jedem Schädel war es dunkel. Wenn ich Mathe lernen musste, herrschte in meinem eigenen sogar finsterste Nacht, ohne jede Aussicht auf Sonnenschein. Das mit dem Nebel konnte ja noch ein blöder Trick sein, aber seine Augen ... Ja, seine Augen erinnerten mich vage an damals, auch wenn dieser Sumpf der Welt von damals nicht im Geringsten glich.

Nun tat ich doch das, was Papa mir aufgetragen hatte, falls der Nebel zu dicht wurde, auch wenn er garantiert nicht von dieser Sorte Nebel ausgegangen war. Ich kauerte mich zitternd auf den Steg und wartete, bis der gelbe Dunst sich so weit gelichtet hatte, dass ich wieder etwas sehen konnte. Währenddessen hoffte ich inständig, dass ich danach den Wald erblicken und meinen vertrauten Pfad erkennen würde (und der Nebelheini ein für alle Mal verschwunden war). Denn mein Handy war nicht mehr in meiner Hosentasche, wahrscheinlich war es im Schlamm verloren vergangen. Ich war ganz auf mich selbst angewiesen.

Doch nichts davon traf ein. Die Gestalt des Jungen konnte ich zwar nur noch aus weiter Ferne ausmachen. Er bewegte sich eilig von mir weg, und ich hatte dabei nach wie vor das Gefühl, dass er mich abgrundtief hasste, denn er blickte immer wieder drohend über seine Schulter zurück, wobei seine Gletscheraugen gleißende Blitze in meine Richtung schickten und mir im Kopf wehtaten.

Doch der Wald tauchte nicht wieder auf. Rechts und links des langen Holzsteges blubberte der Sumpf schmatzend und gurgelnd vor sich hin. Ab und zu zerplatzten auf seiner Oberfläche tellergroße Blasen und verströmten dabei einen schimmeligen Gestank.

Obwohl ich bibberte, legte ich mich rücklings auf die Holzplanken und schaute nach oben. Kein Himmel zu erkennen, alles verlor sich in diffusen Dunstwolken. Ich konnte nicht einmal sagen, welche Tageszeit wir hatten. Es herrschte weder Helligkeit noch Dunkelheit, sondern eine Dämmerung, die ich nicht zuordnen konnte und sich kein bisschen veränderte. Beinahe vermisste ich den gelben Nebel, der wenigstens nett ausgesehen und angenehm gerochen hatte.

Nun war alles grau und öde. Keine Farben mehr. Und wie im Wald vorhin fehlten die Stimmen der Vögel. Ob in dem Schmodder unter mir Tiere lebten, wollte ich gar nicht erst überprüfen. Ich war froh, ihm entkommen zu sein, auch wenn ich immer noch keine Ahnung hatte, wo ich mich befand. Außer dem schmalen Steg, der in eine riesige anthrazitfarbene Nebelbank führte – gerade hatte sie den Jungen verschluckt, als wäre er nie da gewesen –, gab es hier nichts. Keine Bäume, an denen ich hochklettern und mir einen Überblick verschaffen konnte, keine Wege, keine Schilder, kein fester Grund. Etwas Trostloseres als diesen Sumpf hatte ich nie gesehen, und nun, da ich den Jungen nicht mehr erkennen konnte, bekam ich es wieder mit der Angst zu tun. Ich war außer Atem und erschöpft von meinem Kampf gegen das Ertrinken, zu gerne hätte ich mich ein wenig ausgeruht. Doch ich musste ihm folgen, und zwar sofort. Er wollte mich nicht bei sich haben, so viel hatte ich verstanden, aber vielleicht konnte ich mich unbemerkt an seine Fersen heften und den Weg zurück auf die beschilderten Pfade finden. Noch immer klammerte ich mich an die Idee, mich lediglich verirrt zu haben, dass der Wald sich in den vergangenen Jahren tatsächlich so stark verändert hatte, dass ich ihn nicht mehr wiedererkannte. Mama hatte mich davor gewarnt. Außerdem befand ich mich auf einem hölzernen Steg, und im Nationalpark am Fuße des Mount Taranaki wimmelte es von Stegen.

Mühsam rappelte ich mich auf, wrang mir die letzte Nässe aus den Haaren und meinem Shirt und befreite notdürftig meine nackten Unterschenkel und Unterarme von der Schlammkruste, die sie inzwischen bedeckte. Es beruhigte mich, dass ich meine Kette mit dem kleinen Feuerstein noch trug, die Papa mir geschenkt hatte. Mein Handy und meinen Rucksack hatte ich im Sumpf allerdings auf Nimmerwiedersehen verloren, und damit auch meinen Proviant, und meine Kehle brannte bereits vor Durst. Auch meine Schuhe hatte der Schlamm mir von den Füßen gezogen. Aber irgendwohin würde dieser Steg führen, und ich hatte schon ganze Tageswanderungen hinter mich gebracht, ohne viel zu essen und zu trinken. Ich würde das schaffen und nach Hause finden.

Doch als ich nach wenigen Schritten in die nächste dichte Nebelbank eintauchte, fühlte ich mich wie der letzte Mensch auf der Welt.

Einsam, verloren, vergessen.

Auf Nimmerwiedersehen

»Okay, ich gebe es zu, Papa, du hattest doch recht«, wisperte ich und erschauerte am ganzen Körper, weil meine Stimme sich viel zu dünn und kraftlos anhörte. Ja, wäre ich doch nur auf dem Pfad geblieben! Dann wäre ich jetzt längst zurück im Camp bei meinen Eltern, und wir würden uns irgendeine fade Konservensuppe aufwärmen und beim Essen erzählen, was wir den Tag über erlebt hatten. Doch nun bekam ich Angst, ihnen nie wieder von meinen Abenteuern berichten zu können.

Denn dieses hier nahm gar keine gute Wendung. Außerdem war es öde und langweilig geworden, aber das hätte ich liebend gerne in Kauf genommen, wenn ich nur wieder hätte zurückkehren können. Obwohl der Steg nur wenige Biegungen nahm und die meiste Zeit stur geradeaus führte, hatte sich die Landschaft kein bisschen verändert.

Ich lief von einer Nebelschwade in die nächste, umgeben von blubbernden grauen Sümpfen. Alles sah gleich aus, und auch die Dämmerung veränderte sich nicht. Das diffuse schwache Licht um mich herum wurde weder heller, noch schwand es, dabei hätte ich schwören können, schon mindestens vier Stunden unterwegs zu sein.

Überprüfen konnte ich es nicht, denn mein Handy war mir ja verloren gegangen. Ich war auf mein Bauchgefühl angewiesen, und das wurde immer schlechter, je hungriger ich wurde. Doch am schlimmsten plagte mich der Durst. Meine Zunge fühlte sich an, als wäre sie auf die doppelte Größe angeschwollen, und ständig klebten meine Lippen aneinander fest. Auch meine Nase war wie verstopft.

Wieso war ich an keinem einzigen Schild vorbeigekommen? Der Egmont National Park war bekannt für seine gute Beschilderung, das hatte Mama Papa gestern noch gesagt, als sie darüber diskutiert hatten, ob man mich allein losziehen lassen könne. Wahrscheinlich bereuten sie es ebenso bitter wie ich.

Obwohl ich wusste, dass es zwecklos sein würde, formte ich meine Hände zu einem Trichter und rief laut: »Mama, Papa, hört ihr mich? Ich bin hier, in den Sümpfen! Mama! Papa! Hallo! Ich bin es, Maja!«

Nicht einmal ein Echo schallte zurück und erst recht keine Antwort. Wenn wenigstens ein Vogel gerufen hätte oder davongeflattert wäre! Aber Tiere gab es in diesem Sumpf nicht. Ich war vollkommen allein, und bald würde ich keine Kraft mehr haben weiterzulaufen. Meine Beine zitterten vor Erschöpfung, und jeder Schritt tat mir im ganzen Körper weh. Ich musste Wasser finden, dringend, sonst würde ich im Lauf der nächsten Stunden elend verdursten.

Weil mir so schwindelig wurde, dass ich nicht mehr stehen konnte, ließ ich mich im Schneidersitz auf dem feuchten Holzsteg nieder und stützte meinen Kopf in die Hände, um zu neuer Energie zu kommen. Dieser Steg musste zu einem Ziel führen, sonst war er sinnlos. Er war meine einzige Rettung, und ich durfte jetzt nicht die Hoffnung verlieren, nur weil ich erschöpft und durstig war. Irgendwann hörte jeder Sumpf auf und ging in eine andere Landschaft über, so wie jede Wüste endete und jedes Meer an eine Küste brandete. Einen Moment lang musste ich an meinen Lieblingstraum denken, in dem ich plötzlich eine verwunschene, tropisch wirkende Lagune entdeckte, mitten in einem Wald, und es kaum erwarten konnte, dem glasklaren Wasser entgegenzulaufen und in ihm zu baden. Auch hier konnte die Landschaft sich verändern, heller und freundlicher werden – doch dazu musste ich weiterlaufen.

»Los, weiter, Maja«, sprach ich mir Mut zu, richtete mich stöhnend auf und stemmte mich auf meine Beine. Noch immer fühlten sie sich weich und matschig an, doch der Schwindel im Kopf war verflogen.

Mit gleichmäßigen kleinen Schritten setzte ich meinen Weg fort, ohne jedoch nach rechts und links zu schauen.

Meine Augen hafteten an meinen nackten, verschlammten Füßen, deren Sohlen bereits wund und von Blasen übersät waren, aber es beruhigte mich, dabei zuzusehen, wie sie sich über die Holzbohlen bewegten.

»Maja ist zäh«, hatte Mama immer wieder gesagt, wenn Papa sich um mich sorgte, und sie hatte recht: Ich war zäh. Wenn es sein musste, würde ich noch weitere vier Stunden über diesen Steg laufen und...

Moment.

Aufmerksam hob ich meinen Kopf. Da war ein anderes Geräusch zwischen dem andauernden Blubbern und Glucksen des Sumpfes. Heller und klarer und... flüsternd? Flüsterte da etwas oder jemand?

»Hallo?«, rief ich fragend in den Dunst hinein und spitzte die Ohren. Wieder wehte das Geräusch zu mir herüber, als würde es antworten, doch es konnte nicht von einem Mensch stammen, es hörte sich eher an wie... wie Wasser? Oder war ich bereits so ausgehungert, dass ich Halluzinationen bekam?

Zögerlich machte ich ein paar Schritte nach vorne, blieb wieder stehen und hielt sogar die Luft an, um besser lauschen zu können. Nun hörte ich es erneut, näher und deutlicher als eben noch. Ich irrte mich nicht. Es musste Wasser sein, das plätscherte und dabei klang wie ein leises, zufriedenes Summen. Das war merkwürdig, doch ich war zu durstig, um mir darüber den Kopf zu zerbrechen. Dort vorne, wo das Wasser sang, musste der Sumpf zu

Ende sein, und wenn es aus einem Felsen kam, konnte ich es wahrscheinlich sogar gefahrlos trinken. Quellwasser war fast immer genießbar.

Jetzt konnte ich nicht mehr langsam gehen. Erst begann ich zu marschieren, dann zu laufen, dann zu rennen, bis meine Beine wieder zu zittern anfingen und ich mein Tempo drosseln musste, um nicht hinzufallen. Doch als ich mich umsah, jauchzte ich vor Freude und Erleichterung laut auf.

Endlich, dachte ich überglücklich, endlich! Endlich begann der graue Nebel sich zu lichten, und aus dem Sumpf erhoben sich erste grüne Stellen, bewachsen mit Farnen und zarten, kurzen Blumen, deren Blütenblätter rosa und tiefblau aus dem düsteren Einerlei des Morastes herausleuchteten. Am liebsten wäre ich auf eine dieser kleinen Inseln gesprungen und hätte mir die Blumen aus der Nähe angesehen, doch dieses Mal blieb ich vernünftig. Ich konnte mir jetzt keine Experimente mehr leisten. Deshalb winkte ich ihnen nur fröhlich zu, als könnten sie mich sehen, und blieb stocksteif stehen, weil sie ihre Blütenköpfe zu mir drehten und ganz leicht nickten – fast wie eine freundliche Begrüßung.

»Okay, ich *hab* Halluzinationen«, stellte ich halblaut fest und legte meine Hand auf mein wild jagendes Herz. War denn alles, was ich sah und hörte, nur Einbildung? Auch das Wasser? Gab es etwa in Wirklichkeit gar keine Quelle, aus der ich trinken konnte?

Im Schleichgang setzte ich mich wieder in Bewegung, bis ich die nächste grüne Insel aus dem Sumpf ragen sah, und ich kam mir reichlich blöde vor, als ich erneut meine Hand hob und den Blumen zuwinkte. Aber es geschah das Gleiche wie eben: Sie drehten ihre hübschen Köpfe zu mir und nickten mir zu.

»Das gibt es nicht. Sorry, aber das …« Es konnte nicht wahr sein. Und doch kam es mir vertraut vor. Plötzlich war mir, als hörte ich mich selbst lachen, aber nicht als dreizehnjährige Maja, sondern als kleines Kind. Hell, perlend und so vergnügt, dass ich automatisch lächeln musste. Hatte ich Mama und Papa und dem Psychologen nicht lang und breit davon erzählt? Dass es in diesem Land unter der Erde Blumen gegeben hatte, die meine Freunde gewesen waren und mich angeschaut hatten?

Was bedeutete das jetzt? Dass ich verrückt wurde und der erste Schub sich schon gezeigt hatte, als ich vier Jahre alt gewesen war, oder … oder dass es die nickenden Blumen wirklich gab? Argwöhnisch starrte ich sie an, doch nach einigen Sekunden drehten sie sich mit eingeklappten Blütenblättern von mir weg, als würden ihnen meine forschenden Blicke nicht gefallen.

»Sorry«, flüsterte ich und kniff meine Augen fest zusammen, um wieder zur Vernunft zu kommen.

Okay, gut, ich sah Blumen, die mir zunickten und auf mein Winken reagierten. Das konnte am Durst und Hunger liegen. Aber das rauschende Wasser musste echt sein.

Deshalb schaute ich jetzt am besten wieder stur auf meine Füße, bis es direkt vor mir war und ich davon trinken konnte.

Wenn nicht, war ich sowieso bald tot, und dann war es herzlich egal, ob ich verrückt wurde oder nicht. Und ich hatte vor meinem Dahinsiechen immerhin mit Blumen gesprochen. Das konnte nicht jeder Mensch von sich behaupten.

Doch schon nach wenigen Schritten, die sich unwirklich und wackelig anfühlten, als würden die Holzplanken unter mir beginnen, sich aufzulösen, musste ich meinen Blick von meinen Füßen losreißen.

Direkt vor mir saß etwas auf dem Steg, was ich nie zuvor gesehen hatte, nicht einmal im mexikanischen Dschungel. Es wirkte wie eine Mischung aus einer langbeinigen Spinne und einem Schmetterling. Schmetterling deshalb, weil es transparente, geschwungene Flügel auf dem Rücken trug, die sich in Zeitlupentempo geschmeidig auf und ab bewegten.

»Ich weiß nicht, ob du eklig oder hübsch bist«, murmelte ich rätselnd und kniete mich nieder, um das Insekt genauer zu betrachten. »Ich hoffe nur, dass du nicht giftig bist.«

Denn es war knallbunt, und die meisten kleinen, knallbunten Tiere waren giftig. Am Amazonas hatte es Frösche gegeben, deren Haut von Giftdrüsen nur so übersät gewesen war und die ich auf keinen Fall hätte anfassen dürfen. Aber sie hatten nicht minder geleuchtet als dieses Exemplar.

Kritisch betrachtete ich seine acht Spinnenbeine, die von hellgrünen Härchen bedeckt waren, unter denen die Chitinhaut dunkelblau schimmerte. Sein wulstiger Panzer hingegen glitzerte schwarz-grün, während die Flügel ebenfalls blau waren, bedeckt von hellroten Tupfen und Minispiralen. Am Kopf saßen zwei lange gelbe Fühler, die sich suchend nach mir ausstreckten, als würde das Tier in Kontakt mit mir treten wollen. Dabei blickten seine vier Augen mich ruhig, wachsam und verwirrend intelligent an.

»Du beißt mich, wenn ich dich anfasse, oder? Okay, ich fasse dich nicht an, kein Thema«, versicherte ich eilig, als es seine langen Beine gleichmäßig in Bewegung setzte und näher kam, dann aber wieder stoppte. Zwischen meinen Zehen und seinen Fühlern befanden sich nur wenige Millimeter.

Noch immer sah es mich direkt an. Spinnen waren nahezu blind, trotz ihrer acht Augen. Doch dieses Wesen musste mich sehen können. Anders konnte ich mir seinen direkten, klugen Blick nicht erklären.

»Ich freu mich auch, dich zu treffen«, sprach ich leise weiter, als könnte es mich verstehen. Es tat gut, mit jemandem zu reden nach meinen aufreibenden, trostlosen Wanderstunden, auch wenn dieser Jemand eine Schmetterspinne war. »Wusstest du nicht genau, was du mal werden solltest? Ach, wenn Papa dich nur sehen könnte …«

Dann wärst du längst in einen Plastikbehälter gesetzt worden, um im Labor untersucht zu werden, dachte ich. Ja, Papa hätte seine Freude an diesem Tierchen gehabt, aber es war zu schade für ein Terrarium.

»Wo bin ich hier gelandet? Kannst du mir das verraten?«

Die Schmetterspinne kam noch ein Stückchen näher, streckte elegant ihren linken Fühler aus und berührte mich damit an meinem rechten großen Zeh. Kichernd zuckte ich zurück. Das kitzelte.

»Ich kann deine Sprache nicht übersetzen. Und ich habe Durst. Ich brauche Wasser, dringend. Deshalb muss ich jetzt weitergehen, aber es war schön, dich … Huch!«, machte ich überrascht, denn die Schmetterspinne hatte sich mit einem tänzerischen Satz umgedreht und bewegte sich halb krabbelnd, halb flatternd von mir weg, ganz so, als wollte sie mir etwas zeigen. Weil ich sowieso hatte weiterlaufen wollen, zuckte ich nur ergeben mit den Schultern und folgte ihr.

Dafür, dass sie nicht größer war als mein Handteller, war sie ziemlich flink auf ihren acht Beinchen, viel flinker als ich, doch sobald ich zu weit zurückfiel, blieb sie ruhig sitzen und wartete, bis ich zu ihr aufgeschlossen hatte. Ich war so beschäftigt damit, sie im Blick zu behalten, dass ich erst an dem weichen, ungewohnten Gefühl unter meinen nackten Sohlen merkte, dass ich den Steg verlassen und festen Grund erreicht hatte. Ja, ich hatte den Sumpf endgültig hinter mir gelassen, und das Rauschen des Wassers dröhnte in meinen Ohren. Weit konnte es nicht mehr sein, und hätte mir nicht wieder eine Nebelschwade die Sicht versperrt, hätte ich es wahrscheinlich schon gesehen.

»Warte einen Moment«, bat ich die Schmetterspinne, kniete mich nieder und drückte meine Hände in das fluffige, dichte Grün, das den elastischen Boden jenseits des Sumpfes bedeckte. Es sah aus wie Moos, aber die glitzernden Tropfen, von denen es bedeckt war, bewegten sich zitternd hin und her. Als ich sie vorsichtig mit den Fingerspitzen berührte, zerplatzten sie nicht, sondern rollten mit einem melodischen Sirren zur Seite und suchten sich einen neuen Platz. Ich musste dreimal hinsehen, bis ich erkannte, dass es gar keine Wassertropfen waren, sondern winzige Käfer, deren durchsichtige Flügel um ihren gesamten kugelrunden Körper verliefen. Jedes Käferchen besaß mindestens acht dieser Flügel, manche auch zwölf. Während ich ihr Treiben beobachtete, blieb die Schmetterspinne geduldig neben meinen Knien sitzen und schlug nur ein paarmal mit ihren bunten Flügeln. Doch wie vorhin ließ sie mich nicht aus ihren Augen.

»Ich weiß wirklich nicht, wo ich bin, aber ich muss endlich etwas trinken.« Seufzend stand ich auf und suchte nach einem Weg zwischen den Mooskäferchen hindurch, aber zu meiner Verwunderung wichen sie meinen Schritten von ganz allein aus. Nicht einer von ihnen geriet in Gefahr, von mir zertreten zu werden, obwohl sie nicht größer als der Kopf einer Stecknadel waren.

Jetzt krabbelte und flatterte die Spinne mir wieder voraus, bis ich sie in der Nebelschwade kaum mehr erkennen konnte. Eifrig folgte ich ihr und stand plötzlich in gleißender Helligkeit, als hätte es all die dunkelgrauen Nebel und Sümpfe niemals gegeben. Blinzelnd versuchte ich, meine Augen vor dem grellen Licht zu schützen, und als ich dabei nach unten schaute, sah ich zum ersten Mal seit Stunden wieder meinen Schatten. Doch er war nicht schwarz, wie ich es von ihm kannte, sondern schimmerte azurblau.

Erst nach Sekunden gelang es mir, meinen Blick zu heben, und wurde dabei mit dem prachtvollsten Wasserfall belohnt, den ich jemals gesehen hatte. Ich vergaß sogar kurz meinen Durst, während ich suchend nach oben schaute, um herauszufinden, woher seine in sämtlichen Regenbogenfarben leuchtenden Fluten kamen. Doch er schien endlos zu sein und sich direkt aus dem wolkenverhangenen Himmel herabzustürzen. Ihn umgaben Felsen, dicht bewachsen von Farnen, lianenartigen Pflanzen und Tausenden von leuchtenden Blumen in allen Farben, aber den Anfang und das Ende dieser Felsen konnte ich nicht sehen. Es war, als würden sie frei in der Luft schweben, genauso wie der Wasserfall, denn er mündete nicht in einen Teich, sondern… Fasziniert beugte ich mich vor und rechnete fest damit, dass sich wenige Schritte vor mir ein Abgrund auftat.

Doch den gab es nicht, zumindest konnte ich ihn nicht sehen. Unterhalb der Felskante bildete das Wasser einen See über dem Nichts und floss seitlich weiter, um von dort aus nach oben aufzusteigen. Das war nicht möglich. Wasser folgte der Schwerkraft, es sei denn, es kam aus einem Geysir. Aber das hier war Wasserfallwasser, rein, klar und ohne stinkende Dämpfe. Trotzdem hatte es einen Klang, der vollkommen neu für mich war. Ich kam mir vor, als stünde ich in einer Kirche aus Wasser, in der vier Orgeln gleichzeitig gespielt wurden. Dennoch war es mir nicht zu laut. Ich hätte sogar dabei einschlafen können.

»Das ist alles so krass«, sagte ich lautlos, ohne mich auch nur eine Sekunde fremd oder verloren zu fühlen. Mir war viel mehr, als würde ich endlich heimkommen, ins Reich meiner Kindheit, jene Erinnerungen, von denen alle geglaubt hatten, ich hätte sie mir nur eingebildet.

Doch noch konnte ich nichts davon sehen außer dem riesigen Wasserfall und den fernen, im Dunst schwebenden Felsen. Der Wasserfall musste eine Pforte sein. Aber wie sollte ich es überleben, ihn zu durchschreiten, wenn er ins Nichts hinabfiel? Auf einen weiteren Sturz ins Unbekannte hatte ich keine Lust, und noch weniger wollte ich in diese öden Sümpfe zurückkehren, die ich gerade erst hinter mir gelassen hatte. Außerdem musste ich etwas trinken, sonst würde ich das Bewusstsein verlieren.

Zögernd trat ich bis an die Kante des weichen, moosigen Bodens, reckte den Hals nach vorne, sodass die Gischt des Wasserfalls mein Gesicht benetzte, und öffnete den Mund. Winzige Tröpfchen legten sich auf meine Zunge, und sie schmeckten so rein und erfrischend, dass ich erleichtert aufseufzte. Doch um auf diese Weise meinen Durst zu stillen, hätte ich Stunden in dieser ungewohnten Haltung stehen bleiben müssen, und meine Oberschenkel begannen bereits zu zittern. Aber ich schaffte es auch nicht, mit meinen Händen Wasser aufzufangen, sie wurden lediglich von Dunst benetzt. Ich kam nicht nah genug dran. Musste ich jetzt etwa direkt vor einem gigantischen Sturzbach frischen Bergwassers verdursten?

Ich wollte schon nach einer anderen Stelle suchen, als wie aus dem Nichts die Schmetterspinne vor meinem Gesicht auftauchte und sich direkt auf mein Feuermal setzte. Blinzelnd versuchte ich sie wegzupusten, da ihre Beinchen meine Augen kitzelten, doch als sie ihren Leib auf mein Mal drückte, wurde ich so kraftvoll nach vorne gezogen, dass ich nicht anders konnte, als dem Abgrund unter dem Wasserfall entgegenzugehen.

»Nein, nicht, ich kann doch nicht fliegen wie du!«, hörte ich mich erschrocken rufen, doch meine Füße machten einen weiteren großen Schritt. Nun musste ich fallen, es ging gar nicht anders, denn ich hatte keinen festen Grund mehr unter dem Boden.

»Was ist das denn?«

Die Schmetterspinne hatte sich von meinem Mal gelöst, und ich befand mich jenseits des Moosbodens, doch ich stürzte nicht. Der Wasserfallsee unterhalb der Felskante trug mich, als würde er aus festem Material bestehen.

Jetzt erst merkte ich, dass ich vor Angst die Augen geschlossen hatte. Zögernd öffnete ich sie und keuchte vor Erstaunen laut auf. Ich schwebte frei inmitten des riesigen Wasserfalls. Um mich herum toste und rauschte es in einem fort, doch meine Füße waren bis zu den Knöcheln von kleinen, sprudelnden Wellen umgeben, die mich von unten stabilisierten. Der gesamte Wasserfall fühlte sich an wie ein kraftvolles, lebendiges Wesen, das meine Not erkannt und mich zu sich genommen hatte, damit ich von ihm trinken konnte.

»Darf ich?«, fragte ich trotzdem schüchtern, denn ich kam mir winzig und zerbrechlich vor in seiner tosenden Umarmung.

Meine Stimme verlor sich so schnell, dass ich sie nicht hören konnte. Dennoch gab der Wasserfall mir sofort Antwort. Aus dem dichten Strömen vor mir schälte sich eine durchsichtige, fingerdicke Fontäne heraus und bewegte sich direkt auf meinen Mund zu. Ich musste ihn nur öffnen, um davon trinken zu können, und es war so einfach, dass ich vor Freude auflachte und meine Hände dabei spielerisch durch die Fluten um mich herum wandern ließ.

Sie waren längst nicht so kalt, wie ich gedacht hatte, und belebten mich trotzdem im Nu. Nachdem mein erster Durst gestillt war, stellte ich mich mitten in eine der Wasserwände, wusch mir den Schlamm aus Haaren und Kleidern, trank erneut, bis mein Bauch spannte, und schritt dann mutig nach vorne.

Bald merkte ich, dass meine Angst zu ertrinken unbegründet war. Immer wenn mir die Luft knapp wurde, öffnete sich das Wasser über mir einen Augenblick, damit ich atmen konnte, und unter mir gab die Wellenbrücke kein einziges Mal nach. Wie das alles funktionierte, verstand ich nicht, doch ich hatte zu große Freude daran, mich durch den Wasserfall zu bewegen, um mir den Kopf darüber zu zerbrechen.

Nach einigen Metern wurde das Tosen sanfter, die herabfallenden Fluten schwächer, und erste runde Kieselsteine zeichneten sich unter den Wellen zu meinen Füßen ab. Ich hatte das Tor passiert, der Wasserfall hatte mir geholfen, ihn zu durchschreiten, als wollte er, dass ich die Welt dahinter erreichte. Ich konnte es kaum erwarten, sie zu sehen.

Doch als seine Fluten sich hinter mir schlossen und das Wasser aus meinen Kleidern und Haaren zu verdunsten begann, war ich auf einmal so müde, dass ich keine

Kraft mehr hatte, mich umzuschauen. Denken konnte ich sowieso nicht mehr. Ich wusste, dass unmöglich war, was in den vergangenen Stunden mit mir geschehen war, aber selbst das wurde mir egal.

Alles flimmerte vor meinen Augen, während ich auf die Knie sank und zu einem meterhohen sattgrünen Farn kroch, der begrüßend seine Fächer hob, sobald ich ihn erreicht hatte. Dankbar schob ich mich in die warme, weiche Höhle unter seinen Wedeln, und sofort schlossen sie sich wieder und gaben mir Schutz vor dem gleißenden Licht.

Ich musste ausruhen, schlafen. Danach konnte ich immer noch herausfinden, wo ich gelandet war. Ich wusste nur eines: Diese Welt würde mir nichts Böses antun.

Deshalb hatte ich als Kind keine Sekunde lang Angst gehabt, als ich in ihr verloren gegangen war, und war völlig unversehrt zurückgekommen. Hier gab es nichts Schlechtes, nichts Gefährliches, nichts, was mir an den Kragen wollte. Selbst die Pflanzen kümmerten sich um mich, so wie die Schmetterspinne mir den Weg gezeigt und der Wasserfall mich getragen und geführt hatte.

An den merkwürdigen Jungen, der versucht hatte, mich in den tödlichen Sumpf zu stoßen, und noch in der Nähe sein musste, dachte ich nicht mehr.

Ich fühlte mich geborgen, getröstet und behütet.

Kaum hatte ich meine Augen geschlossen, war ich fest eingeschlafen.

Hungersnöte

»Das ist jetzt nicht mehr lustig«, flüsterte ich mit bebender Stimme, zog meine Hand aber wieder zurück. Ich war den Tränen nah und kurz davor, mich vor Schwäche auf den Boden fallen zu lassen und laut loszuheulen wie ein kleines Kind, das nicht bekam, was es wollte.

Aber genau so war es. Ich brauchte dringend etwas zu essen, und direkt vor mir baumelte eine dunkelrote, pralle Frucht an einem Ast, die aussah wie ein herzförmiger Apfel mit samtiger Haut. Ihr milder, verlockender Duft kitzelte meine Nase und ließ das Wasser in meinem Mund zusammenlaufen, doch sobald ich sie umgriff und an ihr zog, begann der Ast zu zittern, und die Frucht schrie verängstigt auf, als wollte ich sie töten. Was ja gewissermaßen stimmte. Ich wollte sie essen, denn sonst würde ich sterben. Einer von uns würde draufgehen. So oder so.

Beim ersten Versuch hatte ich noch geglaubt, mich zu irren. Ich hatte mir gesagt, dass ein Windstoß den Ast hatte erzittern lassen und ich mir das hauchzarte

Schreien eingebildet hatte, weil meine Sinne vor lauter Hunger schon ganz durcheinander waren. Ich nahm dieses Schreien außerdem mitten in meinem Kopf wahr und nicht, als würde es aus der Frucht kommen. Was noch schräger gewesen wäre, denn Obst konnte nicht schreien. Zumindest nicht das Obst, das ich kannte. Es lag stumm in einer Schüssel und fing irgendwann an zu gammeln, weil Mama, Papa und ich vergaßen, es aufzuessen. Ich hätte jeden anderen, der behauptet hätte, Obst könne Geräusche von sich geben, für verrückt erklärt.

Doch beim dritten Versuch musste ich einsehen, dass dieser Herzapfel jedes Mal zutiefst erschrak, wenn ich an ihm zog, und mir kam es grausam vor, in ihn hineinzubeißen, während er noch am Ast hing. Wer wusste schon, was er dann für Geräusche von sich gab? Offenbar war er nicht reif genug, um gegessen zu werden, und ich hatte bereits den Boden um den Stamm herum nach heruntergefallenen Früchten abgesucht und keine einzige gefunden.

Dafür hatte ich winzige, bläulich glimmende Kristalle entdeckt, die zwischen den Wurzeln inmitten des Grases aus dem Boden wuchsen. Die Rinde des Baumes war ebenfalls von kleinsten Glitzersteinchen durchsetzt, die schillernd das Licht einfingen, von dem ich noch immer nicht herausgefunden hatte, woher es kam. Bis jetzt hatte ich keine Sonne sichten können, obwohl ich das Gefühl hatte, unentwegt angestrahlt zu werden. Wenn ich mich nicht im Schutz der Bäume, Sträucher, Palmen und Farne bewegte, wurde das Licht sogar so grell, dass ich kaum nach oben schauen konnte. Glücklicherweise gab es unzählige Gewächse mit riesigen Blättern, Blüten und Wedeln und dazwischen Bäume, deren dichte Kronen wie ein festes Dach waren, sodass ich regelmäßig ein schattiges Plätzchen fand, in dessen angenehmem Dämmergrün meine Augen sich ausruhen konnten.

Ich war das viele helle Licht dieser fantastischen Welt nicht gewohnt, so glücklich ich auch war, das Grau der Sümpfe verlassen zu haben. Anfangs hatte ich mich kaum sattsehen können an den zahlreichen Regenbogen, die sich über dem unendlichen Netz aus Bächen, Quellen, Tümpeln, Seen und Wasserfällen spannten und zum Greifen nahe schienen. Immer wieder war ich stehen geblieben, um die Farben und Formen der Blumen zu bewundern, die auf fast jedem Quadratzentimeter des moosartigen, weichen Bodens sprossen und teilweise so schnell nach oben schossen, dass ich dabei zuschauen konnte.

Manche von ihnen hatten ihre Kelche geöffnet und mir zugewandt, als wollten sie mir voller Stolz zeigen, wie hübsch sie waren. Ach, alles hier war so hübsch, dass selbst ein Einhorn nach einer Schönheits-OP verlangt hätte, um mithalten zu können, und hinter jedem Strauch, Felsen oder Wasserfall entdeckte ich neue Wunder.

Ich war vogelgroßen Schmetterlingen hinterhergelaufen, deren Flügel melodisch sangen, während sie sich bewegten, war durch warme, knietiefe Wasserstraßen gewatet und hatte dabei staunend dem Treiben quirliger Fische, Seepferdchen und Miniquallen zugesehen, die in friedlichem Miteinander durch das kristallklare Nass geschossen waren. Ein kreisrunder Teich hatte mich besonders fasziniert, denn auf seinem Grund wuchsen durchsichtige Rosen. Sie hatten ausgesehen, als würden sie aus feinstem Glas bestehen, und sich sacht hin und her bewegt, sobald ich mit meiner Hand durch das Wasser gefahren war.

Doch die größte Überraschung war der hellblau-türkis gefiederte Kiwivogel gewesen, den ich unter einem der Farnbüschel entdeckt hatte. Er hatte sogar noch Flügel besessen und war damit der beste Beweis dafür, dass ich mich längst nicht mehr in der normalen Welt befand. Denn dort hatten Kiwis keine Flügel mehr, weil sie schon seit Ewigkeiten liefen, anstatt zu fliegen.

Obwohl mich der Gedanke an meine Eltern quälte und ich mich danach sehnte, ihnen sagen zu können, dass ich lebte und unverletzt war, hätte ich nichts lieber getan, als dieses verwunschene Paradies in aller Ruhe weiter zu erkunden. Denn ich war mir sicher, bisher nur einen Bruchteil seiner Pracht gesehen zu haben. Doch wenn ich nicht bald etwas in den Bauch bekam, würde ich keine fünfhundert Meter mehr laufen können. Meine Fußsohlen waren wund und blutig, meine Muskeln krampften, und mein Magen schmerzte vor Hunger so stark, dass ich mich nicht mehr aufrecht halten konnte. Trotzdem brachte ich es auch beim vierten Versuch nicht übers Herz, die Frucht von ihrem Ast zu reißen, und sank stöhnend am Fuß des Baumes in mich zusammen. Dieser Tag hatte verzaubert begonnen – falls es in dieser Welt überhaupt Tag und Nacht gab – und drohte, grauenvoll zu enden.

Noch immer war ich mir sicher, dass es hier nichts gab, was mir gefährlich werden konnte. Alle Tiere und Pflanzen waren mir freundlich begegnet. Doch was nützte das, wenn ich nichts zu essen fand? Weil es hier für einen Menschen gar nichts zu essen gab?

Und das wiederum war so, weil hier … weil hier gar keine anderen Menschen lebten? Mit einem Mal war mir trotz der angenehmen Wärme eiskalt. Konnte das sein? War ich der einzige Mensch in dieser Welt?

Aber da war der Junge gewesen, der ebenfalls in Richtung Wasserfall gelaufen war. Er hatte nicht mit mir gesprochen, kein einziges Wort, und verstanden hatte er mich womöglich auch nicht. Doch sein Körper hatte meinem geähnelt, also musste er essen und trinken wie ich. Wenn ich ihn fand, vielleicht sogar sein Dorf oder seine Stadt, war mein Hungerproblem gelöst. Sobald ich mich ein wenig ausgeruht hatte, würde ich weitergehen und diese Wesen suchen, irgendwo mussten sie schließlich sein.

Schläfrig schaute ich dabei zu, wie sich vor mir ein neuer Regenbogen bildete und dabei liebevoll flüsterte, als wollte er mich trösten. Ich gab mir schon keine Mühe mehr, ihn zu verstehen, denn egal, was er mir sagte: Ich würde ihn nicht essen können. Nachdem er sich leise sirrend aufgelöst hatte, blieb mein müder Blick an einem eiförmigen Felsbrocken in der Ferne hängen, dessen Kuppe von Farnen und dunkelroten Blütenbüschen bewachsen war und über dem sich gerade ein neuer Regenbogen bildete. Trotz meiner schmerzenden Stirn kniff ich die Augen zusammen, um besser sehen zu können.

Nein, das war kein Regenbogen. Das Gebilde hatte nur eine einzige Farbe, ein intensives Gold, und war außerdem ein Lichtkreis, kein Bogen. Langsam schwebte er über dem Felsen empor, wurde blasser und verschwand, doch unter ihm begann ein neuer goldener Kreis aufwärtszusteigen.

Dieser Nebelheini, dachte ich erschauernd, hatte sein Dunsthokuspokus nicht die gleiche Farbe besessen? Goldgelb? Befand sich hinter diesem Felsen etwa schon die Siedlung, die ich zu finden hoffte? Dann nichts wie los. Die Strecke schaffte ich, ohne mich vorher auszuruhen.

Ächzend zog ich mich am Stamm des Baumes in die Senkrechte und hatte dabei das Gefühl, dass die Kristalle sich in die Rinde schmiegten, um mir nicht die Hände aufzuschlitzen. Doch nach Dankesliedern stand mir nicht der Sinn. Taumelnd und mit schwarzen Sternchen vor den Augen kämpfte ich mich durch zwei Bäche, einen flachen Tümpel voller rosafarbener Libellenlarven und einen kleinen, dichten Wald. Er bestand aus zierlichen Laubbäumen, deren lila Blütenblätter den gesamten Boden bedeckten, und ich ruhte mich kurz in ihm aus, bis ich im Schutz einiger meterhoher Farne die Rückseite des Felsens erreichte.

Inzwischen stiegen nicht nur goldene Lichtkreise über ihm auf, sondern auch rote, kobaltblaue und silberne. Gut verdeckt von den Farnwedeln schlich ich um ihn herum, bis ich mich hinter einem herb duftenden Pilz in der Größe einer Hundehütte verstecken und auf die kreisrunde Lichtung blicken konnte, die sich auf der anderen Seite des Felsens erstreckte. Mein Atem stockte, als ich tatsächlich mehrere Wesen sah, die Menschen ähnelten, aber so hell flimmerten, dass ich die Augen sofort wieder abwandte und meine Stirn gegen den kühlen, leicht feuchten Stamm des Pilzes lehnte, der daraufhin ein leises Brummen von sich gab.

»Keine Bange, ich will dich nicht essen«, versicherte ich wispernd und presste meine linke Hand auf mein laut pochendes Herz. »Was sind das nur für … Dinger?«

Rasch wagte ich einen zweiten Blick. Dieses Mal gelang es mir, etwas länger hinzusehen. Die Wesen besaßen zwar Körper wie Menschen, mit einem Kopf, Rumpf, Armen und Beinen, aber ihre Haut schimmerte, als würde in ihren Adern nicht Blut, sondern Licht fließen. Das machte es schwierig, ihre Umrisse klar zu erkennen, und ich brauchte zwei weitere gründliche Blicke, bis ich mir sicher war, dass sie Kleidung trugen: knielange, fließende Gewänder wie aus taubesetzten Spinnenfäden gewebt, die auf Höhe der Hüfte mit Ketten aus runden, polierten Edelsteinen zusammengehalten wurden.

Die Haut der Wesen sah heller aus als die des Nebeltypen, den ich in ihrer Mitte entdeckte und der kein Gewand, sondern noch immer seine wadenlange, seitlich geschnürte Hose und eine offene Weste trug. Er hielt den Kopf gesenkt und hatte die Wimpern niedergeschlagen, als hätte er etwas angestellt und wüsste genau, dass es verkehrt gewesen war. Die Augen der anderen Wesen, in denen das gleiche Strahlen lag, wie ich es bei ihm gesehen hatte, richteten sich fest auf sein verschlossenes, abgewandtes Gesicht, ohne dass irgendeiner von ihnen etwas sagte oder tat.

All diese Wesen waren absolut still, kein Laut kam über ihre Lippen. Aber in ihren Körpern bildeten sich unaufhörlich farbige Lichtkreise, die aus ihren Bäuchen nach oben stiegen, wo sie sich miteinander verbanden und verblassten, bis sie nicht mehr zu sehen waren. Nur goldene Kreise waren nicht mehr dabei. Der Nebeljunge war der Einzige unter ihnen, der keine Lichtgebilde mehr produzierte.

Er schweigt, dachte ich instinktiv. Ja, er schwieg, und

die anderen redeten miteinander und auf ihn ein, über diese Lichtkreise! Aber wie konnte das gehen?

»Ich werde noch bekloppt«, flüsterte ich stöhnend und lehnte mich zurück an den Pilz, der erneut brummte – doch es klang zustimmend und nicht drohend. Vielleicht war ich es sogar längst. Schließlich war ich so hungrig, dass ich nicht mehr klar sehen und schon gar nicht mehr klar denken konnte. Ich war mir nur in einem einigermaßen sicher: Diese Wesen waren nicht bewaffnet, und obwohl sie ein Problem mit dem Nebelheini hatten, wirkten sie friedlich auf mich.

Der Mann mit dem langen weißen Haar und seinem zu drei Zöpfen geflochtenen Bart kam mir sogar vertraut vor, als hätte ich ihn schon einmal gesehen. Wenn ich wirklich zurück in jener Zwischenwelt war, die ich als kleines Kind besucht hatte, war das möglicherweise sogar die Wahrheit.

Deshalb musste ich meine Chance nutzen und mich diesen Wesen zeigen, bevor ich vor Hunger ohnmächtig wurde. In meinen Ohren rauschte es bereits dröhnend, und meine Beine wurden immer zittriger. Obwohl nach wie vor farbige Kreise über der Lichtung aufstiegen und die Wesen den Nebeljungen mit funkelnden Augen fest ansahen, raffte ich mich auf, stürzte mit erhobenen Armen hinter dem Pilz hervor und rannte torkelnd auf sie zu.

»Bitte helft mir, bitte, ich …«

Noch bevor ich meinen Satz ausgesprochen hatte, wurde mein Sichtfeld pechschwarz, und ich fiel vornüber. Den Aufprall spürte ich schon nicht mehr.

Ich fühlte nur eines: nackte Angst.

Doch es war nicht meine eigene.

Sitzkreis

Eine zarte Berührung an meinem Feuermal riss mich schlagartig aus meiner Ohnmacht, doch als ich sie abzuwehren versuchte, griff ich ins Nichts. Verwirrt öffnete ich meine Augen – und schloss sie sofort wieder.

Vier Gesichter schauten auf mich herab, nur ein paar Zentimeter von mir entfernt, und ich war mir sicher, dass ihre Blicke meinem Mal galten. Deshalb hatte es sich also angefühlt, als wäre es berührt worden.

Starr blieb ich liegen und regte mich auch dann nicht, als mir Wasser auf die Wangen geträufelt wurde und eines der weiblichen Wesen kühlende, glatte Steine in meine Handflächen legte und meine Waden mit feuchten Blättern bedeckte. Sofort fühlte ich mich wacher und von Kopf bis Fuß erfrischt, als hätte ich tagelang geschlafen. Selbst die Blasen an meinen Zehen spürte ich nicht mehr.

Die Wesen sprachen nicht, weder mit mir noch untereinander. Außer dem leisen Rascheln der Blätter auf meinen Füßen hörte ich nur das ständige Plätschern und

Rauschen des Wassers und das Singen der Vögel. Die Welt, in der ich gelandet war, war alles andere als still, aber ich vermisste sehnlichst menschliche Stimmen. Sprachen diese Wesen nicht mit mir, weil sie nicht wollten, oder konnten sie es nicht? Vielleicht sollte ich den Anfang machen?

Ich musste mich räuspern, um meine Kehle freizuputzen, und noch im gleichen Moment wichen die Gesichter vor mir zurück. Na endlich. Genau darum hatte ich sie bitten wollen. Mein Mal hatte schon zu brennen begonnen.

»Danke.«

Entschlossen versuchte ich, mich aufzusetzen. Sofort griff die Frau, die mir die Steine in die Hand gelegt hatte – ihre silbernen Locken tanzten wie ein Heiligenschein um ihr Gesicht –, sanft in meinen Rücken, um mich zu stützen. Ihre Geste fühlte sich an, als berührten mich Schmetterlingsflügel. Doch die Kraft in ihrer Hand ließ mir einen Schauer über den Nacken rieseln. Diese schillernden Wesen mochten aussehen wie aus einem Elfen-Stickerbogen, aber zerbrechlich waren sie nicht. Ich konnte gar nicht begreifen, wie eine solch zarte Berührung meinen gesamten Körper halten konnte, aber ich selbst war immer noch viel zu schwach, um mich aus eigener Kraft zu stabilisieren.

Also wehrte ich mich nicht gegen die Hilfe der Frau. Auf keinen Fall wollte ich liegen bleiben, während diese Erscheinungen mich anschauten. Denn das taten sie ununterbrochen, wie vorhin bei dem Nebeljungen, der nun abseits auf einem Stein saß und missmutig zu uns herüberstarrte.

Lichtkreise konnte ich keine mehr erkennen. Die Wesen wirkten auch nicht mehr ganz so flimmernd und unscharf auf mich. Trotzdem waren es keine Menschen wie ich, obwohl ihre Gesichter menschliche Züge hatten: Augen, Nase, Mund, Ohren, Zähne, alles da. Sie lächelten mich an, als würden sie in ihrem Leben gar nichts anderes kennen als Freude und Glückseligkeit.

Verwundert beobachtete ich, wie ein grünlicher Lichtstrom von ihrer Brust in ihre Kehle wanderte. Doch immer, wenn ich ihn zu fixieren versuchte, verschwand er.

»Könnt ihr mich hören? Sprecht ihr meine Sprache?«, fragte ich sie langsam und so deutlich, wie ich es mit meiner trockenen Zunge konnte. Ich klang trotzdem ein wenig zahnlos und holte deshalb tief Luft. »Helft ihr mir bitte, zurück nach Hause zu finden?«

Nun kam mir meine eigene Stimme zu laut vor, ich zuckte selbst vor ihrem Klang zurück – und die Wesen um mich herum ebenfalls. Nur der Mann mit dem weißen, dreigeteilten Bart blieb ruhig hocken und schaute mich unverwandt an. Noch nie hatte mich ein Mensch auf solch intensive, gründliche Weise angeguckt, und es gefiel mir gar nicht. Was sah er nur in mir? Blinzelnd versuchte ich seinem Blick standzuhalten, doch das Licht in seinen Augen blendete mich.

»Ich bin Maja«, nahm ich einen neuen Anlauf. »Ich habe mich verirrt und brauche etwas zu essen. Könnt ihr mich denn gar nicht verstehen?«

Nun sahen mir auch die zwei Frauen und der andere Mann – er hatte sanfte Gesichtszüge und weiches, welliges Haar – in die Augen, tief und forschend, und in meinen Ohren begann es, leise zu summen.

»Bitte sprecht doch mit mir, bitte!«, rief ich flehend.

Wieder zuckten alle vier vor mir zurück.

»So laut war ich nun auch wieder nicht«, setzte ich gereizt hinterher und sah zu dem Nebeljungen hinüber, der immer noch finster vor sich hin schaute, aber inzwischen Gesellschaft bekommen hatte. Eine pechschwarze Krähe mit azurblauen Augen saß auf seiner Schulter und knabberte verspielt an seinem Ohr.

»Hey, kannst du mich denn verstehen?«, rief ich zu ihm hinüber und ignorierte das Zucken der erwachsenen Wesen um mich herum. »Du siehst anders aus als die hier … mehr wie ein echter Mensch und …«

Erschrocken verstummte ich, denn sein Blick war plötzlich so bohrend und feindlich geworden, dass ich es nicht wagte weiterzureden. Erst in der nächsten Sekunde kapierte ich, was das bedeutete. Er verstand mich! Ja, er hatte auf das reagiert, was ich gesagt hatte – ich hatte ihn mit einem Menschen verglichen, und das hatte ihn verärgert.

»Du verstehst mich. Stimmt's?«

Wie in Zeitlupe drehten die Männer und Frauen ihren Kopf zu ihm, und sein olivbraunes Gesicht lief dunkel an. Ha, erwischt. Sie dachten das Gleiche wie ich. Vermutlich ging jetzt das Lichtkreisgedöns wieder los. Zähe Sekunden verstrichen, in denen der Junge und die Erwachsenen sich gegenseitig in die Augen sahen und schwaches Lichtgeflimmer über ihnen aufstieg, doch immerhin war dieses Mal die Farbe Gold dabei. Der Junge sprach mit ihnen.

Wenn er mich verstanden hatte, konnte er dann auch selbst reden wie Menschen? Oder war das hier etwa verboten? Obwohl mein Magen vor Hunger laut knurrte und dabei stach, als würden Messer in ihm stecken, blieb ich geduldig sitzen und wartete schweigend, bis die Wesen mit ihrer stillen Unterhaltung fertig waren.

Doch zu meiner Enttäuschung kam der Nebeljunge nicht zu mir. Stattdessen standen die Erwachsenen auf, griffen in die Taschen ihrer Gewänder und holten verschiedenfarbige Kristalle in der Größe von Tischtennisbällen heraus, aus denen sie im Abstand von einigen Metern einen exakten Kreis um mich herumlegten. Dann liefen sie lautlos dem Wald mit den lilafarbenen Blüten entgegen, wobei ihre Füße mehr über dem Moosboden schwebten, als dass sie ihn berührten. Nur der Junge blieb auf seinem Felsen sitzen, würdigte mich aber keines Blickes, sondern streichelte mit abgewandtem Gesicht das glänzende Gefieder der Krähe.

»Von mir aus, dann komme ich eben zu dir«, murrte

ich, befreite mich von den Steinen und Palmblättern und wollte aufstehen, doch ich war so wackelig auf den Beinen, dass es mir erst beim dritten Versuch gelang. Trotzdem fühlte ich mich noch immer erfrischt und ausgeruht. Doch sobald ich mich den Kristallen näherte, war es, als würde ich gegen eine Wand prallen. Egal, an welchem Bereich des Kreises ich es versuchte, ich wurde sofort wie von einer mächtigen Welle zurückgedrängt, ganz gleich, wie harmlos die Edelsteine glitzerten.

Diese dauergrinsenden »Wie ist die Welt doch schön«-Wesen hatten mich tatsächlich in ihrem Steinkreis eingesperrt. Ich war ihre Gefangene!

»Was ist das jetzt für ein blöder Mist?«, wetterte ich und ballte meine Hände zu Fäusten. Ich hatte diesen ganzen Kristallzauber so was von satt. »He, du, antworte mir gefälligst! Ich weiß, dass du mich hörst! Mag ja sein, dass ihr immer nur lächelt, den lieben langen Tag singend vor euch hin tanzt und Regenbogen pupst, aber wenn ihr mich ohne Nahrung in diesem Kreis lasst, werde ich sterben, hast du das kapiert? Sterben! Ins Gras beißen! Den Löffel abgeben! Abkratzen! Verrecken!« Mehr Wörter fielen mir auf die Schnelle nicht ein, doch eines davon musste der Junge verstanden haben. Sicherheitshalber machte ich eine eindeutige Geste vor meinem Hals und ließ mich übertrieben zuckend ins Moos fallen. »Tot. Klar? Ich brauche was zu essen, schnell! Jetzt rede doch bitte mit mir!«

Die Krähe schaute mich unverwandt aus ihren intelligenten blauen Augen an, als verstünde sie mich allzu gut, doch der Junge hatte die Hände auf seine Ohren gepresst und mir den Rücken zugedreht. Schreiende Menschen mochten diese Lichtweicheier offensichtlich gar nicht.

»Schöne heile Welt habt ihr hier«, stammelte ich erstickt und biss mir in den Handballen, um nicht zu weinen. Diesen Triumph wollte ich dem Nebelheini nicht gönnen. »Sieht alles aus wie gemalt, aber wenn ein Mensch zu euch kommt, lasst ihr ihn sterben. Ich scheiß auf eure Regenbogen und Wasserfälle und Wunderblumen …«

Jetzt musste ich doch heulen. Ich kam einfach nicht mehr dagegen an und vermisste Mama und Papa so stark, dass mein Herz schlimmer wehtat als mein Bauch.

Zitternd rollte ich mich in der Mitte des Kristallkreises zusammen, verbarg mein tränennasses Gesicht in meinen Händen und fiel schon nach wenigen Sekunden in einen hungrigen, traumlosen Schlaf.

Tödliches Paradies

»Wach auf, Mädchen.«

War das Papa gewesen – und ich zurück in der Menschenwelt? Mein Herz machte einen Satz, weil endlich wieder jemand mit mir gesprochen und mich damit sofort aufgeweckt hatte, doch seine Stimme klang so leise und undeutlich, dass ich fürchtete, nur geträumt zu haben. Eingerollt blieb ich auf dem weichen, warmen Boden liegen, der sich fast anfühlte wie ein Bett, so sanft gab das Moos unter meinem Körper nach.

»Papa?«, fragte ich flüsternd, ohne die Augen zu öffnen.

Statt einer Antwort berührte etwas Kühles meinen Ellenbogen, das sich anfühlte wie ein glatt polierter Stein. Oh nein, schon wieder ein Stein. Kein gutes Zeichen. Langsam nahm ich die Hände von meinem Gesicht und musste einige Male blinzeln, bis meine tränenverkrusteten Wimpern sich voneinander lösten und ich etwas sehen konnte.

Vor mir kniete der Nebeljunge und blickte argwöhnisch auf mich herab. In der Hand hielt er einen dunkelblau-weiß gemusterten, kugelrunden Kristall, den er aus dem Kreis um mich herum entfernt haben musste.

»Hast du gerade mit mir gesprochen?«, brachte ich krächzend hervor und richtete mich unter Schmerzen auf.

Er nickte nur, weder freundlich noch unfreundlich. Doch auf seinen Lippen lag nicht einmal der Hauch eines Lächelns. Er konnte mich immer noch nicht leiden.

»Steh auf.« Harsch zeigte er auf die Lücke im Kreis. »Dann komm mit mir.«

Seine Stimme klang nach wie vor ungewöhnlich leise und als würde sie von weither kommen, und ich sah, dass es ihn Mühe kostete, seine Worte zu formen. Doch die Betonung und Aussprache waren perfekt.

»Ich … ich bin also wieder frei?«

Der Junge schaute mich forschend an, wobei seine Augen sich so tief in meine versenkten, dass mir heiß wurde. »Nein. Nein, bist du nicht.«

Ich hätte gar nicht erst fragen sollen. Der Kreis war durchbrochen, und jede Sekunde, die ich länger in ihm blieb, war eine zu viel. Hastig sprang ich auf und wollte davonstürzen, doch der Junge war schneller. Ich hatte den Ausgang noch nicht erreicht, da hatte er mich mit einer einzigen Berührung seiner Hand gestoppt.

»Nicht weglaufen. Mitkommen.« Drohend hielt er den Stein vor meine Augen, als wollte er mir sagen, dass er mich damit jede Sekunde außer Gefecht setzen konnte. »Du … hast … Hunger. Hunger?«, vergewisserte er sich, ohne den Stein herunterzunehmen, und deutete mit der anderen Hand auf seinen Bauch. Noch immer sah er aus, als müsste er um jedes Wort kämpfen und hätte beim Sprechen Schmerzen in der Kehle.

»Ja. Großen Hunger.«

»Dann komm mit. Führe dich.«

Entschieden drehte er sich um und griff dabei nach meinem Handgelenk. Obwohl ich seine Finger kaum auf meiner Haut spürte, lag eine Kraft in seiner Berührung, die jeden Widerstand zwecklos machte. Ich folgte ihm wie ein Entenküken seiner Mama, meine Augen fest auf den blauweißen Stein gerichtet, den er locker in seiner freien Hand hielt. Sogar den Rhythmus meiner Schritte passte ich seinen an, doch er lief so schwerelos und leichtfüßig über das Moos, das ich mir bald vorkam wie ein fettes, ungeschicktes Trampeltier. Außerdem hielt er immer wieder grundlos an, wobei ich jedes Mal gegen ihn prallte, weil ich seine plötzlichen Stopps nicht hatte kommen sehen.

»Hey!«, knurrte ich warnend, als ich schon wieder fast in seinen Rücken gefallen wäre. »Was soll das? Und wieso darf ich nicht allein laufen?«

Sein Blick war so streng und strafend, dass ich sofort das Gefühl hatte, etwas Fürchterliches verbrochen zu haben. Dabei war er derjenige, der mich dauernd zum Stolpern brachte.

»Hier.« Mit dem ausgestreckten Arm wies er auf die dicht wachsenden Farne und Blumen vor uns. Ja, die hatte ich vorhin auch durchqueren müssen, na und? »Aufpassen.«

»Wieso aufpassen? Die tun uns nichts. Sind nur Pflanzen.«

Jetzt war sein Blick nicht nur strafend, sondern überdies fassungslos. »Sie leben!«

»Ja, ist schon klar, Pflanzen leben, aber …« Ich verstummte verwundert, als der Junge sich niederkniete und einem der vorderen Farne sanft über seine eingeknickten Wedel strich. Knisternd glätteten sie sich, und ich glaubte die Pflanze dabei zart seufzen zu hören.

War ich das gewesen? Hatte ich den Farn zerknickt, als ich vorhin hindurchgelaufen war?

Beklommen sah ich dabei zu, wie der Junge einige andere Blätter und Blumen glatt strich, um anschließend den Kopf vor ihnen zu beugen und still zu verharren, als würde er ihnen zuhören. Sekunden verstrichen, in denen nichts passierte.

»Was machst du?«, flüsterte ich angespannt. »Wolltest du mir nicht etwas zu essen organisieren?«

Langsam drehte er sich zu mir um, in seinen Augen noch immer leise Fassungslosigkeit, und forderte mich stumm auf, mich zu ihm auf das Moos zu knien.

»Siehst du sie?«, fragte er mich rau, nachdem ich neben ihm Platz genommen hatte. »Nein, oder?«

»Wen? Die Pflanzen? Klar sehe ich die.«

Kopfschüttelnd streckte der Junge seine rechte Hand aus und drehte vorsichtig eines der großen, fleischigen Blätter, die zu einer dunkelrot blühenden Blume gehörten. »Das hier.«

»Was das?« Waren seine Fragen eine abgedrehte Variante von »Ich sehe was, was du nicht siehst«, oder wollte er mich verarschen?

»Es schläft.«

»Was *es*?« Ich kam mir langsam vor wie mein eigener Papagei. »Ich sehe nur ein Blatt. Da ist ein Blatt – und dieses Blatt schläft? Ist es das, was du mir sagen willst? Und dass wir warten sollen, bis alle Pflanzen wieder wach sind?«

»Moment.« Der Junge schloss die Augen, atmete tief aus und öffnete sie dann wieder, um seine blaugrün strahlende Iris auf meine Stirn zu richten. Sofort spürte ich einen leichten Schmerz zwischen meinen Augenbrauen.

»Was machst du da? Au!« Der Schmerz hatte sich in ein Stechen verwandelt, ließ aber sofort wieder nach, und die Miene des Jungen hellte sich ein wenig auf, als hätte er gefunden, wonach er gesucht hatte.

»Hmmm«, machte er zögernd. »Elfen?«

»Elfen?« Ja, ich war ein Papagei geworden. Und dieses Gespräch machte mich langsam wahnsinnig.

»So nennt ihr sie. Oder? Elfen?«

Oh nein. Er wollte mir jetzt doch nicht weismachen, dass in dieser Blume eine Elfe lag und schlief.

»In Büchern und Geschichten und Filmen. Ja, da kommen Elfen vor. Aber die gibt es nicht wirklich. Ehrlich. Selbst in Island hab ich keine gesehen, und die haben sogar eine Elfenbeauftragte.«

Wieder schüttelte der Junge den Kopf. Er formte seine linke Hand zu einer Kuhle, die er unter das Blatt hielt, und machte mit der anderen eine Bewegung, als würde er die (extrem unsichtbare) Elfe liebevoll daraufschieben.

»Ist echt. Elfe.«

»Eine Luftelfe. Ja, vielleicht. Aus Luft und in deinem Kopf. Seid ihr hier eigentlich alle so bekloppt wie du?«

»Bekloppt.« Wieder begann die Stelle zwischen meinen Augenbrauen zu schmerzen. Er starrte mich genauso an wie eben schon … Guckte er etwa in meinen Kopf?

»Lass das, okay?«

»Muss es tun, um mit dir sprechen zu können. Nein, wir sind nicht bekloppt.« Erschöpft schloss er seine Augen. Das Reden schien ihn anzustrengen. »Schlafende Elfe. Warte kurz.« Er ließ den Stein zwischen seine Finger gleiten und drückte ihn kurz gegen meine Stirn, wobei er gleichzeitig die andere Hand mit der Luftelfe vor meine Augen hielt.

»Scheiße, was ist das denn?« Ich zuckte so heftig zurück, dass mein Nacken knackte, doch das Bild vor meinen Augen hatte sich schon wieder aufgelöst. Trotzdem hätte ich es nachzeichnen können, so deutlich hatte sich mir eingeprägt, was ich für einen Sekundenbruchteil gesehen hatte: ein winziges, zartes Wesen mit transparenten Flügeln, grün schillernder Haut und einem libellenartigen Leib, das sich vertrauensvoll in die Handfläche des Jungen schmiegte und schlief. Seine Wimpern waren so lang gewesen, dass sie bis zu seinem spitzen Kinn gereicht hatten, und ich konnte unmöglich sagen, ob es männlich oder weiblich gewesen war. Aber mehr Elfe hatte ich ihn meinem Leben noch nicht zu Gesicht bekommen. Es gab sie wahrhaftig!

»In jeder Pflanze lebt eine. Halten Pflanzen am Leben. Okay? Fuß darauf, kaputt.«

Oh mein Gott. Ich hatte vorhin wahrscheinlich Hunderte dieser niedlichen Minielfen getötet, als ich durch den Farnwald marschiert war. Vor Schreck traten mir fast die Tränen in die Augen.

»Ich sehe die nicht! Ich wusste nicht, dass sie da sind, ehrlich…« Verteidigend hob ich meine Hände, während der Junge die Elfe behutsam in ihrer Blume absetzte, wobei das Blatt minimal nachgab. Hätte ich die Elfe nicht gesehen, hätte ich geglaubt, es sei nur der Wind gewesen oder Zufall. »Wie können wir da denn jetzt überhaupt durchlaufen? Ich muss wirklich etwas essen.«

»Ganz einfach.« Der Junge richtete sich wieder auf. »Wir bitten um Erlaubnis.«

»Alles klar«, erwiderte ich, obwohl ich keine Ahnung

hatte, was er meinte, und er mir immer noch reichlich irre vorkam.

Doch dieses Mal unterbrach ich ihn nicht, als er seinen Kopf senkte, die Augen schloss und in stumme Zwiesprache mit den Pflanzen trat. Nach ein paar Sekunden – oder waren es Minuten? – bewegten sich die Blätter einiger Farne und Blumen zur Seite, sodass ein winziger Pfad vor uns entstand – gerade breit genug für unsere Füße.

»Jetzt.«

Wieder hielt ich mich dicht hinter ihm, achtete aber auf jede seiner Bewegungen, wobei ich versuchte, meine Füße exakt dorthin zu setzen, wo seine gewesen waren. Denn im Gegensatz zu mir sah er die Elfen, und ganz sicher würde er niemals eine von ihnen zertrampeln, während an meinen Sohlen womöglich schon das unsichtbare Blut ganzer Elfenfamilien klebte. Ich durfte nicht darüber nachdenken, sonst würde ich noch weinend zusammenbrechen – und dabei weiteren Elfen den sicheren Tod bringen.

Erst als wir wieder Moos unter unseren Sohlen hatten, beruhigte ich mich ein wenig, blieb aber von nun an so aufmerksam, dass ich dem Jungen nicht mehr in den Rücken zu fallen drohte. Wann immer wir in einen kleinen Wald, eine Farnwiese oder an eine Wasserstelle kamen, hielt er erst an, um die Pflanzen und Tiere respektvoll um Durchlass zu bitten, und selbst dann setzte er seine Füße so achtsam auf den Boden, als hätte er selbst überhaupt kein Gewicht.

Während wir liefen, gesellten sich immer mehr Tiere zu ihm. Schmetterlinge ließen sich auf seinem Haar nieder, Vögel hüpften neben ihm her, und als wir das Wasser passierten, sah ich, wie sich ein türkisfarbenes Seepferdchen auf seinen Fußrücken setzte und dort blieb, bis wir das Ufer erreicht hatten. Seine Krähe folgte uns derweil im Abstand von wenigen Metern, und wann immer ich mich zu ihr umdrehte, hatte sie ihre blauen Augen fest auf mich gerichtet.

Ich wollte den Jungen gerade fragen, wie lange wir noch gehen mussten, als ich die Landschaft vage wiedererkannte und der Baum mit den schreienden Früchten vor uns auftauchte.

»Da. Essen.«

»Oh nein…« Mutlos blieb ich stehen. »Hier war ich schon. Das kannst du vergessen, diese Frucht schreit, wenn man sie pflücken will.«

Wenn der Junge unsichtbare Elfen sah, hätte er das doch längst wissen müssen, oder?

Zweifelnd sah er mich an. »Du hast sie gehört? Du siehst die Wesen in den Pflanzen nicht, aber hörst die Frucht schreien?«

»Ja. Ich dachte erst, ich irre mich, aber ich hab sie gehört. Deshalb kann ich sie nicht pflücken, das geht nicht.« Nicht nachdem ich so viele Elfen gekillt hatte. Allerdings wollte ich immer noch nicht sterben. Eine echte Zwickmühle.

Der Junge musterte mich nachdenklich. Dieses Mal richteten sich seine gleißenden Augen jedoch nicht auf meine Stirn, sondern wanderten um meinen Körper herum, als hätte ich noch eine zweite Schicht über meiner Haut, die er nun gründlich begutachtete.

»Deine Lebensenergie schwindet.«

Ach, das hatte er aber nett formuliert.

»Ja, richtig. Wenn ich nicht bald etwas esse, sterbe ich. Das hab ich dir doch vorhin schon gesagt! Habt ihr nicht etwas anderes als diese Frucht?« Dabei roch sie noch immer so lecker, dass mir das Wasser im Mund zusammenlief. Ich fürchtete nur, dass sie allein nicht ausreichte.

Anstatt zu antworten, trat der Junge auf den Baum zu, breitete seine Arme aus und legte seine Hände, Brust und Stirn andachtsvoll auf die von winzigen Kristallen durchwachsene Rinde. Raschelnd begannen sich die dunkelgrünen Blätter der Krone zu bewegen und strichen dabei durch sein Haar und über seinen Nacken. Mit einem Knirschen, das mir durch Mark und Bein ging, senkte sich der Ast, an dem die Frucht wuchs. Sie hing jetzt so tief, dass sie beinahe die Wange des Jungen berührte.

Noch in der Umarmung mit dem Baum hob er seine rechte Hand, und nach einigen Sekunden löste sich die Frucht ohne einen einzigen Schrei von ihrem Stängel, um direkt in seine Handfläche zu gleiten. Das Rascheln der Blätter verstummte. Erst als der Baum vollkommen still geworden war, nahm der Junge seine linke Hand von seiner Rinde, kniete sich vor ihn, schmiegte die Stirn an seine riesigen Wurzeln und bewegte sich rückwärts von ihm weg.

Als er sich wieder zu mir herumdrehte, erschrak ich. Sein Blick war leer und traurig geworden und seine Nase blass, doch er streckte mir auffordernd die Frucht entgegen.

»Iss.«

»Sie … Ich glaube, sie wollte nicht … Hast du sie etwa umgebracht?«

»Nein. Ich habe den Baum gebeten, seine Frucht loszulassen, um ein Leben zu bewahren. Sie hat sich freiwillig von ihm getrennt und …« Seufzend drückte er sie mir in die Hand. »Ach, nun nimm schon.«

Freiwillig getrennt? Also stimmte es, dass die Früchte dieser Welt Gefühle hatten und meine hier gerade absichtlich gestorben war, damit ich nicht verhungerte? Einen kurzen Moment lang hatte ich ein miserables Gewissen, doch dann gewann mein Überlebensinstinkt. Außerdem konnten wir sie schlecht wieder an den Baum kleben. Mit geschlossenen Augen bohrte ich meine Zähne durch die samtige Schale und stöhnte erlöst auf, sobald ich die belebende Süße des Fruchtfleisches auf der Zunge spürte. So etwas Leckeres hatte ich nie zuvor gegessen … ich musste mehr davon bekommen, viel, viel mehr …

»Stopp.« Rasch beugte der Junge sich vor und riss mir die Frucht aus der Hand. »Es ist sonst zu stark für dich.«

»Ist es nicht, ich ... oh.«

Verwundert hielt ich inne. Jetzt verstand ich, was er meinte. Obwohl ich nur einen kleinen Bissen zu mir genommen hatte, fühlte sich mein Bauch an, als hätte ich zwei Cheeseburger und eine große Portion Pommes verschlungen – satt und wohlig. Gleichzeitig fingen meine Arme und Beine an, kühl zu prickeln, mein Herz schlug schneller, und meine Kopfschmerzen lösten sich in Sekundenschnelle auf. Dieser Herzapfel musste eine echte Wunderfrucht sein!

»He, ich meine das ernst! Finger weg!« Mit einer geschmeidigen Bewegung führte der Junge die Frucht hinter seinen Rücken. »Das ist unser Heilungsapfel. Der Baum bringt alle drei Jahre einen einzigen hervor, und der ist eigentlich dafür da, kranken Schwestern und Brüdern zu helfen.«

»Und ich bin keine Schwester, was?«, erwiderte ich.

»Ganz bestimmt nicht.« Der Junge verzog abschätzig seinen Mund. »Du bist ein Menschenmädchen.«

»Ich weiß. Wieso hast du mir dann trotzdem etwas zu essen gegeben? Wäre es dir nicht lieber, ich wäre tot?« Denn so sah er mich die ganze Zeit an: als würde er es bereuen, mir zu helfen, und sich inständig wünschen, dass ich verschwand. Und zwar endgültig.

»Schon. Aber ich bin der Sohn des Heilers«, nuschelte er undeutlich. »Bin verpflichtet zu helfen, wenn ein Wesen in Not ist. Hat nichts mit dir zu tun.«

»Hast du denn auch einen Namen, Sohn des Heilers?«

»Nalu«, erwiderte er so leise, dass ich ihn kaum hören konnte. »Ich bin Nalu.«

»Und ich Maja. Wie die Biene, die... die du nicht kennst«, schloss ich wegwerfend, als ich seinen fragenden Blick bemerkte. »Warum hasst du mich so? Und wieso habt ihr mich eingesperrt? Ich tu euch doch nichts.«

Nalu lachte höhnisch auf, wobei sein Gesicht sich zu einer Grimasse verzerrte, und senkte den Kopf, als schämte er sich für seinen Gefühlsausbruch. »Ihr Menschen tut immer irgendetwas. Und macht alles kaputt.«

»Ich hab gar nichts kaputt gemacht«, widersprach ich kühl, obwohl das nicht wahr war. Der Gedanke an die zertrampelten Elfen verfolgte mich immer noch. »Du dagegen hast versucht, mich im Sumpf zu ertränken, und deine... deine Brüder und Schwestern wollten mich in einem Steinkreis verhungern lassen. Also, wenn hier jemand etwas kaputt macht, dann seid ihr das. Nämlich mich.«

»So schnell stirbst du nicht.« Nalu beäugte mich kritisch. »Siehst wieder ziemlich munter aus. Außerdem wollten sie dich nicht für immer einsperren, sondern nur so lange, bis sie sich darüber klar geworden sind, was mit dir passieren soll.«

»Mit mir?« Unbehaglich zog ich die Schultern hoch.

»Ja, mit dir.« Der Vorwurf in Nalus weicher, dunkler Stimme war nicht zu überhören. »Denn du darfst hier nicht sein.«

»Ich wollte auch nicht hierher. Und wo wir gerade beim Thema sind, was ist das eigentlich für ein… ein Land… oder eine Welt?«

Nalu zögerte, gab sich dann aber einen Ruck. »Amuria.«

Dieses Wort hatte ich noch nie gehört, aber es löste sofort angenehm warme Wellen in meinem Bauch aus. Ich fand es wunderschön, und es passte zu all dem, was ich bisher in dieser farbenfrohen Natur hatte entdecken dürfen. Nur Nalu und seinen komischen Brüdern und Schwestern traute ich nicht – und eigentlich hielt ich es auch nicht für möglich, dass es unter der Erdoberfläche eine zweite Welt gab, die die Menschen noch nicht entdeckt hatten.

»Amuria…«, wiederholte ich nachdenklich, und wieder wurde mein Bauch warm. »Kenne ich nicht.«

»Ja. Amuria. Der Himmel unter der Erde.«

Der Himmel unter der Erde. Also hatte ich gar nicht so verkehrt gelegen, als ich überlegt hatte, ob ich tot und im Himmel gelandet wäre. »Was seid ihr denn? Keine Menschen, oder? Und wieso siehst du anders aus als deine Brüder und Schwestern und sprichst meine Sprache?«

Nalu sah mich an, als hätte ich ihn zutiefst beleidigt. Doch es war nun mal eine Tatsache, dass seine Haut dunkler als die der anderen war und er im Vergleich zu ihnen insgesamt griffiger und fester wirkte.

»Neugierde«, murmelte er verächtlich. »Das ist es,

womit ihr alles zerstört. Weil ihr es nicht ertragen könnt, Dinge nicht zu wissen. Ihr müsst überall eure Nase hineinstecken. Und ich rede schon wie einer von euch …«

»Das tust du die ganze Zeit«, stellte ich nüchtern fest. »Du vergisst nur manchmal das Ich am Satzanfang.«

»Fällt mir schwer«, entgegnete Nalu schlecht gelaunt. »Ist in unserem Dasein nicht so wichtig wie bei euch, das Ich. Für uns zählt das Wir.«

»Wieso kannst du eigentlich meine Sprache sprechen?«, ignorierte ich seinen erneuten Seitenhieb.

»Hab sie aus deinem Kopf. Konnte die Heulerei nicht mehr ertragen.«

»Aus meinem Kopf?« Das klang so verrückt, dass ich seine Beleidigung wegen meines Tränenausbruchs gleich wieder vergaß, doch es erklärte, warum er mir immer zwischen meine Brauen starrte, wenn er nach einem passenden Wort suchte.

»Ja.« Gelangweilt sah er mir ins Gesicht. »Da sind ja alle Informationen drin.« Er deutete auf meine Stirn.

»Aha.« Ich verstand noch immer nicht genau, wie ihm das gelungen war. Er musste hellsehen können und in der Lage sein, sich sekundenschnell einzuprägen und nachzuahmen, was er in meinem Kopf so fand. »Hast du dann vielleicht auch die Information gefunden, dass ich zurück nach Hause will?«

Nalu antwortete nicht und sah mich auch nicht an.

»Du hast was gegen Menschen, ja?«, bohrte ich weiter. »Ich sag es noch mal: Du siehst fast so aus wie einer, wenn deine Augen nicht so ätzend grell wären.« Sie waren nicht ätzend und auch nicht grell. Ich musste dauernd hineinschauen, so sehr faszinierten sie mich. Aber lieber hätte ich freiwillig weiter gehungert, als ihm das zu sagen. »Warum ist das so?«

»Weil ich zu lange oben war!«, herrschte Nalu mich gereizt an. »Denn da war ein Menschenmädchen, das unbedingt in den Nebel reinlaufen wollte, ganz egal, wie dicht und gefährlich er war ... Kommt dir das irgendwie bekannt vor?«

»Du hast schon so ausgesehen, als ich dich entdeckt habe. Oben?«, fügte ich fragend hinzu, und Nalu nickte.

Also stimmte es. Es gab ein Oben und ein Unten. Und ich war im Unten gelandet und wusste den Weg zurück nicht mehr.

»Ja, okay, vielleicht ein bisschen.« Seufzend fuhr sich Nalu durch seine glänzenden, dichten Haare. »Aber ich hab vorher niemals einen Menschen durchs Portalloch fallen lassen.«

Portalloch? Mein Kopf war überfordert, ich bekam die neuen Informationen nicht mehr sortiert. Trotzdem musste ich weiterfragen.

»Du bist also öfter oben bei uns Menschen?«

»Nur wenn ich muss und ein Mensch meinem Portalloch zu nahe kommt. Ich bin Nebelhüter, weißt du?« Nein, wusste ich nicht. Auch dieses Wort hatte ich noch nie gehört, doch ich forderte ihn nickend auf weiterzusprechen. »Aber es war noch nie jemand so eigensinnig wie du und ist in den Nebel hineingelaufen, anstatt ihm auszuweichen. Und das schon zum zweiten Mal.«

»Also erinnere ich mich richtig«, sagte ich und begann trotz der Wärme zu frösteln. »Ich war schon mal hier unten. Als kleines Kind.«

»Ja.« Nalu hatte seine langen schwarzen Wimpern gesenkt, und sein Mund war nur noch ein Strich. »Wir haben dich an deinem Mal erkannt. Und nun kann es sein, dass ich verbannt werde … und … Moment.« Ohne die Augen zu öffnen, richtete er sich kerzengerade auf. »Sie kommen wieder. Schnell!«

Ohne zu erklären, was er meinte, schnappte er sich meine Hand und führte mich in gemächlichem Tempo zurück zu der Lichtung. Wenn dieser Schleichgang für ihn schnell war, bewegte er sich sonst vermutlich wie ein Faultier. Auch jetzt bat er die Pflanzen und Tiere höflich um Erlaubnis, weitergehen zu dürfen, sobald die Landschaft sich veränderte, und in meinem Zeitgefühl dauerte es Stunden, bis wir den geöffneten Steinkreis erreicht hatten.

»Was passiert denn jetzt?«, fragte ich Nalu gedämpft. Mit einem Stupser seines Zeigefingers schob er mich ins Rund der Kristalle zurück, was sich anfühlte, als wäre ich niemals fort gewesen. »Ich muss wissen, was die mit mir vorhaben!«

Bisher hatte ich kaum etwas von dem verstanden, was er mir erzählt hatte. Ich wusste nur, dass es eine andere, verborgene Welt unterhalb der Erdoberfläche gab, in die ich gefallen war, durch ein Portalloch, das er bewachte, und dass … dass er deshalb verbannt werden würde? Was seine Brüder und Schwestern mit mir vorhatten, lag jedoch völlig im Dunkeln.

»Ich weiß es nicht. Das entscheidet der Rat. Und der wird gleich da sein.«

»Die wissen nicht, dass du mir etwas zu essen gegeben hast, oder? Kriegen wir jetzt Ärger?«

Wieder verzichtete Nalu auf eine Antwort. Stattdessen vollendete er den Kreis mit dem blau-weißen Stein, sodass ich erneut gefangen war, und zog sich samt seiner Krähe auf seinen Felsen zurück. Kaum hatte er sich hingesetzt, traten die vier Männer und Frauen aus dem Wald und näherten sich der Lichtung. Doch sie kamen nicht zu mir, sondern begannen einen neuen Lichtaustausch mit Nalu. Die Kreise konnte ich nur noch erahnen, als hätte die Frucht meine Sinne gedämpft.

Dafür sah ich jedoch etwas anderes – und ich täuschte mich nicht. Nalus Haut war noch ein bisschen dunkler, fester und dichter geworden, ein auffälliger Kontrast zu den schillernden, strahlenden Körpern der Erwachsenen. Es stimmte also, was er behauptete. Kontakt mit Menschen veränderte die Amurier, und so, wie Nalu sich benahm, war das für sie nichts Gutes.

Sie mussten ihm ansehen, dass er Zeit mit mir verbracht hatte, und plötzlich hatte ich Angst, dass sie nicht ihn dafür bestrafen würden, sondern mich.

Der Nachthelle Hirsch

Bitte komm noch mal zu mir, Nalu, dachte ich zum hundertsten Mal. Ich habe solchen Hunger und schreckliche Langeweile, und ich vermisse meine Eltern. Ich weiß, dass du mich nicht ausstehen kannst, aber bitte rede mit mir. Ich will endlich wissen, was ihr mit mir vorhabt…

Wenn Nalu meine Sprache in meinem Kopf gefunden hatte, musste es ihm doch ein Leichtes sein, meine Gedanken zu lesen. Doch er saß seit Stunden auf seinem Stein, ohne mich zu beachten oder auch nur ein einziges Mal anzusehen. Er wirkte sogar noch zorniger und verbitterter als vorher, jetzt, wo er wieder allein war und seine dauerlächelnden Brüder und Schwestern sich entfernt hatten.

Noch immer spürte ich die merkwürdige Berührung des bärtigen Mannes auf meiner Stirn. Plötzlich war er zu mir in den Kreis getreten und hatte mir vorsichtig mit dem Daumen über mein Mal gestrichen. Obwohl ich mich zunächst gefürchtet hatte, hatte ich sein Lächeln erwidern müssen und mich in seiner Gegenwart so geschützt und geborgen gefühlt, dass ich mich danach sofort wieder ins Moos gelegt hatte und von einem fantastischen Traum in den nächsten geschwebt war. Erst nachdem die Männer und Frauen gegangen waren, war mein Schlaf unruhig geworden, und ich war schließlich aufgewacht.

Mein Bauch hatte den winzigen Bissen der Zauberfrucht längst verdaut. Ich fühlte mich zwar nicht mehr so zittrig und schwach wie bei meiner Ankunft, aber der Hunger war zurückgekehrt und begann erneut, mich zu quälen.

Ablenkung hatte ich auch keine. In meinen Kreis verirrten sich keine Tiere, nicht einmal Schmetterlinge oder Vögel ließen sich darin nieder. Die Landschaft um mich herum kannte ich inzwischen in- und auswendig, ihre atemberaubende Schönheit war normal für mich geworden.

Außerdem gab es in Amuria keine Tageszeiten. Noch immer war es hell, und noch immer konnte ich weder einen Himmel noch eine Sonne erkennen. Doch es war stiller geworden. Das Singen der Vögel hatte sich gelegt, und es schwirrten weniger bunt schillernde Insekten durch die Luft. Vielleicht war die Nacht hier genauso hell wie der Tag, und man erkannte sie nur daran, dass die Tiere sich zur Ruhe begaben.

Nalu hingehen schien keinen Schlaf zu brauchen.

Ich hatte ihn bisher nicht einmal gähnen sehen. Gegessen hatte er auch nichts. Er trank nur ab und zu aus der Quelle, die hinter seinem Stein aus dem Felsen sprudelte, und jedes Mal sah seine Haut anschließend ein wenig heller aus, bis sie sich wieder nach und nach zu ihrem üblichen Olivton verdunkelte.

Die Krähe leistete ihm immer noch Gesellschaft. Manchmal saß sie reglos auf seiner Schulter, dann wieder hüpfte sie am Boden um ihn herum, ohne dabei nach Nahrung zu suchen. Aber sie entfernte sich nie weiter als wenige Meter von ihm.

Ihn laut zu rufen, traute ich mich nicht, denn ich wollte die Männer und Frauen nicht wieder anlocken. Aber ich konnte versuchen, ihn in meinen Gedanken zu rufen. Vielleicht erreichte ihn das.

Nalu!, nahm ich einen neuen Anlauf und stellte mir dabei vor, meine Hände zu einem Trichter zu formen und so laut zu brüllen, dass es in meinen eigenen Ohren schallte. Setz deinen Hintern in Bewegung und komm zu mir, jetzt sofort! Dir ist doch bestimmt genauso langweilig wie mir!

Ich wagte kaum zu blinzeln, als er sich mit einer weichen Bewegung vom Stein gleiten ließ und seine Augen misstrauisch auf mich richtete, um dann in langsamen, aber zielsicheren Schritten auf mich zuzugehen. Er reagierte! Das war ja ein Ding. Ich konnte über meine Gedanken mit ihm sprechen!

»Nervensäge«, knurrte er und überwand den Steinkreis, als existierte er gar nicht. »Kannst du nicht endlich mal still sein?«

»Ich bin still. Ich denke nur«, entgegnete ich würdevoll.

»Ja, und das macht Lärm. So schaffe ich es ja nie in meine Reinigung.«

»Reinigung?« Meine Stimme war belegt vom langen Schweigen.

»Die Haut«, brummte er knapp und deutete auf sein Gesicht. »Und die Vermenschlichung. Ich kriege das weg, wenn ich genug Kristalllicht atme.«

»Und du willst das wegkriegen, weil …?«

»Weil das vielleicht meine letzte Chance ist, nicht verbannt zu werden!«, fuhr Nalu mich mit blitzenden Augen an, deren blaugrüne Funken so hell stoben, dass ich die Hand vor mein Gesicht hob, um mich zu schützen.

»Wer eine andere Hautfarbe hat, wird verbannt, echt? Ihr seid ja Rassisten.«

»Was?« Verständnislos starrte Nalu mich an.

»Egal«, winkte ich kopfschüttelnd ab. Ich vergaß immer wieder, dass er keine Ahnung hatte, was ein Stockwerk oben drüber so passierte. »Vergiss es. Ist jedenfalls nicht nett, das zu tun.«

»Es ist sinnvoll.« Nun war er es, der den Kopf schüttelte. »Wir können uns keine Nebelhüter leisten, die Menschen durch die Portallöcher fallen lassen. Die Verbannung dient außerdem der Abschreckung und verdeutlicht, wie wichtig und anspruchsvoll diese Aufgabe ist.« Nalu klang, als hätte er einen Text auswendig gelernt, der ihm schon als kleines Kind jeden Abend vorgelesen worden war. »Das ist nicht irgendeine Aufgabe, Maja. Es ist eine der wichtigsten überhaupt.«

»Mag sein, aber du hast jetzt nun mal einen Menschen durchgelassen. Und weiter? Was ist daran so schlimm? Ich habe euch nichts getan«, wiederholte ich, was ich ihm vorhin schon gesagt hatte. Wovor hatten sie nur solche Angst?

»Noch nicht«, entgegnete Nalu unheilvoll.

»Ich hab nicht vor, das zu ändern, ich will einfach nur zurück zu meinen Eltern, nach oben! Und dann komme ich nie wieder hier runter, versprochen! Ich hab kein Interesse an einer Welt, in der ich verhungere und niemand mit mir redet.«

Nalu erwiderte nichts, doch seine Augen versenkten sich wieder so tief in meine, dass ich ein paar Sekunden lang nichts mehr denken konnte. Auf einmal fühlte ich mich klein, hilflos und ausgeliefert. Bisher hatte keiner von ihnen mir ein Haar gekrümmt, und Nalu sah nicht aus, als wollte er das ändern. Aber sein Blick war so undurchdringlich und ernst, dass ich Angst bekam.

»Was habt ihr denn jetzt mit mir vor?«

»Nichts«, antwortete Nalu schlicht und setzte sich zu mir ins Moos, doch seine Miene blieb ernst.

»Warum lasst ihr mich dann nicht frei?«

Endlich wandte er seine Augen von mir ab, um leise zu seufzen und den Blick auf seine Hände zu richten. »Weil du nicht wieder zurück nach oben darfst.«

»Was?« Im Nu hatte meine Angst sich in Panik verwandelt, und wütend war ich dazu. Das konnte doch nicht sein Ernst sein! »Ich darf nicht zurück nach Hause? Wieso das denn?«

»Wir können das nicht zulassen, Maja!« Nun schaute mich Nalu wieder an, aber mit einem Ausdruck in seinem Gesicht, als wäre ich ein dummes, unbelehrbares Kind. »Du würdest anderen Menschen davon erzählen, und dann würden sie sehen wollen, was du gesehen hast, und Amuria ausbeuten und zerstören. Ihr tut da oben doch seit Jahrtausenden nichts anderes!«

»Woher willst du das denn wissen?« Aufgebracht stemmte ich meine Hände in die Seite, was sich reichlich bescheuert anfühlte, wenn man dabei auf dem Boden saß. »Du hast doch gar keine Ahnung von der Menschenwelt!«

»Ich fühle, was ihr da oben tut, Maja. Wir bewohnen schließlich dieselbe Erde. Und ich hab gesehen, dass du einfach so durch die Blumen laufen wolltest, ohne sie zu fragen.«

Wie gut, dass er nicht gesehen hatte, wie ich es nur wenige Stunden vorher tatsächlich getan hatte. Aber bei uns oben gab es keine Elfen, und unsere Früchte schrien auch nicht, wenn man sie pflücken wollte. Oder taten sie es, und wir hörten sie nur nicht?

»Wenn ihr Amuria entdeckt, ist es aus mit uns«, sprach Nalu mit rauer Stimme weiter. »Dann wird es nur noch das Schlechte auf der Welt geben und nichts Gutes mehr.«

»Ich bin nicht schlecht«, widersprach ich scharf. »Und es ist nichts Gutes daran, ein unschuldiges Mädchen in einer fremden Welt festzuhalten, wo es nichts zu essen hat. Das ist großer Mist, Nalu. Meine Eltern sind übrigens auch nicht schlecht. Sie sind Wissenschaftler, die versuchen, die Natur und aussterbende Tiere zu retten, und nicht, sie auszubeuten. Außerdem muss ich ihnen gar nichts von Amuria erzählen. Ich will einfach nur zurück nach oben.«

»Das kann ich nicht entscheiden«, erwiderte Nalu hart. »Und du wirst davon erzählen. Du kannst doch deine Klappe nie halten.«

»Ich werde nichts sagen, ich schwöre es dir!« Wie zur Bekräftigung presste ich meine Hände auf die Brust. »Damals habt ihr mich doch auch zurück in meine Welt gelassen, warum geht das jetzt nicht mehr?«

»Wir haben das getan, weil du ein kleines Kind warst! Dem Rat war klar, dass dir niemand glauben würde und du gar nicht genau erzählen könntest, was du gesehen hast, du konntest ja kaum sprechen …«

»Na, es hat immerhin dafür gereicht, dass meine Eltern

mich zu einem Psychologen geschickt haben!« Meine Wangen brannten vor Ärger, weil Nalu so stur blieb und sich kein winziges Stückchen auf mich zubewegte.

»Psychologe?« Wieder intensivierte er seinen Blick, als versuchte er in meinem Kopf die passende Information zu diesem Wort zu finden.

»Seelenklempner. Jemand, der Menschen hilft, die Kummer haben oder sich Sachen einbilden, die nicht wahr sein können. Glaub mir, das war doof genug für mich, das würde ich nicht noch einmal freiwillig tun! Jetzt erst recht nicht mehr!«

»Wirst du.« Nalu zuckte nicht mit der Wimper, als er mich ansah. Überhaupt musste er weniger blinzeln als ich und konnte seine Gletschersee-Augen minutenlang offen halten. »Und selbst wenn nicht, das Risiko ist zu hoch, dass du doch etwas ausplauderst, sie dir glauben und nachschauen wollen und… Es sind zu viele Löcher entstanden. Wir können sie kaum mehr alle bewachen.«

»Ich will aber nicht hierbleiben, verstehst du das nicht? Meine Eltern sind da oben, und sie suchen mich schon die ganze Zeit…« Ich musste eine Pause einlegen, um nicht wieder zu weinen. »Da sind meine Freunde und…« Nein, das war gelogen. Freunde hatte ich nicht. Schon seit Jahren nicht mehr. »Ich will zurück in mein Leben, bitte, Nalu. Wir könnten jetzt sofort zum Portalloch gehen, und nachher sagst du den anderen einfach, ich wäre abgehauen…«

Nalus arrogantes Lachen ließ mich im Nu verstummen. »Abgehauen? Aus dem Kristallkreis des Rates? Das ist unmöglich.«

»Aber ich werde verhungern, wenn ihr mich hierbehaltet. Ich brauche Essen. Richtiges Essen! Diese magische Frucht war lecker, aber mit einer in drei Jahren könnt ihr mich unmöglich ernähren, ich brauche Brot und Eier und Nudeln und Fleisch und …« Wieder verstummte ich, doch dieses Mal, weil Nalus Augen so traurig wurden, dass ich mich selbst elend fühlte.

»Fleisch«, wiederholte er angeekelt. »Wie könnt ihr nur …«

Verstanden, in Amuria lebten nur Vegetarier. Hatte ich mir fast schon gedacht.

»Okay, von mir aus reichen ein paar Eier, Spiegeleier oder Rührei. Hauptsache, es macht satt.«

Die Traurigkeit in Nalus Augen schwand nicht. Stattdessen mischte sich nun auch Abscheu in seinen Blick. »Das sind Babys. Babys von Vögeln. Und ihr holt sie aus ihrer schützenden Schale, während sie schlummern und wachsen, und esst sie. Das ist … das ist einfach abartig.« Er erschauerte am ganzen Körper.

»Das ist doch nur Eiweiß und Eigelb in einer Schale. Da ist noch kein Baby drin«, verteidigte ich mich verwundert.

»Du kannst es eben nicht sehen mit deiner schlechten Wahrnehmung«, belehrte Nalu mich. »Aber die Information des Babys ist schon drin. Und sein Bewusstsein auch, und das will leben, wie alles auf der Welt.«

Ach du je, nun hatte ein Ei auch noch ein Bewusstsein. Die Amurier waren also keine Vegetarier, sondern Hardcore-Veganer. Schlimmer ging es ja immer.

»Gut, dann halt Gemüse, wenn es sein muss, oder Obst, Pilze, Getreide …«, schlug ich gestikulierend vor, doch Nalu schüttelte ablehnend den Kopf und deutete wortlos auf die Frucht. Richtig, sie hatte geschrien, als ich versucht hatte, sie vom Baum zu pflücken. Was wahrscheinlich alle Pflanzen in Amuria taten, wenn man sie von der Erde trennen wollte.

»Milch. Geht vielleicht Milch?« Oh nein, Milch war auch nicht gut, ich sah es an seinem angewiderten Gesicht. Nahrung für die Tierbabys, schon klar. Wer Milch trank, war böse.

»Was esst ihr denn dann, verdammt? Luft und Liebe?«

»So ähnlich«, antwortete Nalu ruhig. »Wir ernähren uns von Wasser und Licht. So wie alle Menschen das früher einmal getan haben.«

»Du hast einen Vollknall, Nalu, echt.«

»Nur weil ihr euch nicht daran erinnert, heißt das nicht, dass es nicht wahr ist.« Seine hellen Augen flackerten, als sie mich wissend streiften. »Wir waren mal eins, du und ich.«

»Ich und du? Bestimmt nicht.«

»Ich meine das symbolisch.« Ein leichtes Lächeln

huschte über sein Gesicht, wobei seine Zähne weiß aufleuchteten. »Es gab einst nur Amuria und sonst nichts. Alle Wesen waren wie wir und lebten oberhalb der Erdkruste.«

»Sicher?« Zweifelnd musterte ich ihn. »Wann soll das denn gewesen sein?«

»Ein paar Millionen Jahre werden es wohl sein«, vermutete er nach einigen Sekunden nachdenklich.

»Das kann ich mir nicht vorstellen.«

»Ja, das ist mir klar.« Wieder grinste er leicht, was sein Gesicht sofort offener werden ließ. »Ist aber so gewesen. Damals gab es nur das hier, aber oben.«

»Was ist passiert? Warum gibt es jetzt zwei Welten, die Menschenwelt und hier unten Amuria?«

»Die Weisen sagen, dass einige von uns anfingen, ihre Macht zu missbrauchen.«

»Welche Macht? Nebel zu produzieren?«

»Nein. Das ist noch gar nichts.« Nalu griff in seine Weste und holte eine Handvoll kleine, runde Kristalle heraus, die mich an Hagelkörner erinnerten. »Schau hier.«

Er nahm die Kristalle in seine Faust, schloss die Augen und atmete konzentriert ein und aus, bevor er mit schnellen, gezielten Bewegungen die Hand schüttelte und die Kristalle auf das Moos außerhalb des Kreises rieseln ließ. Binnen Sekunden erwuchsen aus ihnen eine Reihe dunkelgrüner Halme, die sich ebenso schnell in ein intensiv duftendes Kraut verwandelten und winzige dunkelblaue Blüten hervorbrachten.

Verdutzt schüttelte ich den Kopf. Papa hatte mich mal in eine Zaubershow geschleppt, in der ein Kaninchen nach dem anderen aus einem winzigen Hut gezogen worden war. Doch das war nichts gewesen im Vergleich zu dieser Vorführung – und ich konnte keinen Trick dabei erkennen. Die Halme waren aus dem Boden gewachsen, und Nalus Hände hatten sich ununterbrochen in der Luft befunden.

»Wie hast du das gemacht?«, fragte ich betont kühl. Ich wollte nicht, dass er merkte, wie überrascht ich war.

»Manifestation«, entgegnete er lässig. »Mein Vater hat mir beigebracht, wie ich Kristalle mit Pflanzeninformationen auflade und diese an die Erde weitergebe. Dieses Kraut hilft den Alten beim Übergang.«

»Was für ein Übergang?«, ignorierte ich seinen Professorentonfall.

»Na, wenn sie beschließen zu gehen. Ich glaube, ihr nennt das Sterben. Abkratzen. Den Löffel abgeben«, äffte Nalu mich nach und verriet damit, dass er jedes meiner Worte verstanden hatte. »Das Kraut macht es ihnen leichter.«

»Wenn sie es *beschließen*?« Jetzt war meine Neugierde endgültig geweckt, und ich vergaß beinahe, dass ich nicht mehr nach Hause gehen durfte. »Heißt das etwa, ihr entscheidet das selbst?«

»Ja, natürlich. Wenn wir spüren, dass die Zeit gekommen ist, unsere Form zu wechseln, bereiten wir uns auf den Übergang vor. Und überlegen uns, was wir im nächsten Leben sein und tun wollen. Ist das bei euch denn nicht so?«

»Nein«, antwortete ich halb staunend, halb bekümmert. »Wir werden krank, und dann sterben wir. Wir wollen das nicht, es passiert einfach. Wir können nichts dagegen tun.«

»Tja, diese Gabe habt ihr verloren … und beherrscht dafür Mutter Erde. Ein hoher Preis, oder?«

»Tu mir einen Gefallen und gewöhn dir eine andere Sprache an«, blaffte ich Nalu an, um meine plötzliche Traurigkeit vor ihm zu verbergen. Hier in Amuria hätten Opa und Oma gar nicht so früh sterben müssen, weil sie krank gewesen waren. Sie hätten es einfach selbst entscheiden können. »Du klingst wie ein elender Besserwisser.«

»Bin ich ja auch. Aber keine Bange, dich lassen wir nicht verhungern. Mein Vater will versuchen, dich mit Licht zu fluten, und du bekommst ab und zu etwas von der Frucht.«

»Bäh«, machte ich und verzog meinen Mund, als hätte ich in eine Zitrone gebissen. »Mich mit Licht fluten? Habt ihr sie noch alle?«

»Na, eben das, was Vater vorhin mit dir gemacht hat. Es hat dir doch gutgetan, oder?«

Der Mann mit dem weißen Bart und den langen Haaren war Nalus Vater? Und damit der Heiler von Amuria? Nalu nickte, als hätte er meine Gedanken erraten. Ich musste zugeben, dass seine Berührung mir augenblicklich Ruhe und ein Gefühl tiefen Friedens geschenkt hatte. Trotzdem wollte ich auf keinen Fall den Rest meines Lebens in Amuria verbringen. Denn wenn es stimmte, was Nalu sagte, würde er bald nicht mehr hier sein, und dann würde niemand mehr mit mir sprechen.

»Nalu, du kapierst das nicht«, probierte ich erneut, ihm begreiflich zu machen, dass das nicht möglich war. »Ich kann so nicht leben. Egal, was ihr mit dieser Frucht anstellt, ich werde nicht satt davon werden und es reicht mir auch nicht, mir jeden Tag meine Stirn betatschten zu lassen. Ich muss mich frei bewegen können, herumlaufen, die Welt entdecken, Abenteuer erleben …«

»Genau das ist ja unser Problem. Das hast du da oben schon viel zu oft getan. Nur deshalb bist du hier. Weil du abseits der Wege gelaufen bist.«

»Ja, aber …« Ich stockte, weil Nalu sich plötzlich erhoben hatte und mir mit der Hand bedeutete, still zu sein. »Was ist los?«, flüsterte ich.

Er antwortete nicht, sondern lauschte mit geschlossenen Augen, seine Hand immer noch warnend in die Luft gereckt.

»Kommen sie zurück?« Hörte er schon wieder den Rat nahen?

»Nicht sie …«, wisperte er und öffnete langsam die Augen. Sein Gesicht wirkte auf einmal verträumt, und ein ungläubiges Lächeln stahl sich auf seine Lippen. »Ein Tier des Schwarzen Kristallwaldes nähert sich. Das gab es schon lange nicht mehr … sehr lange … Rühr dich nicht, sie sind extrem scheu und kommen nur selten zu uns.«

Nalus Bewegungen waren butterweich, als er sich neben mir auf das Moos niederließ und in lauernder Hockstellung hinüber zu dem Waldrand blickte, wo die Bäume so dicht wuchsen, dass er wie eine sattgrüne, undurchdringliche Wand aus Blättern, Zweigen und Farnen wirkte.

Doch das eigentliche Wunder spielte sich über uns ab. Nach und nach, innerhalb weniger Sekunden, verdunkelte sich der unsichtbare Himmel Amurias, die zahlreichen Regenbogen verblassten, und die verschlungenen Wasserläufe um uns herum begannen zu schweigen, als hätten sie aufgehört zu fließen.

»Wir können die Tiere des Kristallwaldes nur sehen, wenn es finster ist«, raunte Nalu kaum hörbar. »Im Licht kann man sie nicht erkennen, sie sind zu hell dafür. Ich muss dich jetzt allein lassen, denn die anderen haben sein Nahen auch bemerkt.«

»Kein Ding«, erwiderte ich locker, obwohl ich mich überhaupt nicht locker fühlte.

Die Dunkelheit senkte sich so rasch über uns, dass sie sich anfühlte wie ein Weltuntergang samt Sonnenfinsternis. Doch nach einigen Augenblicken vollkommener Schwärze, in denen ich fast nichts mehr erkennen konnte, begannen sämtliche Kristalle um mich herum sanft zu funkeln und schickten neues Licht nach Amuria. Jetzt erst konnte ich ermessen, wie viele es von ihnen gab und wo sie sich überall befanden – in den Blüten der Büsche und Bäume und Blumen, in den Wasserstraßen, im Moos, in den Baumrinden und Farnen, ja, sie durchzogen sogar die Felswände und ließen sie geheimnisvoll glimmen.

In Amuria strahlten die Sterne nicht vom Himmel herab. Sie schickten ihr Licht aus dem Erdreich nach oben. Alles um mich herum sah aus wie verzaubert und war dabei so still, dass ich mein Herz klopfen hören konnte. Je mehr Zeit verstrich, desto intensiver wurde das Glitzern der Kristalle, und desto besser konnte ich meine Umgebung erkennen.

Aber noch war kein Tier aus dem Wald zu uns gekommen.

Dennoch hatte Nalu recht behalten. Die anderen Amurier hatten das Tier der Nacht ebenfalls gespürt und strömten nun von allen Seiten herbei. Überall wimmelte es von Gestalten, deren helle Augen wie Scheinwerfer aus der Dunkelheit stachen. Es waren nicht nur Amurier – Mütter mit Babys auf dem Arm, junge Männer, Kinder, alte Frauen und Greise –, sondern auch Rehe, Hasen, Katzen, kleine, zierliche Pferde, Füchse und Vögel in allen erdenklichen Farben und Größen. Jeder Junge, jedes Mädchen führte ein ihm offenbar zutiefst vertrautes Tier dicht an seiner Seite, und es wirkte, als würden sie liebevoll aufeinander aufpassen.

Noch vor wenigen Minuten hatte ich mich über die Amurier lustig gemacht und Nalu angebettelt, mich von hier wegzubringen. Doch jetzt wünschte ich mir nichts sehnlicher, als zu ihnen zu gehören und eine von ihnen zu sein, mit einem eigenen Tier an meiner Seite; vielleicht einem der wolligen, schlanken Schafe mit lustig gedrehten Hörnern, deren Augen hellblau strahlten, oder der kniehohen, grün-grau gemusterten Katze, wie sie ein Mädchen in meinem Alter begleitete. Auch die puscheligen, silberfelligen Füchse gefielen mir, und zu gerne hätte ich einen von ihnen gestreichelt.

Nun störte es mich kaum mehr, dass die Amurier nicht mit ihrer Stimme sprachen. Die Stille, in der sie sich begegneten, passte zu der sanften bläulichen Dämmerung und ihren Tausenden funkelnden Kristallen. Jedes laute Wort wäre eines zu viel gewesen, und ich konnte sogar wieder einige bunte Lichtkreise erkennen, die über den Körpern der Amurier aufstiegen.

Sie alle verhielten sich vollkommen ruhig. Niemand drängelte oder hatte es eilig. Jeder von ihnen suchte sich gemächlich einen Platz auf der Lichtung, an dem er bewegungslos stehen blieb und wartete. Selbst die Babys und Kinder strahlten dabei eine Gelassenheit und Furchtlosigkeit aus, wie ich sie in der Menschenwelt nie erlebt hatte. Obwohl niemand lachte oder redete, lag überall Freude und Heiterkeit in der Luft. Selbst ich freute mich, auch wenn ich gar keinen Grund dazu hatte.

Als die letzten Amurier eingetroffen waren, bildeten sie einen perfekten Halbkreis um den Waldrand herum, und innerhalb dieses Halbkreises, fast exakt in seiner Mitte, befand sich mein kleiner Kristallkreis, sodass ich mich fühlte wie ein Tier im Zoo. Doch es half mir, dass ihre leuchtenden, unnatürlich hellen Augen auf die dicht wachsenden Bäume gerichtet waren und nicht auf mich.

Ich tat es den Amuriern gleich.

Wie sie beobachtete ich schweigend den Waldrand und fürchtete schon, Stunden warten zu müssen, als plötzlich Lichtfunken durch seine eben noch so undurchdringlich wirkende Blätterwand stoben und das Erscheinen des Tieres ankündigten. Als wären diese Funken ein Signal, ließen sich alle Amurier lautlos auf ihre Knie herab und betteten die Hände in ihren Schoß. Selbst die Katzen, Füchse, Rehe, Hasen und Pferde setzten oder legten sich wie auf einen geheimen Befehl hin auf die Erde, ohne dabei ein Geräusch von sich zu geben. Ich selbst hatte bereits im Schneidersitz mitten in meinem Kreis gesessen, wagte es aber nicht, etwas daran zu ändern, auch wenn ich die Einzige war, die nicht kniete. Mir schien jede Bewegung verkehrt zu sein.

Doch es gelang mir nicht, still zu bleiben, als zwei der höchsten Bäume am Waldrand ihre Kronen mit einem leisen Rauschen zur Seite bewegten und Platz machten für einen Hirsch, dessen Größe, Anmut und Schönheit so überwältigend waren, dass ich laut aufseufzte.

Sein mächtiges, strahlend weißes Geweih verzweigte sich meterweit nach rechts und links und war durchsetzt von blinkenden Goldkörnchen. Als er seinen schmalen Kopf leicht zur Seite drehte, schaute er mich mit seinem linken Auge direkt an. Samtig war es und barg eine Tiefe, die mich an die sternklaren Nächte des Polarkreises erinnerten. Ich musste an die Ewigkeit und die Unendlichkeit denken, wenn ich hineinsah. Beides war in seinem Blick untrennbar vereint.

Sein dichtes lockiges Fell besaß keine Farbe. Bei jeder seiner kraftvollen Bewegungen wechselte es zwischen einem glitzernden, wie Seide wirkendem Schwarz und reinstem Weiß.

In federnden Schritten trabte er mitten auf die Lichtung, bevor er stehen blieb und erneut seinen Kopf nach rechts und links drehte, wobei sein Geweih die bunten Reflexe der Kristalle widerspiegelte. Die Amurier senkten demütig ihre Lider und legten die Hände vor der Brust aneinander, als würden sie sich betend vor ihm verbeugen.

Nur ich konnte meine Augen nicht von ihm abwenden. Es ging nicht, egal, wie sehr ich es versuchte. Ich schaffte es allenfalls zu zwinkern. Auch ich hatte Respekt vor ihm. Er konnte mich mit einem Hieb seines Geweihs in Stücke fetzen und schien mir um ein Vielfaches größer zu sein als jeder Hirsch, den ich in der Menschenwelt bisher gesehen hatte. Wahrscheinlich würde er sogar einen Elefanten überragen. Aber ihn nicht anzuschauen, war unmöglich.

Nun hatte er mich bemerkt. Ihm konnte nicht entgehen, dass ich anders aussah als die anderen. Mein Herz begann zu rasen, als er sich erneut in Bewegung setzte und auf mich zulief, und je näher er mir kam, desto gigantischer und gefährlicher wirkte er auf mich.

Doch ich konnte nicht fliehen, ich hatte keine Chance im Bann der Kristalle. Alles, was mir blieb, war zu hoffen, dass er diese Grenze ebenfalls nicht überschreiten konnte. Immerhin war bisher kein anderes Tier zu mir gekommen. Der Kreis musste auch ihn aufhalten, sonst …

Nein, er hielt ihn nicht auf. Der Hirsch zögerte nur kurz, als er die Steine erblickte, dann hob er beinahe tänzerisch seinen rechten Lauf an und setzte mit einem geschmeidigen Sprung über die Kristallgrenze hinweg.

»Bitte tu mir nichts, bitte«, flüsterte ich flehend. »Ich tu dir auch nichts, ich schau dich nur an … Bitte töte mich nicht … Ich will doch nur nach Hause.«

Nun war er mir so nahe gekommen, dass ich ihn riechen konnte. Ein magischer Duft strömte aus seinem Fell. In ihm vereinten sich der Wald, das Wasser, herbe Kräuter und uralte Steine, auf die stundenlang die Sonne geschienen hatte. Trotz meiner Angst sog ich den Geruch tief ein und vernahm dabei den Herzschlag des Hirsches. Er klang, als würde ein Riese rhythmisch gegen eine lederne Trommel schlagen. Sein Fell knisterte wie elektrisch aufgeladen, während er an mir zu schnuppern begann und seine feuchte, faustgroße Nase kühl gegen mein Gesicht stupste.

Mein Kopf befand sich nun mitten in seinem ausladenden Geweih, ich war zwischen seinen Verästelungen gefangen. Egal, wohin ich mich bewegte, ich würde ihm nicht entkommen können. Es füllte den gesamten Kreis aus. Wenn ich mich nicht verletzen wollte, musste ich still sitzen bleiben, denn nun sah ich, dass das Geweih tatsächlich von goldenen, scharfkantigen Kristallen durchsetzt war, die aus sich selbst heraus Funken in die Dämmerung schickten und die Luft um mich herum spürbar erwärmten.

Doch sobald der Hirsch noch ein Stückchen näher kam und seine Stirn sanft gegen meine schmiegte, verschwand meine Angst, als hätte es sie nie gegeben. Ich wurde so ruhig, dass jede Anspannung aus mir wich und mein Rücken weich und rund wurde. Wie von selbst erwiderte ich seine zarte Berührung, und noch im selben Augenblick spürte ich, wie etwas aus seinem Kopf in meinen überging. Es gab keine Grenze mehr zwischen uns. Irgendetwas übermittelte er mir, doch ich konnte es nicht erkennen, obwohl es so machtvoll war, dass mein gesamter Schädel zu dröhnen begann und sich die Härchen an meinen Armen in einem eisigen Schauer aufstellten.

Trotzdem hielt ich still und sagte nichts, bis er seine Stirn von meiner löste, sich rückwärts aus dem Kreis bewegte und dabei genau darauf achtete, dass sein Geweih mich nicht streifte. Erst als er das Rund der Kristalle vollständig verlassen hatte, drehte er sich um und trabte in schnellen Schritten dem Waldrand entgegen. Die dichten Bäume neigten sich erneut zur Seite, um ihn hindurchzulassen, und schon war er verschwunden und mit ihm der Funkenregen über seinem Geweih.

Der Wald lag finster und undurchdringlich vor uns, und bereits nach wenigen Atemzügen begann die Dämmerung zu schwinden, bis wieder überall das diffuse, aber intensive goldgelbe Licht herrschte, das mich anfangs geblendet hatte. Auch die Wasser begannen wieder zu rauschen, und neue Regenbogen bildeten sich. Amuria sah aus, wie ich es entdeckt hatte – und doch fühlte es sich anders an.

Die Spannung, die in der Luft lag, als der Hirsch sich angekündigt hatte, hatte sich in schwelende Unruhe gewandelt, und es gab keinen Amurier mehr, der mich nicht fassungslos beäugte. Sie alle schauten mich an, als wäre ich ein Wunder und gleichzeitig das Schlimmste, was ihnen hatte widerfahren können. Erkannten sie jetzt erst, dass ich ein Menschenmädchen war? Oder hatten ihre Blicke etwas mit dem Hirsch zu tun, und dass er bei mir gewesen war?

Nervös suchte ich in der Menge nach Nalu und fand ihn in der Nähe seines Steines. Auch er schaute mich mit aufgerissenen Augen an, löste sich aber aus seiner Starre, sobald unsere Blicke sich begegneten, und lief zu seinem Vater, um in dicken goldenen Lichtschlieren auf ihn einzureden. Immer wieder zerrissen die schlingernden Kreise, die sich über seinem Kopf bildeten, als wäre er über die Maßen aufgeregt, während die dunkelblauen seines Vaters groß und gleichmäßig blieben. Jetzt konnte ich sie wieder gut erkennen. Sowieso hatte ich das Gefühl, seit der Begegnung mit dem Hirsch besser hören, sehen und riechen zu können, und noch immer vibrierte mein Kopf. Auch die Gänsehaut auf meinen Armen war noch nicht verschwunden.

Das Gespräch zwischen Nalu und seinem Vater war schnell beendet. In langen Schritten eilten sie auf mich zu, verfolgt von den Blicken der anderen Amurier, die sich wieder erhoben hatten und ebenfalls zahlreiche Lichtkreise austauschten. Die ganze Luft war erfüllt von ihnen, und ich wünschte mir, ich hätte sie nicht so gut sehen können, denn mir wurde schwindelig davon.

Vor dem Kreis hielten Nalu und der Heiler an. Auffordernd nickte Nalus Vater ihm zu. Die Lichtkreise der anderen verschwanden schlagartig, als Nalu zu mir in den Kreis trat und sich neben mich setzte.

»Die sehen das nicht gerne, oder?«, wisperte ich. »Dass du bei mir bist?«

»Stimmt, das tun sie nicht«, gab er gedämpft zurück. Seine Stimme war leise und angenehm warm. Trotzdem spürte ich, wie seine Landsleute erschraken. Auch sein Vater schaute, als hätte er sich gerade den Magen verdorben. »Und das hier erst recht nicht … Aber Vater hat mir die Erlaubnis gegeben. Ich muss übersetzen.«

»Wen? Mich?« Wollten sie auf einmal doch mit mir sprechen?

»Nein. Den Nachthellen Hirsch. Und ich muss es schnell tun. Also zerkratz mir bitte nicht das Gesicht, wenn ich damit anfange, okay?«

»Was genau willst du denn … oh«, verstummte ich, als Nalu sich ohne weitere Vorwarnung nach vorne beugte, mein Gesicht in seine kühlen Hände nahm und seine Stirn gegen meine drückte. »He, was soll das, ich …«

»Schweig«, herrschte er mich an. »Ich kann sonst nicht fehlerfrei wahrnehmen. Denk bitte an gar nichts, wenn es irgendwie geht.«

Es ging überhaupt nicht. Jetzt, wo ich wusste, dass ich nichts denken durfte, spielte mein Hirn erst recht verrückt, und Nalu stöhnte ein paarmal genervt auf, als besonders wilde Mutmaßungen durch meinen Kopf rasten. Aber ich konnte nicht nichts denken, nicht in einer solchen Situation. Noch nie hatte ein Junge auf diese Weise mein Gesicht angefasst. Unsere Münder waren sich dabei so nahe, dass ich seinen reinen, frischen Atem auf mir spüren konnte. Auch seine Haut hatte einen speziellen, fast magischen Geruch. Sie duftete wie eine taubesetzte Frühlingswiese, und gleichzeitig erinnerte mich ihr Aroma an das Fell einer jungen Katze, eine Mischung, bei der mir erneut schwindelig wurde.

»Jetzt sei nicht so störrisch, ich hab es gleich …«, brummte Nalu, als ich mich instinktiv gegen seinen Griff sperrte. »Mir macht das auch keinen Spaß. Aber es ist wichtig, also halt gefälligst still.«

Ich knurrte warnend und klang dabei wie ein Hund, der mit einem Knochen spielte. Errötend sah ich, dass Nalu grinsen musste. Dann, endlich, gab er mein Gesicht frei und lehnte sich aufseufzend zurück, um sich auf seine Hände zu stützen und die Beine lang auszustrecken, als hätte er gerade Schwerstarbeit verrichtet. Seinen Vater, der immer noch abwartend und mit leicht verdrießlicher Miene am Rande des Kreises stand, ignorierte er.

»Okay, das ist … merkwürdig«, stellte Nalu schließlich mit gesenkten Wimpern fest. »Eigentlich kann es gar nicht sein.«

»Wärst du so nett, mich einzuweihen? Schließlich hat der Hirsch mir eine Botschaft gegeben und nicht dir.«

Nalus Vater sandte einen ovalen Lichtkreis in Dunkelblau, der direkt über unseren Köpfen stehen blieb, doch Nalu ging nicht darauf ein.

»Bin mir nicht sicher, wie ich sie deuten soll und ob

du überhaupt davon wissen darfst …«, überlegte er skeptisch.

»Hey, der Hirsch hat mich ausgesucht, ganz gezielt! Natürlich darf ich es wissen!«

»Wenn du mich nicht als Übersetzer hättest, würdest du es eh nicht erfahren.«

»Angeber. Jetzt sag schon, was wollte er?« Fordernd sah ich Nalu an, doch er hob seine Wimpern nicht. Sie waren unverschämt lang und seidig und damit ebenfalls etwas für den Elfen-Stickerbogen. Nur seine Laune passte nicht dahin.

»Gib mir einen Augenblick, ich muss das erst von Licht in Sprache übersetzen.«

»Ja, und dein Vater hätte wohl lieber das Licht …« Der Heiler stand noch immer dicht bei uns, und jedes von Nalus Worten ließ seine Mundwinkel unruhig zucken. Ihm gefiel es gar nicht, dass sein Sohn meine Sprache so fließend beherrschte, während es Nalu offensichtlich großen Spaß machte, ihn damit auf die Folter zu spannen. »Kriegst du keinen Ärger, wenn du ihn warten lässt?«

»Ich bin sowieso verbannt, was ändert es?«, erwiderte Nalu kalt. »Schlimmer bestrafen kann er mich nicht. Also gut … hör zu.«

Kurz sah er mich an, dann schloss er seine Augen wieder und begann in einem eigenartigen, melodischen Singsang zu rezitieren.

Wenn Tag und Nacht zusammenfinden
Und sich am Rande des Universums die Hand reichen,
Wenn der Mond der Sonne seine Nachtkraft gibt
Und die Sonne dem Mond ihre Tagkraft schenkt
Und beide sich in Harmonie vereinen,
Werden ewig währender Frieden
Und grenzenlose Sicherheit herrschen.
Dunkelheit wird Licht.
Angst wird Liebe.
Alles wird eins.

»Ich versteh mal wieder nur Bahnhof«, zischte ich unterdrückt. Nalus Vater war so nah an den Rand des Kreises gekommen, dass ich mich nicht mehr traute, laut zu sprechen. »Dieser Hirsch hat eine poetische Ader, was?«

Nalu schickte mir wieder einen seiner durchdringenden Röntgenblicke. Wahrscheinlich versuchte er herauszufinden, was poetisch bedeutete.

»Ich rede jedenfalls anders«, kürzte ich diesen leidigen Prozess ab.

»Du sowieso«, konterte er mit einem überheblichen Schmunzeln. »Na, er ist eben der Nachthelle Hirsch. Eines der mächtigsten Tiere im Schwarzen Kristallwald. Vielleicht sogar das mächtigste überhaupt… Und er hat sich noch keinem von uns so nah gezeigt wie dir. Er hat dir eine Botschaft übermittelt! Dir, einem Menschenkind. Nur deshalb darf ich hier sitzen und mit dir sprechen.«

»Weißt du denn, was er mit seinem Sonne-Mond-Kram meint?«

»Nicht genau«, antwortete Nalu ausweichend, nachdem sein Blick sich auf mein Mal gerichtet hatte und sofort wieder zur Seite geglitten war. »Deshalb müssen wir jetzt gemeinsam darüber beraten. Die Botschaften der Kristallwaldtiere sind immer Rätsel, das ist normal.«

Ja, das mochte sein, doch ich wurde den Verdacht nicht los, dass Nalu einen Teil dieses Rätsels längst gelöst hatte.

Schwungvoll sprang er auf seine Füße und bewegte sich wie der Hirsch rückwärts aus dem Kristallkreis heraus. »Wenn du dich schwach fühlst, iss die Blätter der Kräuter. Aber nicht die Blüten! Auf keinen Fall die Blüten, hast du verstanden?«

»Hab ich«, entgegnete ich lahm und war wieder so müde, dass ich meine Augen kaum offen halten konnte und meinen Mund in einem plötzlichen Gähnkrampf aufriss, bis mein Kiefer knirschte. Amuria war anstrengend, und nun, da es wieder hell war, die Versammlung sich auflöste und die Wasser in ihr gleichmäßiges Rauschen zurückgefunden hatten, wollte ich nur noch schlafen und im Traum in den Schwarzen Kristallwald laufen, um meinen Hirsch zu finden, mich an sein schimmerndes Fell zu kuscheln und nie wieder von ihm fortzugehen.

Mein Wunsch wurde mir erfüllt, kaum dass ich mich auf dem weichen Moos zusammengerollt hatte. In meinen Träumen nahm der Wald mich auf wie eine alte Freundin, die nur eine Weile fort gewesen war. Ihn scherte es nicht, ob ich hell oder dunkel war, und zwischen dem Geweih des Hirsches fühlte ich mich sicher wie ein Baby im Arm seiner Mutter.

Ich würde für immer bei ihm bleiben.

Sonne und Mond

»Wach auf, Maja. Wir müssen los.«

»In den Kristallwald?« Ich hing noch halb in meinem Traum fest, doch die Hoffnung, ihn wahr werden zu lassen, gab mir die Kraft, meine Augen zu öffnen und mich gähnend aufzurichten. Nalu saß wieder bei mir im Kreis, während seine Krähe außerhalb der Kristalle über das Moos stolzierte und mit winzigen Steinchen spielte.

»Um Himmels willen, nein …« Nalu schüttelte amüsiert den Kopf. »Der gehört den Tieren. Nicht einmal mein Vater betritt ihn. Wie kommst du auf diese Idee?«

»Ich … ich will zurück zu meinem Hirsch.«

»Er ist nicht *dein* Hirsch. Siehst du, das ist mal wieder typisch Mensch.« Nalus Brauen zogen sich verärgert zusammen. »Ihr wollt alles, was euch gefällt, sofort zu eurem Eigentum machen.«

»Das meine ich doch gar nicht! Boah, du und deine blöden Vorurteile!« Jetzt hatte ich wirklich Lust, ihm das Gesicht zu zerkratzen. »Ihr habt alle ein Tier an eurer

Seite, und vielleicht kann er meines sein, solange ich hier bin … und deshalb möchte ich zu ihm …«

»Oh Maja.« Nalu reckte mit solch arroganter Miene sein Kinn, dass ich es bereute, von meinem Wunsch erzählt zu haben. »Eine Begegnung mit einem der Tiere aus dem Schwarzen Kristallwald ist einzigartig. So etwas gibt es kein zweites Mal. Schlag dir das aus dem Kopf.«

»Na, ich hab es ja auch zwei Mal nach Amuria geschafft«, wandte ich trotzig ein. »Bei mir gelten andere Gesetze.«

»Allerdings.« Nun war Nalus Miene so ernst geworden, dass sich mein Zorn abschwächte. Außerdem musste ich wieder gähnen, und Müdigkeit und Wut vertrugen sich nicht gut. »Es ist kein Zufall, dass er ausgerechnet dir die Botschaft gegeben hat, und wohl auch kein Zufall, dass du durch mein Portalloch gefallen bist.«

»Heißt das, ich darf doch wieder zurück nach oben?«, fragte ich hoffnungsvoll. Hatten die Amurier endlich begriffen, dass ich ihnen nichts tun wollte?

»Nun ja …« Nalu zog die Nase kraus und atmete laut aus, als hätte er zu lange die Luft angehalten. »Wenn wir beide unseren Auftrag erfüllen, schon.«

»Wir beide! Auftrag?« Jetzt war ich endgültig hellwach. »Diese Botschaft des Hirsches war ein Auftrag? Was hast du damit zu schaffen?«

»Das hier.« Nalu drehte sich um, sodass er mir seinen

Rücken zuwandte, und hob mit der Rechten seine schulterlangen Haare an.

»Oh, das ist ja…« Ich konnte nicht weitersprechen, und mein Gesicht wurde so heiß, als hätte ich es zu nah über die Flammen eines Lagerfeuers gehalten. Auf Nalus Nacken prangte ein Feuermal, das fast die gleiche Größe wie meines hatte. Nur zeigte es keinen Mond in einem Mond, sondern eine Sonne. Es war kreisrund, und aus diesem Rund heraus züngelten gewellte Strahlen.

»Ja. Ich habe auch ein Zeichen. Aber nicht von Geburt an, sondern…« Wieder atmete Nalu gepresst aus. »Es ist entstanden, nachdem du das erste Mal bei uns warst.«

»Und es… es… sieht aus wie eine Sonne…«, stotterte ich heiser, während Nalu seine Hand wegnahm und sich wieder zu mir herumdrehte. Auch sein Gesicht schien warm geworden zu sein. Seine Wangen waren gerötet, und in seinen Augen lag ein eigenartiger unruhiger Schimmer.

»Ja. Du trägst den Mond und ich die Sonne.«

»Und deshalb müssen wir…?« Fragend sah ich ihn an, viel zu durcheinander, um mich an die Botschaft des Nachthellen Hirsches zu erinnern.

»Wir müssen zusammen das Hauptportal Amurias versiegeln. Damit nie wieder ein Mensch zu uns kommen kann. Kurz bevor es sich schließt, darfst du nach oben in deine Welt schlüpfen. So haben die Alten die Botschaft gedeutet.«

»Ihr habt ja eine rege Fantasie«, spöttelte ich und fuhr mir unruhig durch meine Haare, die vom Schlaf noch wirr und zerzaust waren. Doch ich konnte nicht leugnen, dass unsere beiden Male sich auffällig ähnelten. Und ja, der Hirsch hatte immerzu von dem Mond und der Sonne gesprochen, und dass beide sich gegenseitig Kraft schenken und sich in Frieden begegnen sollten. Nalu und ich, in Frieden? Darauf konnte er warten, bis die Hölle zufror.

»Der Rat hat sich lange ausgetauscht, aber eine andere Interpretation gibt es nicht. Denn sie fühlen keine andere.«

»Aha«, machte ich trocken. »Na dann. Von mir aus, gehen wir zu diesem Hauptportal und schließen es, das kann ja so schwer nicht sein. Jetzt hör auf, mich so überheblich anzugucken! Ich hasse das!«

»Merke ich. Aber du hast echt keine Ahnung, Maja.« Mit seinem üblichen Kopfschütteln musterte Nalu mein Gesicht. »Das Hauptportal liegt hinter den Dunkelsümpfen. Wir müssen sie dafür durchqueren und… und sie sind es, wohin Nebelhüter verbannt werden, wenn sie in ihrem Dienst versagen. Es ist gefährlich dort.«

»Ich weiß. Ich bin durchgelatscht, stundenlang. Und du wolltest mich in ihnen ertränken. Was ja auch beinahe geklappt hätte.«

»Ach, das waren doch nicht die Dunkelsümpfe!« Nalu lachte erheitert auf. »Das war nur der Übergang, die

Zwischenwelt... Das ist nichts, Maja, gar nichts. Ein bisschen Schlamm, mehr nicht.«

Ein bisschen viel Schlamm nach meinem Geschmack. Doch langsam wurde mir unheimlich zumute.

»Wie sind denn die Dunkelsümpfe so?«, fragte ich und ärgerte mich, wie piepsig meine Stimme dabei klang.

»Das weiß niemand genau, der noch nicht dort war.« Nalu rieb sich über seine nackten Arme, als würde er plötzlich frieren. »Dort leben die Gefallenen. Obwohl man es eigentlich nicht leben nennen kann... sie sind eher wie...« Nachdenklich hielt er inne. »... wie Tote, die sich noch bewegen...«

»Zombies?«, quiekte ich entsetzt auf. »Ehrlich, hier unten gibt es Zombies?«

»Zombies«, echote Nalu sinnend. »Hmmm.«

»Ja. Menschen, die durch ein Virus sterben und dann wieder auferstehen und herumlaufen und andere anstecken wollen, und sie sehen aus, als wären sie verwest, und machen komische Bewegungen...«

Ich stand auf und versuchte nachzuahmen, was ich vor Kurzem in dieser widerlichen Horrorserie im Spätprogramm gesehen hatte. Nalus Augen wurden immer größer, wahrscheinlich war er noch damit beschäftigt, das neue Wort einzuordnen.

»Na ja, eben Leichen, die noch laufen können, aber keine lebendigen Menschen mehr sind. Sie sehen auch ziemlich scheußlich aus.«

»Und die gibt es bei euch wirklich?« Nalu war blass geworden.

»Nein!«, wehrte ich ab und musste kichern. »Nein, bei uns gibt es ja auch keine schreienden Pflanzen, Kristalle in Baumrinden oder flüsternde Regenbogen. Deshalb dachte ich, bei euch gibt es vielleicht Zombies. Immerhin habt ihr Elfen in den Blumen. Bin aber nicht scharf drauf, ihnen zu begegnen!«

»Leichen, die noch gehen können …« Nalu sackte ein Stück in sich zusammen. »Das könnte schon sein. Dort ist kein Licht, weißt du? Nicht wie hier. In den Dunkelsümpfen wachsen auch keine Kristalle, es gibt keine Blumen, keine Regenbogen, keine Heilkräuter. Die Gefallenen können krank werden und daran sterben, und es heißt, dass man sich an ihrer Schwäche ansteckt wie an einem … Virus, hast du gesagt?«

»Ja. Zombies haben einen Virus, den sie übertragen.«

»Und es gibt kein Heilmittel dagegen?« Nalu bekam wieder etwas Farbe ins Gesicht, tastete aber über seinen Bauch, als wäre ihm übel.

»Nein, in den Geschichten nicht. Man kann ihnen nur den Kopf abschlagen. Glaube ich. So ganz genau weiß ich es nicht.«

Ich hatte heimlich in diese Zombieserie reingesehen, meine Eltern hätten mir niemals erlaubt, sie zu gucken. War auch ganz gut so, mir reichte völlig, was ich dabei hatte ertragen müssen.

»Hey, aber auch ich kann krank werden und ansteckende Viren in mir tragen.« Nalu zuckte leicht zusammen. »Deshalb bin ich aber noch lange kein Zombie.«

Und ich betete, dass diese Gefallenen es auch nicht waren. Seit dem Besuch des Hirsches taten sich Abgründe auf, mit denen ich in diesem Zuckerguss-Schlaraffenland niemals gerechnet hätte.

»Du bist halt ein Mensch.« Nalu hob seine Schultern und ließ sie wieder fallen, als wäre bei mir sowieso jede Hoffnung vergebens. »Aber die Gefallenen waren mal welche von uns.«

»Waren wir Menschen das nicht auch einmal?«

»Jaaaa, vor langer, langer Zeit. Doch die Gefallenen gibt es erst seit ein paar Jahren. Na, seitdem du das erste Mal zu uns gekommen bist, um genau zu sein.« Nalu klang wieder derart vorwurfsvoll, dass ich mich beherrschen musste, um ihn nicht gegen das Schienbein zu treten. »Damals gab es unseren ersten Verbannten. Meinen Bruder. Sarno. Sie haben ihn zur Strafe in die Dunkelsümpfe geschickt.«

»Weißt du, was ich nicht verstehe?«, brach es aus mir heraus. »Ihr macht hier den ganzen Tag einen auf Friede, Freude, Eierkuchen, aber wenn einer von euch nicht spurt, verbannt ihr ihn zu den Zombies? Das ist echt gemein!«

»He, er war zu neugierig! Er hat das erste Portalloch entdeckt und sich vom Sog nach oben ziehen lassen, zu den Menschen, und danach ist er immer wieder nach oben gegangen, obwohl er wusste, dass er sich dadurch verändert! Er war doch selbst schuld!«

»Wie du, was?«

Nalu schnaufte erbost auf, widersprach aber nicht.

»Seid ihr Nebelhüter denn nicht alle ab und zu oben?«

»Ja, inzwischen schon.« Mit den Fingern fuhr Nalu über das weiche Moos, seine Wimpern hatte er wieder gesenkt. »Geht nicht anders. Ihr kommt ja immer näher, und es entstehen immer mehr Löcher, die wir bewachen müssen.«

»Ist deshalb deine Haut dunkler?«

»Ja, klar. Deshalb setze ich mich in meinen Pausen zwischen die Kristalle oder bade in der Silberlagune. Damit ich mich von dem ganzen Schmodder da oben reinigen kann.«

»Dem Menschenschmodder.«

Nalu nickte abfällig.

»Weißt du, was, Nalu? Ich hab keinen Bock darauf, dich aus der Scheiße zu ziehen und mir irgendeinen Zombievirus einzufangen, nur weil du deine Hausaufgaben nicht gemacht hast. Das sehe ich nicht ein.«

»Mann, wenn du wüsstest, wie öde das Wachehalten in der Zwischenwelt ist!« Jetzt verlor auch Nalu seine Ruhe. »Du wärst schon am ersten Tag nach oben gegangen!«

»Ja, und ich bin lange genug hier, um zu wissen,

dass das mit diesem Auftrag nix für mich ist. Du musst sowieso in die Dunkelsümpfe gehen und nachsitzen, also sieh zu, dass du das Portal geschlossen kriegst. Ich …«

»Meine Verbannung wird aufgehoben, wenn wir es schaffen, Maja«, unterbrach Nalu mich so bestimmt, dass ich sofort verstummte. »Ich müsste nicht in den Dunkelsümpfen bleiben. Die Portallöcher würden sich schließen, wir bräuchten keine Nebelhüter mehr, und ich könnte endlich bei meinem Vater als Heiler in die Lehre gehen.«

Nun klang er nicht mehr bestimmt, sondern verloren und sehnsüchtig, und meine Abwehr begann zu bröckeln. Außerdem hatte ich mein Nein nicht zu Ende gedacht. Wenn ich ihn richtig verstanden hatte, mussten wir durch die Zwischenwelt laufen, um die Dunkelsümpfe zu erreichen, und über der Zwischenwelt lagen die Portallöcher. Laut Nalu entwickelten die Löcher einen Sog, der einen nach oben in die Menschenwelt zog. Nalus Bruder hatte das genutzt, und Nalu selbst ließ sich ebenfalls ab und zu nach oben beamen, sobald Menschen Amuria zu nahe kamen, damit er sie mit seinem Nebelzauber vertreiben konnte.

Also müsste das auch für mich funktionieren. Wenn wir den Steg durch die Sümpfe nahmen, kam ich von ganz allein an die passende Stelle und musste nur einen unbeobachteten Moment erwischen, um endlich zurück nach oben zu gelangen. Meine Eltern wiederzusehen. Diese Chance durfte ich mir nicht entgehen lassen.

»Na gut, ich bin dabei«, willigte ich seufzend ein. »Alles besser, als den Rest meines Lebens in einem langweiligen Kristallkreis zu sitzen.«

»Ehrlich?« Nalu glaubte mir ebenso wenig, wie ich mir selbst glaubte. »So schnell hab ich dich überzeugt?

»Freuen tu ich mich bestimmt nicht drauf«, versicherte ich ihm brummig, und das wiederum klang überzeugend. »Aber wir haben wohl beide etwas davon, wenn wir es schaffen.«

Genauer: wenn ich es schaffte abzuhauen, bevor wir die Dunkelsümpfe erreichten, und es Nalu gelang, das Hauptportal zu schließen. Er war der Sohn des Heilers, so schnell würden die Gefallenen ihn nicht kleinkriegen.

»Es gibt da noch eine Bedingung, Maja.« Nalu saß nun wieder so stolz und unnahbar vor mir, wie ich ihn kennengelernt hatte. Seine Zombie-Übelkeit war abgeflaut und er ein junger, kühner Krieger, der es wissen wollte.

»Und die wäre?«

»Wir müssen Freunde sein, wenn wir das Hauptportal erreicht haben. Sonst wird es nicht glücken, es zu versiegeln.«

»Von mir aus, Freunde«, gab ich unwillig zurück, obwohl das völliger Humbug war, und das musste auch ihm klar sein. Für Nalu waren Menschen etwas Ähnliches wie eine Krankheit, ganz abscheulich, und ich mochte es nicht, mich in seiner Gegenwart ständig fühlen zu müssen, als wäre ich eine Fehlkonstruktion der

Schöpfung. Wir würden niemals echte Freunde werden. Aber um meine Eltern wiederzusehen, war ich bereit, so zu tun, als ob. »Dann darf ich jetzt also endlich raus aus dem Kreis?«

Nalu musterte mich abwägend von oben bis unten, bevor er antwortete. »Ja. Denn du sollst meine Welt kennenlernen, bevor wir aufbrechen, und dort einen Tag mit mir verbringen. Das hat der Rat beschlossen.«

Auch das noch. Einen ganzen Tag lang mit Mister Nervensäge. »Dafür brauche ich etwas zu essen. Sonst habe ich für den Auftrag gar keine Kraft mehr.«

»Daran hab ich schon gedacht. Warte kurz.«

Nalu verließ den Kristallkreis, um zu seinem Felsen zu laufen und etwas Ovales aus einer Nische im Gestein zu ziehen, das er in ein welkes braungrünes Palmblatt gewickelt hatte. Erst als er wieder bei mir war, löste er das Palmblatt, und ich erkannte darunter die Zauberfrucht. Sie sah völlig unversehrt aus – bis auf den Abdruck meiner Zähne. Das rosafarbene Fruchtfleisch war nicht angelaufen, und sofort stieg ihr verführerischer Duft in meine Nase. Wie beim ersten Mal wollte ich sie Nalu aus den Fingern reißen und so viel davon essen, wie ich konnte, doch er hob abwehrend seine Hand, und ich spürte, wie meine Arme schwach wurden. Ich war nicht in der Lage, sie zu bewegen, und musste tatenlos dabei zusehen, wie Nalu die Frucht abwechselnd an seine Brust, seine Stirn und seinen Nabel schmiegte, wobei er die Augen geschlossen hielt und sein Gesicht aussah, als würde er beten.

»Was machst du da?« Auch meine Stimme klang matt und dünn. Dieser Mistkerl hatte mich gerade mit irgendeinem magischen Trick geschwächt, damit ich ihm die Frucht nicht wegnehmen konnte.

»Lade sie auf«, murmelte er träge und fuhr mit dieser merkwürdigen Prozedur fort. »Brauchst Kraft.«

»Die hast du mir gerade genommen …«

Nalu reagierte nicht, und mir blieb nichts anderes übrig, als zu warten, bis er endlich fertig war, einmal über die gesamte Frucht pustete und eine zackige Handbewegung machte, die dafür sorgte, dass sich zwei Stücke Fruchtfleisch lösten und auf das Moos fielen. Mit einem Fingerschnipsen erlöste er mich von meinem Schwächebann. Die Kraft schoss in meine Arme zurück, und mit ihr kam auch meine Gier.

Als wäre ich dem Hungertod nahe gewesen, stopfte ich mir die beiden Fruchtstücke in den Mund und kaute so hastig, dass ich mich an dem Saft des Herzapfels verschluckte. Hustend rang ich nach Luft und versprühte dabei einen Regen von winzigen Tröpfchen und Minifruchtstückchen, was Nalu mit verkniffener Miene zurückweichen ließ.

»Mehr«, befahl ich lallend, sobald mein Husten abgeebbt war.

»Auf gar keinen Fall.« Nalu wickelte die Frucht wieder in das Palmblatt, zog einen Riemen aus seiner Weste und verschnürte sie damit, sodass er sie auf dem Rücken tragen konnte. »Das reicht erst einmal. Du bist ja jetzt schon besoffen.«

»Aber sie ist so lecker!« Ich klang wirklich, als wäre ich betrunken. Dabei fühlte sich mein Kopf völlig klar an, und in ihm gab es nur noch einen einzigen Wunsch: mehr von dieser Frucht zu essen. »Noch ein kleiner Bissen, bitte!«

»Nein.« Nalu stand auf und verließ den Kreis, um in die Hocke zu gehen und einen Stein nach dem anderen aufzuheben und in den Lederbeutel gleiten zu lassen, den er an seiner Hüfte trug. Dabei ließ er mich keine Sekunde aus den Augen, obwohl sich der Bann des Kreises erst löste, als der letzte Stein in seinen Beutel gewandert war. Ich spürte die wiedergewonnene Freiheit wie ein warmes Strömen in meinem Bauch und sprang sofort auf meine Füße, um mein rundes Gefängnis zu verlassen.

Mit gespannter Aufmerksamkeit verfolgte Nalu jede meiner Bewegungen und schien bereit, sofort die Verfolgung aufzunehmen, sobald ich Anstalten machte wegzurennen. Doch ich brauchte ihn, um zu den Portallöchern zu gelangen, also trat ich nur neben ihn und blieb stumm stehen, als wartete ich auf den Einsatzbefehl.

»Arkan wird übrigens mit uns kommen«, verkündete Nalu resolut. »Deshalb möchte ich, dass ihr euch kennenlernt.«

»Arkan?«

»Ja, Arkan. Mein Geschwistertier.«

Ein sanftes Krächzen antwortete mir. Mit lautlosen Flügelschlägen glitt die Krähe, die Nalu immer wieder Gesellschaft geleistet hatte, aus der dichten Krone eines nahe gelegenen Baumes zu uns herüber, um kurz über unseren Köpfen zu kreisen und sich dann vertrauensvoll auf Nalus Schulter niederzulassen.

»Diese Krähe ist also dein Geschwistertier?«, fragte ich erstaunt. Zwar hatten auch andere der Kinder und Jugendlichen Vögel an ihrer Seite gehabt, aber kein einziges eine Krähe. Überhaupt konnte ich mich nicht erinnern, eine andere Krähe als Arkan gesehen zu haben, seit ich in Amuria war. Hätte Nalu als Sohn des Heilers nicht mindestens ein Reh oder einen Fuchs verdient?

»Einer der Diamantwölfe aus dem Schwarzen Kristallwald hat sie in jener Stunde auf unserer Lichtung abgelegt, als meine Mutter mich geboren hat. Sie war noch jung und verletzt, einer ihrer Flügel war gebrochen. Sie ist eines der Tiere der Nacht, weißt du? Sie leben in den Wipfeln des Kristallwaldes und sind nicht hell, sondern dunkel.«

Ja, das war nicht zu übersehen, auch wenn Arkan hübscher aussah als unsere Menschenweltkrähen und diese sonderbar durchdringenden, tiefblauen Augen hatte. Ihr schwarzes Gefieder schimmerte regenbogenfarben auf, sobald sie sich bewegte.

»Sie blieb sofort bei mir und wurde rasch wieder gesund, doch die Alten fürchteten, ich könnte sterben, sobald sie zurück in den Schwarzen Kristallwald ging. Aber das tat sie nicht. Sie ist geblieben.«

»Und du lebst …«

»Ja, ich lebe. Noch«, unkte Nalu.

Arkan blinkerte mich entspannt an und legte ihren Kopf schräg, als überlegte sie, was es mit mir auf sich hatte und ob ich ihres Herren würdig war. Gerne hätte ich meine Hand ausgestreckt und ihr Gefieder berührt, hatte aber zu großen Respekt vor ihrem gebogenen korallenroten Schnabel, um es zu versuchen.

»Wenn wir uns auf den Weg in die Sümpfe machen, lasse ich sie entscheiden, wie weit sie mit uns kommen will. Es heißt, dass unsere Geschwistertiere die Energie der Dunkelsümpfe nicht verkraften. Deshalb mussten die Gefallenen sich von ihnen trennen, und deshalb nehme ich sie auch nie mit, wenn ich an meinem Portalloch Wache halte.«

Jetzt wurde mir mulmig zumute. Arkan erschien mir unkaputtbar. Auch die anderen Tiere, die ich bisher gesehen hatte, hatten auf mich gesund, kraftvoll und alterslos gewirkt, ganz so wie die Amurier. Sie bewegten sich anders und rochen anders als unsere Menschentiere, rein und … himmlisch. Das war das einzige Wort, das mir passend erschien. Es waren Tiere aus einer anderen Dimension.

»Ich dachte, sie sind unsterblich.«

»Nein, sind sie nicht«, widersprach Nalu. »Sie gehen in ein anderes Leben und eine andere Form über, sobald wir erwachsen geworden sind und sie nicht mehr brauchen. Bei Arkan wird es also bald so weit sein. Doch bis dahin weichen unsere Geschwistertiere uns nicht von der Seite. Erst recht nicht, wenn es gefährlich wird.«

»Okay, dann … dann gehen wir jetzt erst einmal zu deinen Leuten?«

Wenn Nalu noch länger so unheilvoll vor sich hin redete, würde ich Angst bekommen, und das, obwohl ich ihn ja gar nicht bis zu den Dunkelsümpfen begleiten wollte.

»Meine Leute …« Er grinste schief. »Ich bin eher ein Einzelgänger. Hab mehr mit Tieren und Pflanzen zu tun als mit den anderen. Aber ja, wir gehen dorthin, wo ich meine Zeit verbringe, wenn ich nicht das Portalloch bewache.«

Fordernd streckte Nalu seine Hand aus.

»Ich kann alleine laufen.«

»Das weiß ich, Trotzkopf. Aber ich traue dir nicht. Ich kann dich mit meinem schwarzen Turmalinstein an mich binden, oder du nimmst meine Hand. Such es dir aus. Aber eins kann ich dir sagen, meine Hand ist angenehmer.«

»Du bist ätzend.«

Nalu feixte mich vieldeutig an, doch mir war nicht

danach, es zu erwidern. Stattdessen stopfte ich meine Hände demonstrativ in meine Hosentaschen.

»Okay, ich hab noch eine andere Variante.«

Nalu berührte mit dem kleinen Finger meinen Ellenbogen, was ausreichte, um meine Kraft erneut erlahmen zu lassen. Ohnmächtig musste ich dabei zusehen, wie er meine Hand aus meiner Hosentasche zog und sie umschloss, wobei prickelnde Wärme meinen Arm hinaufwanderte und sich in meinem Herzen ausbreitete. Ich glaubte sogar, ihre Spur grün-golden unter meiner Haut aufleuchten zu sehen.

»Igitt. Das ist ja widerlich.«

Nalu ging nicht darauf ein, sondern marschierte mit unbewegter Miene einem kleinen Wäldchen am äußersten Rand der Lichtung entgegen, über das sich gerade ein riesiger Regenbogen spannte, in dessen Halbrund unzählige riesige Schmetterlinge trudelten und dabei zart vor sich hin summten. Ich kam mir vor, als wäre ich in einem kitschtriefenden Einhornfilm gelandet.

Doch gleichzeitig breitete sich eine Angst in mir aus, deren Schwärze so verschlingend war, dass ich bei jedem Schritt das Gefühl hatte, erneut bodenlos zu fallen – und meinen Sturz dieses Mal nicht zu überleben.

Die Silberlagune

»Ab hier ist es wichtig, dass du still bist. Also, wirklich still«, setzte Nalu mahnend hinterher, als ich mich verteidigen und sagen wollte, dass ich es doch schon die ganze Zeit gewesen war.

Na, jedenfalls hatte ich es versucht. Aber es brannten zu viele Fragen in mir, als dass ich dauerhaft den Mund hätte halten können: Fragen zu den Dunkelsümpfen, seinem Bruder, den Nebelhütern, der Zwischenwelt und der Lichten Seite von Amuria, in der wir uns jetzt bewegten. Alles, was Nalu bisher geantwortet hatte, war: »Schau einfach genau hin!«, und ich hätte ihm dafür jedes Mal in den Hintern treten können.

»Ehrlich, Maja. Ich meine das ernst. Du wirst gleich sehen, warum.«

»Im Moment sehe ich nur eine Felswand«, murrte ich.

Auch das war nicht ganz richtig. Denn direkt vor uns öffnete sich die von dicken grünen Lianen bewachsene Wand zu einem schmalen Tor, gerade so breit wie eine

Schranktür in der Menschenwelt, doch das Licht dahinter war derart hell, dass ich nicht erkennen konnte, was uns dort erwartete.

»Wir gelangen durch das Tor direkt in die Oase der Stille.« Nalu hatte seine Stimme zu einem Flüstern gesenkt. »Sie ist überlebenswichtig für Amuria. Wir müssen sie durchqueren, und danach kannst du mich fragen, was du willst. Aber in der Oase kein Wort, verstanden?«

»Verstanden, Chef.« Ich verkniff es mir, ihm die Zunge herauszustrecken, doch ich konnte es auch kaum erwarten, mehr von Amuria zu entdecken.

Anfangs hatte die Angst vor den Dunkelsümpfen mich fest im Griff gehabt, aber je länger Nalu mich durch die üppige Dschungelwelt seiner Heimat geführt hatte, desto blasser war meine Furcht geworden. Nun kam ich mir vor, als würde ich einen Kurzurlaub in einem besonders ausgefallenen Themenpark machen, der jämmerlich schlecht besucht war. Außer Tieren waren wir noch keinem anderen Wesen begegnet, doch ich ahnte, dass sich das hinter dem Felsentor ändern würde.

»Na gut.«

Nalu schien nicht überzeugt zu sein, griff aber nach einigen Sekunden des Abwägens schulterzuckend nach meiner Hand und lotste mich durch das Tor. Der Druck seiner Finger wurde dabei immer fester, als wollte er mich an mein Versprechen erinnern, leise zu sein. Doch sobald meine Augen sich an die Helligkeit hinter der Felswand gewöhnt hatten, wollte ich gar nicht mehr sprechen.

Was ich sah, kam mir so merkwürdig vor, dass mein Kopf wie leer gefegt war. Die flache, weitläufige Mooswiese vor uns, durch die sich unzählige Wasserstraßen schlängelten, war übersät von haushohen, durchsichtigen Kristallen in allen erdenklichen Farbschattierungen. Vor jedem dieser Kristalle saßen ein junger Mann oder eine junge Frau auf den Knien, die Hände in den Schoß gelegt und den Kopf gesenkt. Das Funkeln der Kristalle beleuchtete schwach ihre konzentrierten, aber entspannten Gesichter, und sofort fiel mir auf, dass ihre Haut einen ähnlichen Farbton wie die von Nalu hatte. Ihre Kleidung ähnelte seiner ebenfalls. Nur ihre Augenfarbe konnte ich nicht erkennen, da sie ihre Lider niedergeschlagen hatten, als würden sie schlafen. Doch ich spürte, dass sie in Wahrheit hellwach waren und auch unsere Anwesenheit sofort bemerkten. Trotzdem durften wir sie auf keinen Fall stören.

Nalu zog fordernd an meiner Hand, und ich setzte mich widerwillig in Bewegung, um ihm auf seinem Weg durch die Kristalle hindurch zu folgen, bis wir die Oase der Stille hinter uns gelassen hatten und er mir das Zeichen gab, dass ich wieder sprechen durfte.

»Waren das Nebelhüter? Das waren die anderen Nebelhüter, oder?«, schoss es aus mir heraus. Ich platzte fast vor Neugierde. Nalu nickte nur. »Was machen sie da? Ist das das, wovon du erzählt hast – diese Reinigung im Kristalllicht?«

»Ja.« Er unterdrückte einen traurigen Seufzer. »Ohne die Oase der Stille könnten wir unsere Aufgabe nicht erledigen. Unsere Wahrnehmung würde immer schlechter werden, und wir könnten die Portallöcher nicht mehr bewachen. Außerdem … hm …«

»Ja, ich weiß, der Menschenschmodder.« Ich wollte ironisch klingen, hörte mich aber bedrückt an. Je länger ich mit Nalu zusammen war, desto stärker wurden mir unsere Unterschiede bewusst, und ich war inzwischen fast neidisch darauf, wie liebevoll er mit seiner Krähe umging und sie seine Zuneigung erwiderte. Ich hatte auch immer einen guten Kontakt zu Tieren gehabt, vor allem zu den süßen, müden Kiwis, die so manches Mal in meinem Arm weitergeschlummert hatten. Aber wenn ich Nalu und Arkan beobachtete, hatte ich das Gefühl, dass sie wahrhaftig miteinander sprechen konnten und einander zutiefst vertrauten. Auch jetzt schmiegte Arkan ihren kohlrabenschwarzen Kopf zart gegen Nalus Wange, und er strich wie zur Antwort behutsam mit dem Handrücken über ihr Gefieder.

Arkan war nicht darauf trainiert, bei ihm zu sein, sie tat das freiwillig, ohne irgendwelche Belohnungen – weil sie ihn liebte. Die vielen bunten Schmetterlinge verirrten sich ebenfalls nicht zufällig auf Nalus nackte Arme und sein Haar. Ich war mir sicher, dass sie ihn gezielt ansteuerten, weil sie sich wohl in seiner Nähe fühlten, und immer wieder drehten sich Blumen nach ihm um, als würden sie sich freuen, ihn zu sehen. Mir selbst war das das letzte Mal vor dem Wasserfall passiert.

Schon zweimal war ich gestolpert, weil ich vor lauter Gucken nicht darauf geachtet hatte, wo ich hintrat, und hätte dabei beinahe einen handtellergroßen, in allen Farben schillernden Käfer zerquetscht. Zwar war der Nachthelle Hirsch zu mir gekommen, doch jetzt glaubte ich Nalu, dass er lediglich ein Bote gewesen war, den ich kein zweites Mal sehen würde. Zu mir gesellten sich keine Tiere. Es hatte nicht am Kreis gelegen, dass sie mich mieden. Auch Arkan beließ es dabei, mich hin und wieder prüfend anzuschauen. Sie spürten, dass ich anders war. Oder wussten sie sogar, wie wir Menschen oberhalb der Erdkruste mit den Tieren umgingen? War ihnen bewusst, dass wir sie mit Tricks und Belohnungen dazu zwingen mussten, in unserer Nähe zu bleiben, und dass wir manche von ihnen in dunklen, engen Ställen züchteten und nach nur kurzer Zeit millionenfach töteten, um sie zu essen?

»Wieso stehen wir hier rum?«, murrte ich, weil Nalu mich nur stumm musterte, als versuchte er, meine Gedanken zu erraten. »Wird langsam öde.«

»Ich überlege, ob du bereit bist.«

»Bereit wofür? War es das schon mit eurer Welt, und wir brechen in die Dunkelsümpfe auf?«

»Nein«, erwiderte Nalu zögernd. »Aber wir gelangen gleich zu meiner Familie. Und …« Nachdenklich brach er ab. »Wir sind nur ganz kurz dort, einverstanden?«

Ich hatte keine Ahnung, worüber er sich Sorgen machte. Hatte er Angst, ich würde mich schlecht benehmen?

»Muss ich bei denen denn auch still sein?«

»Musst du nicht. Aber du wärst die Einzige, die redet. Also, so, wie ihr Menschen redet … Ich werde aus Respekt vor den anderen unsere Sprache verwenden.«

Jetzt fühlte ich mich noch mehr wie ein Außenseiter, zumal sich gerade wieder ein zitronengelber Falter auf Nalus Stirn niedergelassen hatte und mit seinen langen Fühlern neugierig seinen Haaransatz betastete. Mich ignorierte er völlig. Wäre der Hirsch nicht so nah bei mir gewesen, hätte ich glauben können, dass die Tiere Amurias mich hassten.

»Keine Angst, dir wird niemand etwas tun. Sie wissen, dass ich dich mitbringe, und du bist bei ihnen willkommen.«

»Ich hab keine Angst.«

Nalus Berührung war sanft und kühl, als er erneut meine Hand ergriff und mich an zwei kreisrunden dunkelgrünen Tümpeln vorbei, auf deren Oberfläche rosa Lotusblumen schwammen, durch ein weiteres Felsentor auf eine lichtdurchflutete Ebene führte. Feste Behausungen suchte ich in Amuria vergeblich – auch hier war weit und breit keine Hütte oder gar ein Haus zu sehen, obwohl sich so viele menschenartige Wesen auf dem Moos tummelten, dass ich nicht wusste, wohin ich zuerst schauen sollte.

Im ersten Moment glaubte ich, mein Gehör verloren zu haben, weil niemand einen Laut von sich gab, selbst die Tiere nicht. Trotzdem war die Luft erfüllt von Leben, und ich spürte in meinem Bauch ein ständiges Summen und Singen, das sich warm und lebendig anfühlte. Die Atmosphäre war ähnlich wie in einer riesigen Kathedrale, nur wärmer, fröhlicher und farbenfroher.

»Ich weiß nicht, was ich jetzt machen soll«, flüsterte ich und war froh, dass Nalu noch immer meine Hand hielt. »Sind das alles deine Verwandten? Echt?«

Nalu legte nur den Finger vor seine Lippen, um mich daran zu erinnern, dass er hier nicht mit mir sprechen würde, blieb aber ruhig stehen und ließ meine Hand nicht los.

Stell dir vor, es ist nur ein gemaltes Bild, sagte ich mir und konnte sofort etwas ruhiger atmen. Guck es dir in aller Ruhe an. Die anderen schauen dich schließlich auch an.

Vor allem die Kinder richteten ihre großen, gleißenden Augen immer wieder neugierig auf mich, doch es war kein unangenehmes Starren. Ich musste sie automatisch anlächeln, sobald sich unsere Blicke trafen, und sie lächelten sofort zurück, wobei ihre Gesichter hell erstrahlten und ihr Kopf von einem leuchtenden Schimmer umgeben war.

Mein Herz tat seltsam weh, als ich sah, wie innig sie mit ihren Geschwistertieren umgingen und dass selbst die kleinsten unter ihnen niemals allein sein mussten. Die gesamte Lichtung war durchsetzt von Farnbüschen, in deren Schatten Amuria-Babys lagen und von ihrem Geschwistertier bewacht, gewärmt und umsorgt wurden. Da war ein Fuchs, der seinen silbernen Leib um einen winzigen Säugling gewunden hatte, ein Reh, das ein kleines Bündel im Maul trug und es zu seiner leiblichen Mutter brachte, damit sie es an sich nehmen konnte, und sogar ein weißer Luchs, der Zwillinge hütete, die auf dem Rücken zwischen seinen dicken Pfoten lagen und still lachend mit seinen langen weißen Barthaaren spielten.

Was die Jugendlichen und erwachsenen Amurier taten, konnte ich nicht auf Anhieb erkennen. Viele von ihnen saßen einfach nur da, im Schneidersitz oder entspannt an einen Stein gelehnt, und wirkten dabei durchweg glücklich und zufrieden. Doch ich hatte nicht den Eindruck, dass sie faulenzten. Irgendetwas machten sie doch – aber was und vor allem wie?

Jetzt fiel mein Blick auf einen Mann und eine Frau, deren Haar so lang war, dass es den Boden berührte. Die beiden saßen sich reglos gegenüber und schauten einander in die Augen, doch zwischen ihren Herzen bewegte sich ein glitzernder Lichtstrom hin und her, der so hell war, dass ich ihre Gesichter nicht genau sehen konnte. Einen kurzen Moment lang musste ich an meine Eltern denken und daran, wie sie sich manchmal während einer ihrer verliebten Phasen anguckten. Ich hatte es nie gemocht, wenn sie nach einer neuen Entdeckung so gut gelaunt waren, dass sie sich vor meinen Augen umarmten und küssten und flirteten. Jetzt fehlten mir diese Momente plötzlich.

Doch obwohl ich mich wie eine Außenseiterin fühlte, merkte ich, wie ich mich immer mehr entspannte und von Atemzug zu Atemzug ruhiger wurde. Ob das am Verhalten der Amurier lag? Wie vor dem Erscheinen des Nachthellen Hirsches bewegten sie sich ohne jede Hektik oder Eile über die Ebene. Obwohl viele von ihnen für sich waren, kam mir niemand einsam oder verloren vor. Denn zwischen ihnen spann sich ein Netz aus Lichtfäden, das mir zeigte, wie verbunden sie miteinander waren. Selbst zu Nalu führten einige dieser sanft schillernden Fäden, auch wenn er mich nach wie vor an der Hand hielt.

Ich musste schlucken, als ich ein kleines Mädchen entdeckte, das sich niederkniete und vorsichtig etwas Unsichtbares in eine Blume setzte. Wahrscheinlich war es eine der Elfen. Danach bewegte sie sich auf Zehenspitzen zu einer Quelle, die bläulich aus einem Felsen sprudelte, und wartete ein paar Sekunden mit gesenktem Kopf ab, bevor sie sich nach vorne beugte und in langen Zügen daraus trank. Sobald ihr Durst gestillt war, senkte sie wieder das Kinn und ging leicht in die Knie, als bedankte sie sich bei der Quelle.

Das nächste Kind, ein stämmiger Junge mit Lockenschopf, wartete bereits geduldig mit seinem Geschwistertier, ohne zu drängeln oder unruhig zu werden. Am meisten überraschte mich jedoch, dass es Kinder gab, die weder ein Mädchen noch ein Junge waren. Auch unter den Erwachsenen fand ich einige Amurier, von denen ich nicht sagen konnte, zu welchem Geschlecht sie gehörten. Doch so etwas war hier anscheinend völlig normal – auch dass zwei Männer in inniger Umarmung vor einem mächtigen, von rubinroten Blüten übersäten Baum saßen und ihre Schläfen aneinanderlehnten, als würden sie Gedanken austauschen, die nur sie etwas angingen. Aber auch sie waren durch zahlreiche Lichtfäden mit den anderen Amuriern verbunden.

Weil mein Kopf vor Fragen zu platzen drohte, gab ich Nalu einen Stups mit dem Ellenbogen und versuchte, ihm mit den Augen zu bedeuten, dass ich nicht mehr länger schweigen konnte.

Er verstand sofort und setzte sich wieder in Bewegung, um mich gemächlich durch die auf der Lichtung verstreuten Amurier zu führen. Nicht alle beachteten uns, und mir fiel auf, dass einige von ihnen Nalu zwar respektvoll auswichen und sich sogar leicht vor ihm verbeugten, aber ihn dabei anschauten, als dürfte man ihm nicht zu nahe kommen. Ich nahm weder Hass noch Angst in ihren Gesichtern wahr, doch irgendetwas schien an ihm zu sein, was ihn von den anderen unterschied und mit dem sie nicht in Berührung kommen wollten. Ich hatte nicht das Gefühl, dass allein seine dunklere Hautfarbe der Grund dafür war, und auch nicht, dass er ein Menschenkind an der Hand hielt.

Obwohl ich dem Treiben der Amurier gerne länger zugeschaut hätte und mir sicher war, längst nicht alles gesehen zu haben, war ich erleichtert, als wir den nächsten Wald erreicht hatten und sich kühlende, leise raschelnde Palmwedel über uns schlossen. Endlich durfte ich wieder sprechen und meine Fragen loswerden. Doch ich wusste nicht, womit ich anfangen sollte, und fühlte mich auf einmal viel zu schwer und zu müde, um zu reden. Gähnend ließ ich mich auf den dunklen, erdigen Boden nieder.

»Schlafen?« Nalu ging in die Hocke, um mich ansehen zu können, doch ich wich seinem Blick aus.

»Nein, ich … was passiert da gerade …?«, murmelte ich träge und musste schon wieder gähnen.

»War wohl zu viel auf einmal.« Nalu löste die Frucht von seinem Rücken, wickelte sie aus, brach ein Stückchen ab und schob es mir in den Mund.

»Zu viel was?«, fragte ich kauend und fühlte mich schon nach wenigen Sekunden etwas wacher.

»Da war gerade gut was los«, erwiderte Nalu vage und packte die Frucht wieder ein. »Viel Energie.«

»Dabei hängt ihr den ganzen Tag nur rum.«

Nalu lachte amüsiert in sich hinein. »Von wegen.«

»Ich verstehe es nicht.« Ich leckte mir den letzten Rest Fruchtsaft von den Lippen und richtete mich auf. »Was genau tut ihr? Ich hab gespürt, dass irgendetwas passiert ist bei den Erwachsenen, aber was?«

»Wir …« Nalu drückte sich die Handballen an die Stirn, als überlegte er, welche Worte er verwenden könnte, um auszudrücken, was ich wahrscheinlich sowieso nicht verstehen würde. »Wir versuchen Amuria gesund zu halten. Viele von uns stehen dafür ununterbrochen mit der Natur in Verbindung, mit den Tieren, dem Wasser, der Luft, den Pflanzen, je nach Talent. Wir versuchen, ihnen Kraft zu geben. Das ist anstrengend und …« Nalus Blick wurde dunkel. »Wir schaffen es nicht mehr. Die Portallöcher vermehren sich, und wir wissen nicht, warum.«

»Eure Natur soll krank sein?« Ein paradiesischeres Reich als Amuria war mir nie begegnet. »Du müsstest mal unsere sehen … Nein, besser nicht.«

Plötzlich schämte ich mich. Ich war schon an vielen schönen Orten der Erde gewesen, die bekannt für ihre unberührte Flora und Fauna waren. Aber wenn ich jetzt an die Welt oben dachte, sah ich vor allem brutal abgeholzte Wälder vor mir, verseuchte Gewässer, von angeschwemmtem Plastikmüll bedeckte Strände, sterbende Fische und ölverschmierte Seevögel. Berührt hatten mich diese Bilder von klein auf, aber ich hatte sie meistens rasch von mir weggeschoben und irgendwie versucht, mich daran zu gewöhnen, dass die meisten Menschen die Erde ausbeuteten, anstatt sich darum zu kümmern, dass sie gesund blieb.

Was die Amurier hier unten für die Erde taten, machten wir oben innerhalb von Sekunden doppelt und dreifach zunichte. Nalu würde nie wieder glücklich werden, wenn er sehen würde, was bei uns los war. Wie wir mit der Natur umgingen, würde ihm das Herz brechen, und mein eigenes fühlte sich bei dieser Vorstellung auch schon ganz krank an. Und wie wir mit uns selbst umgingen – daran wollte ich gar nicht erst denken.

»Ich weiß das, Maja«, sagte er leise und senkte seine langen Wimpern. »Ich hab keine Bilder dazu, aber … wir spüren das. Wir hören die Erde weinen. Jedenfalls Amurier wie ich.«

»Wie du?« Beklommen sah ich ihn an.

»Ich hab es dir ja schon gesagt, ich bin der Sohn des Heilers, und damit habe ich besondere Fähigkeiten und Aufgaben. Aber jetzt …« Nalu stockte. »Jetzt muss ich ihnen beweisen, dass ich die gesamte Lichte Seite retten kann, und das ausgerechnet zusammen mit einem Menschenkind. Weil der Nachthelle Hirsch es so will.«

»Schauen die anderen dich deshalb an, als wärst du ihnen ein bisschen spooky?«

»Keine Ahnung, was das bedeutet, Maja.« Nalu lächelte versonnen, weil Arkan leise glucksend mit seinem Stirnband zu spielen begann, als wollte sie ihn damit ablenken. »Ich war schon vorher viel allein unterwegs und hab mich auf meine Aufgaben konzentriert. Trotzdem lieben sie mich, das weiß ich. Immer.«

Ganz überzeugt klang er nicht, doch ich glaubte ihm. Abneigung oder gar Hass kannten die Amurier wahrscheinlich gar nicht. Sie gingen so viel entspannter und gelassener miteinander um als wir Menschen. Noch nie hatte ich ein so friedvolles Zusammensein erlebt wie vorhin auf der Lichtung. Ich war mir nicht sicher, ob sie überhaupt wussten, was Krieg bedeutete und wie er aussah.

Trotzdem konnte ich nichts dafür, dass ich in die Menschenwelt hineingeboren worden war und nicht in Amuria. Ich hatte mir das nicht ausgesucht.

»Diese Portallöcher… ist das denn euer einziges Problem?«, lenkte ich mich von meinen unguten Gedanken ab. »Ich kann hier nichts Krankes entdecken.«

Nalu sah mich schweigend an, wobei er ein paarmal ansetzte, etwas zu sagen, sich dann aber doch anders entschied. Schließlich stand er auf, um seine Hand nach meiner auszustrecken. Inzwischen wehrte ich mich nicht mehr dagegen, auch wenn ich es immer noch nicht mochte, wie ein Kind von ihm durch seine Welt geführt zu werden.

Mit gesenktem Kopf lief er in seiner typisch behutsamen, rücksichtsvollen Art tiefer in den Palmenwald hinein, der immer dichter und dunkler wurde. An irgendeine Gegend, in der ich schon gelebt hatte, erinnerte er mich, aber ich kam nicht darauf, wo das gewesen war, und wollte Nalu schon davon erzählen, als er neben zwei schief wachsenden Palmen stoppte. Ihre Stämme wirkten krummer als die anderen und ihre Wedel faulig und verdorrt in einem. Die Früchte waren bereits heruntergefallen, hellgrüne Nüsse, die jedoch zahlreiche braune Stellen hatten.

Nalu kniete sich nieder und schaufelte mit beiden Händen Nüsse und welke Blätter vom Erdboden, bis ein modriger Geruch aufstieg und ich erschrocken zurückwich. Plötzlich hatte der Grund unter Nalus Händen nachgegeben und dabei laut geschmatzt, ein Geräusch, das mir seit meinem nicht enden wollenden Marsch durch die Zwischenwelt bestens vertraut war. Doch niemals hätte ich mitten in Amuria damit gerechnet.

»Das ist ja wie … wie vor dem Wasserfall!«

»Hinter dem Wasserfall. Von hier aus hinter«, verbesserte Nalu mich humorlos. »Die Zwischenwelt breitet sich nicht nur dort aus, sondern auch hier … und ich weiß nicht, wieso.«

»Was sagt denn der Rat dazu?«

Nalu schob das beiseitegeschaufelte Laub wieder auf die sumpfige Stelle, als könnte er sie damit schließen, doch ihr Gestank blieb durchdringend. »Nichts. Denn ich habe es ihm nicht erzählt.«

»Sehen die das nicht auch?«

»Nein, das hier ist mein Wald und mein Reich. Niemand außer mir und den Tieren hat es je betreten.«

Nalu richtete sich auf und trat wie ich einen Schritt zurück. Sehen konnte man die sumpfige Stelle nicht mehr, doch nun wusste ich darum, und es machte mich beinahe wütend.

»Kannst du es nicht heilen? Du hast doch besondere Kräfte, oder nicht?«

»Meinst du, das habe ich nicht versucht?« Nalu verschränkte die Arme vor der Brust. »Aber anscheinend haben wir diese Macht nicht. Dem Rat gelingt es ja auch nicht, die Portallöcher zu schließen, und ich schaffe es nicht, diese Stelle verschwinden zu lassen. Wir können wahrscheinlich nur Dinge entstehen lassen, nicht umgekehrt. Na ja, und das hab ich gemacht. Ich zeig es dir.«

Nalu vollführte eine weiche Handbewegung über dem Erdreich, als wollte er es trösten, wandte sich unterdrückt seufzend ab und führte mich weiter durch seinen Wald, der nach wenigen Schritten wieder lichter und freundlicher wurde. Der faule Gestank der sumpfigen Stelle drang nicht mehr bis hierher, doch ihren verstörenden Anblick konnte ich erst vergessen, als wir eine neue Wegbiegung in dem Dickicht genommen hatten und ich schon wieder das merkwürdige Gefühl hatte, mich an diese Landschaft zu erinnern. Verdutzt blieb ich stehen.

»Ich war schon einmal hier…«, sprach ich meinen

Verdacht laut aus, und Nalu drehte sich erstaunt zu mir um. »Doch, ganz bestimmt! Ich kenne diesen Wald und diese Gegend.«

»Das kann nicht sein«, entgegnete Nalu überzeugt.

»Wieso denn nicht? Ich dachte vorhin noch, ich hätte eine ähnliche Landschaft in der Menschenwelt gesehen, aber ich war ja schon mal in Amuria, als Kind!«

»Stimmt.« Nalus Augen flimmerten unruhig. »Aber nicht hier.«

»Bist du dir sicher?«

»Ja, ganz sicher. Ich sage dir die Wahrheit, etwas anderes kenne ich nicht. Du kannst gar nicht hier gewesen sein.«

Zweifelnd schüttelte ich den Kopf. Alles war mir so vertraut, Nalu musste sich irren. Ich wusste sogar, was uns hinter der nächsten Biegung erwartete. Ich hätte eine Karte von diesem Gebiet zeichnen können, wenn er mir Papier und einen Stift gegeben hätte.

»Ehrlich, Nalu, ich war hier schon. Da vorne lichtet sich der Wald, und man kommt an einen breiten, gewundenen Fluss mit vielen kleinen Seitenarmen und Inseln, und wenn man dann nach rechts geht, erweitert er sich zu einer Bucht mit weißem Sand, das Wasser verändert dort sogar seine Farbe, wird heller und ... He, was ist los, ist dir schlecht?«

Nalu sah mich an, als würde ich mich gerade in eine abgrundtief hässliche Spukgestalt verwandeln. Sein Gesicht war so bleich geworden, dass seine Augen beinahe dunkel darin wirkten.

»Das kann nicht sein«, wiederholte er heiser. »Diesen Wald hat es damals noch nicht gegeben und die Lagune auch nicht. Ich hab das doch alles erst vor einigen Monaten manifestiert.«

»Was?« Meine Wangen waren plötzlich eiskalt. »*Du* hast das alles entstehen lassen?«

Nalu nickte. »Ja, ich.«

»Aber wieso kenne ich es dann? Und woher ... oh.«

Taumelnd griff ich an meine Stirn, als mir einfiel, wann ich durch diese Landschaft gestreift war, immer und immer wieder. Es war gar nicht im realen Leben geschehen. Sondern während meines Schlafs.

»Ich hab davon geträumt!« Meine Stimme hatte keinen Ton mehr. »Ja, ich hab von dieser Landschaft geträumt, so oft ...«

Es hatte mir unbeschreibliche Freude bereitet, sie zu erkunden, manchmal war ich sogar bitter enttäuscht gewesen, wenn ich aufgewacht war, denn in keinem einzigen dieser Träume hatte ich die Bucht mit dem hellen Sand je erreicht. Ich hatte sie nur gesehen.

»Geträumt?« Nalus Wangen sahen wieder etwas gesünder aus. »Was meinst du damit?«

»Na, ich habe geschlafen, und im Schlaf hab ich diese Landschaft gesehen und bin darin herumgelaufen!« Kannten die Amurier das gar nicht, schlafen und träumen?

»Ah«, machte er erkennend, und seine Miene hellte sich auf. »Dein Geist war dort.«

»Ja, so ungefähr.« Ich war zu durcheinander, um ihm genau zu erklären, wie es war, zu schlafen und zu träumen.

»Dann haben wir wohl wirklich etwas miteinander zu tun«, murmelte er düster.

Ich antwortete nicht, obwohl ich das Gleiche dachte. Es gab eine Verbindung zwischen uns. Oder er schwindelte mir etwas vor und hatte diese Landschaft gar nicht entstehen lassen.

»Wie machst du das denn, dieses Manifestieren? Mit Kristallen wie bei dem Kraut für die Alten?«

»Nein. Ich hab mir die Landschaft ganz genau ausgemalt, in allen Einzelheiten, und dabei versucht, sie in meinem Geist zu riechen und zu fühlen und mich in ihr zu bewegen, und nach einiger Zeit wuchsen die ersten Palmen, und das Wasser bewegte sich hierher ...« Nalu deutete nach vorne. »Der Fluss wurde breiter und verzweigte sich, und dann kam der Sand, und die Lagune entstand. Meine Silberlagune.«

»Ganz genau so wie in den Bildern in deinem Kopf?« Ich konnte kaum glauben, was er mir erzählte, es klang wie aus einem Märchen.

»Nein, nicht exakt so«, gab Nalu lächelnd zu. »Es formte sich nach seinen eigenen Gesetzen. Ein paar Überraschungen waren dabei. Aber das, was ich mir gewünscht habe, ist entstanden, ein Fluss, der eine Bucht bildet, und Süßwasser, das zu Salzwasser wird. Ich versuche, es jeden Tag zu erweitern, als Gegengewicht zu den Sumpfstellen.«

Also waren es schon mehrere. Wieder verspürte ich Wut in mir hochkochen. Die Zwischenwelt durfte sich hier nicht ausbreiten – nicht in meiner Traumlandschaft.

»Wenn wir unsere Reise in die Dunkelsümpfe beginnen, kann ich mich nicht mehr um meine Lagune kümmern«, fuhr Nalu grüblerisch fort. »Vielleicht bildet sie sich wieder zurück und die Sumpfstellen breiten sich weiter aus und dann … Wir müssen es schaffen, Maja.« Bittend sah er mich an. »Hier leben Tiere. Sie brauchen das Wasser und den Fluss und ich …« Seine Stimme wurde so leise, dass ich ihn kaum mehr verstehen konnte. »Ich brauche meine Silberlagune auch. Sie ist das letzte Paradies.«

In meinen Augen war ganz Amuria ein Paradies, aber ich verstand, was Nalu meinte. Ich hatte mir so etwas auch immer gewünscht – einen Wald oder eine Insel für mich allein, in der ich nach Herzenslust herumstromern konnte und mich zu Hause fühlte. Doch manchmal hatte ich mir in meinen Träumen auch gewünscht, jemanden bei mir zu haben, dem ich mein verwunschenes Paradies zeigen konnte und mit dem ich dort gemeinsam Abenteuer erlebte.

»Kann ich sie sehen?«

»Die Alten haben beschlossen, dass ich bis zum Aufbruch in die Dunkelsümpfe Zeit mit dir verbringen soll, und ich will heute nur dort sein. Also ja. Geht gar nicht anders. Aber bitte, Maja…« Nalus Miene wurde wieder etwas strenger. »Sei vorsichtig. Es ist alles noch neu und empfindlich.«

»Natürlich bin ich vorsichtig, ist ja schließlich meine Traumlandschaft«, antwortete ich bissig.

Bei dem Wort »meine« zuckte Nalu zusammen, und einen Moment lang schauten wir uns so unfreundlich an, als wollten wir gleich mit den Fäusten aufeinander losgehen. Es passte uns beiden nicht, dass wir die gleiche Lieblingslagune miteinander teilten. Aber Nalu kannte sie in echt und war sicher schon bis zum Strand gekommen – jetzt war endlich ich dran!

Es fiel mir schwer, nicht an ihm vorbeizustürmen, sobald wir uns wieder auf den Weg machten, und ich juchzte auf, als ich das tiefe dunkle Blau des Flusses durch die Palmen spitzen sah. Doch Nalu weigerte sich, schneller zu werden, auch wenn ich ihm vor lauter Eile ständig auf die Fersen trat. Arkan hatte sich schon längst von seiner Schulter gelöst und war weit vorausgeflattert – eine schwarze Krähe in einem tropischen Palmenwald, ein ungewohntes Bild und das einzige, das mir in meinen Träumen nicht begegnet war.

Ansonsten erkannte ich alles wieder. Mein Herz stolperte vor Aufregung, als die Palmen in dickfleischige sattgrüne Gewächse übergingen, die die Grenze zu dem hellen, goldgelb glitzernden Sand der Lagune bildeten. Jetzt hielt ich Nalus Schleichtempo nicht mehr aus. Ich musste zum Wasser rennen, das in türkisfarbenen, gleichmäßigen Wellen an den Strand brandete und so klar war, dass ich die Muscheln auf dem sandigen Grund von hier aus erkennen konnte. Beherzt sprintete ich los.

»Ich wusste es«, knurrte Nalu und jagte mir hinterher, um mich um die Hüfte zu fassen und zum Fallen zu bringen. Zusammen stürzten wir flach hin, doch ich tat mir nicht weh. »Ich hätte deine Hand nicht loslassen sollen!«

»Es ist doch nur Sand, hier wächst nichts! Ich kann hier gar nichts kaputt machen, bitte lass mich los!«

»Ach, echt? Kannst du nicht?« Nalus Finger schlossen sich so eng um mein Handgelenk, dass sie mir wehtaten, bevor er mich ein paar Schritte weiterschleifte, niederkniete und mit der freien Hand ganz leicht die oberste Schicht Sand zur Seite fegte. Etwas Dunkles, Rundes drückte sich hindurch, nicht größer als eine Zweieuromünze, doch es hatte vier kleine Beinchen und einen winzigen Kopf, der sich neugierig aus dem Sand reckte. Seine schwarzen Augen glitzerten, als das Schildkrötenbaby seinen Blick zu Nalu wendete und ihn direkt ansah.

»Ich wusste, dass sie heute schlüpfen«, flüsterte er und strahlte über das ganze Gesicht, bevor er wieder ernst wurde. »Du hättest sie beinahe zertreten.«

Mein Gesicht brannte vor Scham, als ich beobachtete, wie überall um uns herum unzählige Schildkrötenbabys ihre Panzer aus dem Sand schoben und sich Richtung Wasser zu bewegen begannen. Eines der Babys hatte große Mühe, sein Ei zu zerbrechen, sodass Nalu ihm ein wenig helfen musste, aber dann krabbelte es eifrig seinen Geschwistern hinterher und stürzte sich mit ihnen in die Brandung.

Nalu hatte recht, ich wäre kopflos über sie gerannt – und jetzt traute ich mich gar nicht mehr, mich zu rühren. Die kleinen Schildkrötenbabys beim Schlüpfen und ihren ersten Schritten zu beobachten, war wunderschön gewesen, und ich würde diesen Anblick niemals vergessen. Doch freuen konnte ich mich nicht.

»Mir ist schon klar, dass du das alles nicht siehst und spürst«, bemerkte Nalu, als das letzte Baby im Türkis des Wassers verschwunden war. »Aber dann bleib halt bei mir, anstatt dauernd deinen Kopf durchzusetzen.«

»Keine Sorge, ich bewege mich ab jetzt keinen Zentimeter mehr von der Stelle.«

Ich hatte wirklich die Lust verloren, die Lagune auf eigene Faust zu erkunden. Genauso wenig war mir danach, mich weiter von Nalu an der Hand führen zu lassen, als wäre er mein Vater. Also würde ich einfach im Sand hocken bleiben und ihm zuschauen, was auch immer er in seinem Paradies machen würde. Ich rechnete fest damit, dass er sich wie die anderen Amurier an einen Felsen lehnte und friedvoll vor sich hin lächelte oder sich mit Arkan austauschte, und staunte nicht schlecht, als er seine Weste auszog, auf einen Stein legte und in tänzerischen Zeitlupenbewegungen zur Brandung lief.

An seiner Stelle hätte ich mich längst in die Fluten gestürzt, aber er blieb still stehen und gab nur ab und zu leise Klick- und Pfeiflaute von sich. Ich seufzte auf, als plötzlich Delfine in hohen Bogen aus den Wellen schossen und sich ihm näherten, als hätten sie auf ihn gewartet. Jetzt wusste ich auch, warum er diese Bucht Silberlagune genannt hatte. Die Delfine hatten diesem Reich seine besondere Farbe gegeben. Ihre Rücken glitzerten silbrig, und wenn sie durch die Wellen sprangen, schickten sie einen Regen aus gleißend hellen Funken in die Luft.

Erst als einer der Delfine zu Nalu in die Brandungswellen schwamm und ihn klickend anstupste, watete er zu ihnen ins türkisfarbene Wasser. Doch er hängte sich nicht an ihre Rückenflossen, sondern schwamm neben ihnen her, als wäre er einer von ihnen, und ahmte dabei gekonnt ihre Bewegungen nach. Wie sie schoss er mit leicht gebogenem Körper aus den Fluten, die Arme an den Leib gepresst, und tauchte kopfüber hinein, um sich nach einigen Metern wieder zusammen mit ihnen in die Luft zu katapultieren und sogar dabei zu drehen. Ich spürte seine Freude in meinem eigenen Herzen, und ich wollte sie mit ihm teilen. Doch ich wagte es nicht, zu ihm zu kommen, bis er an den Strand kraulte und mich rufend herbeiwinkte.

»Kannst du schwimmen?«

»Was für eine blöde Frage«, knurrte ich und stand auf. Unbefangen über den Sand laufen konnte ich nicht mehr, zu groß war meine Angst, dass sich irgendwo doch noch ein Schildkrötenbaby versteckt hatte und gerade dabei war, aus seinem Ei zu schlüpfen. Doch der Grund gab überall weich nach, und kein einziges Mal knackte es unter meinen Füßen. Trotzdem blieb ich auch am Wasser vorsichtig.

Auf Zehenspitzen tastete ich mich Zentimeter für Zentimeter vor und wich exotisch geformten Muscheln und Seesternen in allen erdenklichen Farben aus, bis der Boden so weit abfiel, dass ich schwimmen konnte und mir keine Sorgen mehr machen musste, ob ich ein Lebewesen zertreten würde.

Die Fische suchten von ganz allein das Weite, sobald sie mich erblickten. Ich war schon davon überzeugt, dass auch die Wasserwesen Amurias mir misstrauten, und merkte, wie meine Laune sich verdüsterte, doch dann gewann meine Freude, endlich in meiner Traumlagune baden zu können. Das Wasser war weich und hatte genau die richtige Temperatur, nicht zu warm, nicht zu kalt, und ich genoss das schwerelose Gefühl, von den Wellen getragen zu werden. Entspannt drehte ich mich auf den Rücken und wieder auf den Bauch, holte tief Luft und ließ mich unter die Wasseroberfläche sacken, als sich auf einmal ein Silberdelfin näherte und so nah an mir vorbeiglitt, dass ich in sein kobaltblaues, keck funkelndes Auge sehen konnte. Er verzog dabei sein Maul, als würde er lächeln und mich auffordern, mit ihm zu kommen.

Ermutigt tauchte ich ihm nach – endlich war mir ein Tier begegnet, das meine Gesellschaft mochte. Zwar konnte ich nicht neben ihm durch die Wellen springen, wie Nalu es mit den anderen Delfinen tat, dazu fehlte mir die Kraft, aber er passte sich meinen Fähigkeiten an und tauchte immer dann gemeinsam mit mir auf, wenn meine Luft knapp wurde.

Wäre ich ihm in einem der Menschenweltmeere begegnet, hätte ich längst versucht, ihn anzufassen, zu streicheln oder mich von ihm durch das Wasser ziehen zu lassen. Doch jetzt begriff ich, dass ich das gar nicht tun musste, um seine Nähe zu genießen und glücklich zu sein. Allein die Chance, in seine klugen, tiefen Augen schauen zu können und zu wissen, dass er freiwillig bei mir blieb, ließ mich fast platzen vor Freude und Übermut.

Erst als ein Krampf in meine linke Wade schoss und meine Lippen vor Kälte zu zittern begannen, ließ ich mich von meinem Delfin ans Ufer führen und kroch auf allen vieren aus der Brandung, um mich erschöpft neben Nalu auf den warmen Sand fallen zu lassen.

Auch er keuchte vor Anstrengung, sah aber ebenso selig aus, wie ich mich fühlte. Alles an ihm strahlte und vibrierte, und über seiner Brust bildeten sich unaufhörlich goldene Lichtbögen. So entspannt und fröhlich hatte ich ihn noch nie erlebt. Grinsend zog er mir eine verirrte Wasserpflanze aus dem Haar und warf sie zurück in die Brandung, bevor er die Arme unter dem Nacken verschränkte und hinauf in den Himmel sah. »Schau mal.«

»Wow.« Ich wusste sofort, was er meinte. Über uns bildeten sich gerade strahlend weiße Wölkchen, die beständig ihre Form veränderten. »Ich dachte, die gibt es bei euch nicht. Und dazu das Blau, fast wie unser Himmel … aber klar, hier ist ja mehr Wasser …«

»Gibt es auch eigentlich nicht.« Nalu warf mir einen schelmischen Blick zu. »Die hab ich bei euch gesehen. Ich wollte sie in meiner Lagune auch haben und hab sie mir immer wieder vorgestellt. Und jetzt sind sie da.«

»Soso. Du bist ja ein ganz böser Finger«, frotzelte ich. »Manifestierst Menschenweltwolken. Wenn das die anderen wüssten.«

»Hey, wir waren alle mal oben und alle eins. Vergiss das nicht. Die Wolken gehören euch nicht.«

Jetzt fühlte ich mich erneut wie eine Verräterin, und es nervte mich, dass Nalu es immer wieder schaffte, mir die Stimmung zu verderben. Gerade noch hatte ich es zum ersten Mal schön gefunden, Zeit mit ihm zu verbringen, zusammen faul im Sand zu liegen und den Wolken zuzuschauen. Ich hatte sogar nicht mehr an meine Eltern gedacht und an meinen Wunsch, endlich wieder nach oben zu gelangen. Doch nun war mir, als lastete ein schwerer

Stein auf meiner Brust, und als ich sah, wie die Wolke direkt über mir sekundenschnell dunkler und dicker wurde, rutschte meine Laune endgültig in den Keller.

»Achtung, gleich regnet es«, warnte ich Nalu missgelaunt. »Nicht einmal die Wolken können mich leiden.«

»Regen?«

»Wasser von oben.«

»Wir haben doch überall Wasser von oben.«

Ja, da hatte er recht, auch wenn der nächste Wasserfall hinter uns im Wald vor sich hin rauschte. Ich überlegte kurz, ob ich Nalu etwas über den irdischen Wasserkreislauf und den Sinn von Wolken erzählen sollte, ließ es dann aber bleiben. Das Schwimmen hatte mich zu müde gemacht, um mich länger über Amuria, uns Menschen und meine vertrackte Situation zu ärgern. Mit einem unterdrückten Gähnen schloss ich die Augen und ließ mich von dem sanften Rauschen der Wellen und dem Klicken und Pfeifen der spielenden Delfine in einen wohligen Schlaf lullen.

Als Nalu mich mit einem Rütteln an meiner Schulter weckte, hatte sich die dunkle Wolke über mir aufgelöst. Von den anderen Wolken waren ebenfalls nur noch winzige weiße Schleier übrig. Die Delfine waren verschwunden, und obwohl es noch so hell war wie vorhin, kam es mir vor, als wäre die gesamte Lagune dämmriger und stiller geworden. Auch Nalus Gesicht hatte seinen gelösten Ausdruck verloren.

»Wir müssen zurück zu meiner Familie, Maja. Der Rat ruft mich. Unsere Abschiedszeremonie beginnt gleich.«

»Abschiedszeremonie?« Ächzend streckte ich mich. Meine Klamotten und meine Haare waren vollständig getrocknet, ich musste Stunden neben Nalu im Sand gelegen und geschlafen haben. Anstatt zu antworten, lief Nalu zur Brandung, verbeugte sich zum Abschied vor den Wellen, und bewegte sich dann rückwärts von ihr weg. Nach jedem Schritt verwischte er mit der Sohle seine Fußspuren, sodass der Strand am Ende so unberührt aussah, als wäre hier niemals ein Mensch gewesen.

Bevor der Palmenwald sich über uns schloss, drehten wir uns beide ein letztes Mal um, um auf die Lagune zu blicken. Ein einzelner Silberdelfin schoss aus dem türkisfarbenen Wasser und pfiff melodisch, als wollte er uns Lebewohl sagen.

Für einen Moment wollte ich Nalu fragen, ob wir nicht hierbleiben konnten, in seinem Reich. Niemand durfte von uns erwarten, dass wir, zwei Jugendliche, ganz Amuria retteten, das war eine viel zu große und schwierige Aufgabe für uns. Ich sah nicht ein, meine Traumlandschaft nach wenigen Stunden für immer zu verlassen, wo ich sie doch gerade erst gefunden hatte.

Auch Nalu schien ein paar Sekunden lang zu zögern, als überlegte er wie ich, gegen den Rat und die Botschaft des Hirsches zu rebellieren, bevor er sich zum Gehen wandte und entschlossen nach meiner Hand griff.

Widerwillig ließ ich es zu. Als wir an der sumpfigen Stelle zwischen den krumm wachsenden Palmen vorbeikamen, wurde mein Rücken starr und kalt. Der schlammige Grund hatte das Laub verschluckt, mit dem Nalu ihn vorhin noch bedeckt hatte, und dampfte übel riechend vor sich hin.

Wir hatten keine Wahl.

Wir mussten Amuria retten. Denn sonst würde meine Traumlandschaft als Allererstes sterben.

Abschiedsklänge

»Was muss ich tun?«

Unbehaglich schaute ich mich um. Ich verstand nicht, was die Amurier mit ihrer Zeremonie vorhatten, und als ich den riesigen Kreis erblickte, den sie zusammen gebildet hatten, wollte ich umkehren und zurück zu den Delfinen rennen. Hand in Hand standen sie da und blickten uns aus ihren gleißenden Augen erwartungsvoll an, als wären wir ihre Erlöser, und gewissermaßen waren wir das ja sogar. Trotzdem wäre ich gerne im Erdboden versunken.

»Du musst gar nichts tun«, raunte Nalu mir beruhigend zu und zog leicht an meiner Hand. »Komm einfach mit mir in den Kreis und warte ab.«

»Aber ich fühle mich nicht wohl dabei.«

Nalu ignorierte meinen Protest und führte mich zwischen zwei Frauen hindurch in das Innere des Kreises, wo ein wuchtiger Felsen aufragte, in dessen Fuß zwei Wasserbecken eingelassen worden waren. Sprudelnde Quellen nährten sie und plätscherten leise vor sich hin. Das Wasser roch so rein, klar und sauber, dass ich das Bedürfnis verspürte, von ihm zu trinken. Doch ich ahnte schon, dass es dafür nicht gedacht war.

Kaum hatten wir uns vor dem Felsen postiert, trat Nalus Vater zu uns, gefolgt von zwei Frauen in langen, schimmernden Gewändern. Der Heiler trug eine Trommel um den Hals, die aussah, als hätte die Natur selbst sie hervorgebracht. Sie war nicht mit einer Lederhaut bespannt, sondern hatte ein Fell aus mintgrünen Pflanzenfasern. Die Frauen hingegen hielten runde Kristalle in ihren Händen, der eine zartrosa, der andere dunkellila.

Noch immer kam ich mir albern vor, Händchen haltend mit Nalu in diesem riesigen Kreis aus Amuriern zu stehen, und wollte ihn gerade bitten, die Zeremonie aus der Ferne anschauen zu dürfen, als sein Vater anfing, langsam die Trommel zu schlagen. Schon der erste Ton, der aus ihr aufstieg, nahm mich in seinen Bann. Ein solches Geräusch hatte ich noch nie gehört. Sofort dachte ich, dass es sich so anhören musste, wenn uralte, riesige Bäume über ihre Wurzeln miteinander sprachen.

Doch als die beiden Frauen begannen, ihre Kristalle durch das sprudelnde Wasser in den Felsenbecken zu ziehen, konnte ich gar nichts mehr denken. Sie ließen damit Klänge aufsteigen, die mir das Gefühl gaben, nicht auf dem Moos zu stehen, sondern zu schweben und gleichzeitig von allen anwesenden Amuriern voller Liebe und

Mitgefühl umarmt zu werden. Auch Nalu erschauerte leicht und ich sah, dass seine Unterarme von einer feinen Gänsehaut überzogen waren. Nun war ich froh, dass wir uns an den Händen hielten, und als sein Vater zu summen anfing und nach und nach alle Anwesenden einfielen, wollte ich ihn nie wieder loslassen.

Die Sorge um meine Eltern, unseren bevorstehenden Auftrag und die Sehnsucht nach der Silberlagune löste sich auf, als hätte ich sie mir nur eingebildet, und für ein paar Sekunden fühlte ich mich Amuria und seinen seltsamen Bewohnern so verbunden, dass ich mich vor Nalus Vater auf die Knie werfen und ihn anflehen wollte, für immer bei ihnen bleiben zu dürfen.

Der Chor der Amurier umfing Nalu und mich von allen Seiten, und je länger sie für uns summten, der Heiler seine Trommel schlug und die beiden Frauen ihre Kristalle durchs Wasser wandern ließen, desto stärker und unverletzlicher fühlte ich mich – und desto weniger wollte ich unsere Reise antreten.

Ich verlor nicht nur das Gefühl für meinen Körper, sondern auch das für Raum und Zeit. Unmöglich hätte ich sagen können, wie lange die Zeremonie dauerte, ein paar Minuten, ein paar Stunden oder sogar Tage, und als das Summen, die Kristalle und die Trommel leiser wurden und schließlich verstummten, fühlte ich mich uralt und als würde ich alle Geheimnisse der Erde kennen.

Nalu hatte das gesamte Ritual über sich ergehen lassen,

ohne auch nur einmal das Gesicht zu verziehen. Lediglich an seinem Erschauern hatte ich gemerkt, dass es ihn ebenso berührt hatte wie mich.

»Es ist vorbei, Maja«, wisperte er mir zu, weil ich immer noch wie erstarrt neben ihm stand und glaubte, mich nie wieder bewegen zu können. »Wir müssen jetzt gehen.«

»Aber du hast dich doch noch gar nicht von deinem Vater verabschiedet.«

»Ich tue es gerade. Schau genau hin.«

Mein Nacken knirschte, als ich meinen Kopf drehte und beobachtete, wie der Heiler einen kunstvoll verzierten nachtblauen Lichtkreis aufsteigen ließ, um den sich Nalus goldene Signale schlangen wie der Leib einer Viper. Sie umarmten sich ... ja, das war eine Umarmung in der stillen Sprache der Amurier!

Umarmte mich denn auch jemand? Meine Augen huschten über meinen Körper, doch ich konnte keine Lichtsignale erkennen. Trotzdem fühlte ich mich noch immer geliebt und beschützt, und nur deshalb gelang es mir, mich von Nalu aus dem Inneren des Kreises leiten zu lassen, ohne dass mir die Tränen kamen.

Die Amurier hatten mich anfangs eingesperrt, und wenn der Nachthelle Hirsch nicht gekommen wäre und Nalu keine Regeln gebrochen hätte, wäre ich womöglich mitten im Paradies verhungert. Doch jetzt stimmte mich die Vorstellung tieftraurig, dass ich diese Welt bald für immer verlassen musste und sich dabei das Tor zwischen den Menschen und Amuria auf alle Zeit schließen würde.

Stolpernd und mit einem dicken Kloß in der Kehle lief ich neben Nalu her, ohne meine Umgebung wahrzunehmen. Erst als wir uns der Wasserfallgrenze näherten, konnte ich wieder klarer denken und erinnerte mich endlich an meinen ursprünglichen Plan.

Amuria war einzigartig und wunderschön, und es war es wert, gerettet zu werden. Doch meine Eltern suchten mich, seit Tagen, und wenn ich jetzt nicht aufmerksam blieb, würde ich es nicht schaffen, mein Vorhaben umzusetzen. Auf keinen Fall durfte ich mich wieder von der Schönheit der Lichten Seite betören lassen.

Während ich mit Nalu in meiner Traumlagune unterwegs gewesen war, hatte ich völlig vergessen, dass ich ihn ja gar nicht bis in die Dunkelsümpfe begleiten wollte. Es hatte nur noch unseren gemeinsamen Auftrag gegeben und keine Einzelunternehmungen. Doch sosehr ich die Lagune auch liebte: Ich musste jetzt konzentriert bleiben und mich auf Nalus Portalloch ausrichten – und darauf, dass ich mich von seinem Sog nach oben ziehen lassen musste, sobald wir dort waren.

Mein schlechtes Gewissen schob ich entschieden beiseite. Wenn Nalu eine ganze Landschaft manifestieren konnte, allein über seine Vorstellungskraft, würde es ihm auch gelingen, ohne mich die Dunkelsümpfe zu durchqueren und das Hauptportal zu schließen. Ich musste mich jetzt verdammt noch mal um mein Überleben kümmern, denn die Frucht würde nicht ewig frisch bleiben, und in den Dunkelsümpfen gab es wahrscheinlich gar nichts zu essen. Deshalb war es gut, dass wir den Wasserfall erreichten – gut, nicht schlecht, und schon gar nicht war es traurig, auch wenn ich immer noch das Bedürfnis hatte zu weinen.

Umso mehr ärgerte es mich, dass Nalu immer langsamer wurde und schließlich stoppte.

»Was ist los, worauf wartest du?«

Mit dem Rücken zum Wasserfall blickte er zu einem gigantischen Regenbogen hinauf, der sich direkt neben uns über die Felsen zu spannen begann. Nie hatte ich so etwas in der Menschenwelt erlebt – dass man Regenbögen beim Wachsen zuschauen konnte. Doch ich wollte den Wasserfall so schnell wie möglich passieren.

»Hey, ich möchte weitergehen.«

Seit unserer Verabschiedung vom Rat war Nalu immer schweigsamer geworden. Nur Arkan hatte ab und zu leise vor sich hin gekrächzt, ein zarteres, melodischeres Krächzen, als ich es von den Krähen oberhalb der Erdkruste kannte.

»Willst du denn gar nicht Abschied nehmen?« Nalu löste seine Augen von dem Regenbogen, um sich zu mir umzudrehen. Mein Herz machte einen kleinen Satz, als ich erkannte, dass die Farben des Regenbogens sich in seiner Iris abzeichneten und nur langsam verblassten.

»Du siehst die Lichte Seite Amurias zum letzten Mal. Und ich vielleicht auch.«

»Danke, nein, kein Abschied nötig. Ist ja ganz nett bei euch, aber auch ziemlich langweilig«, erwiderte ich schnoddrig.

Ich würde in diesem Reich nicht überleben können, basta, und außerdem auf Dauer vor Langeweile eingehen wie eine Primel. Ich wusste das, ich gehörte nun mal nicht hierher. Trotzdem fühlte ich mich schon jetzt belastet und leer, als hätte ich etwas ungeheuer Wertvolles verloren, auch wenn ich das unmöglich zugeben konnte. Wie erst musste es Nalu gehen? Noch immer konnte ich nicht begreifen, wieso sein Vater gelächelt hatte, als wir uns aus dem Kreis gelöst hatten und losmarschiert waren. Er schickte seinen eigenen Sohn auf eine Reise, von der er möglicherweise niemals zurückkehren würde. Entweder er vertraute ihm zutiefst, oder die Amurier waren trotz ihrer heilen Welt und ihres liebevollen Verhaltens tief innen kalt und grausam. Doch Nalu hatte sich mit keiner einzigen Silbe darüber beklagt.

»Letzte Chance, Maja«, holte er mich aus meinen düsteren Gedanken. »Sobald wir die Zwischenwelt erreicht haben, wirst du dir wünschen, noch einmal auf die Lichte Seite geschaut zu haben. Es heißt sogar, dass man alles, was hier ist, vergisst, sobald man die Dunkelsümpfe erreicht hat. Denn nur so lässt sich erklären, dass keiner der Verbannten jemals zurückgekehrt ist.«

»Vielleicht können sie ja nicht zurückkehren. Weil sie längst …« Ich sprach nicht weiter, machte aber eine unmissverständliche Handbewegung.

»Könnte sein.« Nalu zuckte scheinbar unberührt mit den Achseln. »Glaube ich aber nicht. Wir hätten Botschaften ihrer Seelen empfangen. Die melden sich beim Rat, wenn sie eine neue Form finden wollen. Und sie wären schön blöd, wenn sie die nicht bei uns auf der Lichten Seite suchen würden.«

»Wahrscheinlich verschlingen die Dunkelsümpfe ihre Seelen. Huuuuh!«, machte ich in schaurigem Geistergeschichtentonfall, aber Nalu verzog nur verächtlich seine Mundwinkel. Für meinen Humor hatte er immer noch nichts übrig.

Doch auch mir war nicht zum Lachen zumute. Ohne es zu wollen, wandten sich meine Augen hinauf zu dem Regenbogen, der geheimnisvoll vor sich hin flüsterte und dabei sanft vibrierte. So etwas würde ich nie wieder sehen …

»Ja, schau tief rein«, forderte mich Nalu halblaut auf. »Versuch, sein Licht in deinem Herzen zu speichern. Denn du hast längst vergessen, wie es in den Sümpfen der Zwischenwelt ist. Es wird dich erschrecken.«

»Woher willst du das wissen?« Noch immer versank mein Blick in den schillernden Farben des Regenbogens, und ich hatte tatsächlich das Gefühl, sie würden in mein Herz rieseln und sich dort ausbreiten.

»Ich bin in den vergangenen Jahren jeden Tag durch den Wasserfall gegangen«, antwortete Nalu selbstsicher. »Es wurde von Mal zu Mal schlimmer. Denn die Sümpfe werden dunkler, tiefer und giftiger. Sie sind wie ein Geschwür.« Er sandte mir einen fragenden Blick, doch ich nickte nur. Ja, Geschwür war das richtige Worte für etwas, was wuchs und wuchs und wuchs und nur Elend mit sich brachte. Durch solche Dinger hatte ich Oma und Opa verloren. »Es wird jetzt schon anders sein als vor drei Tagen.«

»Drei Tage?«, wiederholte ich entsetzt und löste meine Augen vom Regenbogen, um Nalu anzustarren. »Ich bin schon drei Tage lang hier?«

»Drei Tage und drei Nächte.«

»Das kann nicht sein, ich hab nur ein paar Ministückchen von der Frucht gegessen und ab und zu Wasser getrunken. Ich müsste halb tot sein!«

»Bei euch vielleicht.« Nalu deutete lässig nach oben. »Hier unten hat das Wasser mehr Licht und Energie und die Pflanzen auch. Hab ich dir doch schon erklärt. Das sollte auch noch eine Weile anhalten, denn hinter dem Wasserfall wächst nichts mehr. Und sauberes Wasser gibt es dort auch nicht.«

Jetzt hatte ich zum ersten Mal seit unserem Aufbruch richtige, gemeine Angst. Ich war viel länger durch die Zwischenwelt gewandert, als ich gedacht hatte, und ja, mochte sein, dass Nalu die Frucht mit Lebensenergie angereichert hatte und sein Vater das Wasser, das wir vorhin noch reichlich getrunken hatten. Doch ich war ein Menschenmädchen. Keine Amurierin. Nalu konnte mit ein paar Schlucken Wasser eine Weile überleben, aber ich? Meine Kehle war ja vor lauter Schrecken jetzt schon ganz trocken. Wie lange musste ich laufen, um zu seinem Portalloch zu gelangen? Und würde ich das überhaupt schaffen mit dem bisschen Proviant?

»Du wirst nicht sterben, okay?« Nalu hob den Kopf und schaute mich forsch an. »Das lasse ich nicht zu. Ich brauche dich, um das Portal zu schließen. Die Frucht wird deinen Hunger stillen und mein Wasser unseren Durst.« Er hob die Flasche aus dicken, festen Pflanzenblättern in die Luft, die an seinem Gürtel baumelte und bei jedem Schritt vor sich hin gluckerte. »Bis zu den Dunkelsümpfen kann ich neues Wasser entstehen lassen, solange ein letzter Schluck da ist. Danach werden wir sehen.«

»Wieso nur bis zu den Dunkelsümpfen?«, fragte ich befangen.

»Weil ohne das Kristalllicht meine magischen Kräfte allmählich nachlassen werden.« Ein letztes Mal schob Nalu seinen Kopf in den Nacken und schaute hinauf zu dem Regenbogen, der langsam zu verblassen begann, und wieder schimmerten seine zarten und doch so kraftvollen Farben in Nalus Augen auf, als er sich umdrehte und an mir vorbei dem Wasserfall entgegenschritt.

Kurz vor seinen rauschenden Sturzbächen blieb er stehen und streckte seine Hand nach hinten aus, eine klare Aufforderung, sie erneut zu ergreifen. Doch es kam mir falsch vor. Ich durfte seine Hilfe nicht mehr annehmen, denn ab jetzt gingen wir eigene Wege, auch wenn er davon nichts wusste.

»Ich bin beim ersten Mal allein durchgekommen, danke«, lehnte ich ab und versuchte erfolglos, das Beben in meiner Stimme zu unterdrücken. Der Abschied von der Lichten Seite fiel mir plötzlich unendlich schwer. Zeigen würde ich Nalu das aber nicht.

»Ich mache das nicht, weil ich besonders gerne deine Hand halte. Du packst viel zu fest zu für ein Mädchen.« Nalu bedachte mich mit einem verkniffenen Blick, doch ich verdrehte nur die Augen. »Aber du irrst dich, wenn du denkst, das wird jetzt leicht. Das wird es nicht, denn … Maja, nein!«, brüllte Nalu mir noch hinterher, doch ich hatte mich noch während seines besserwisserischen Vortrags in Bewegung gesetzt und in die singenden Fluten gestürzt. Es gelang ihm nicht, mich aufzuhalten – und schon in der nächsten Sekunde bereute ich es zutiefst.

Das Wasser war so eisig, dass ich nach Luft schnappen musste und augenblicklich am ganzen Körper zu schlottern begann. Es fühlte sich an, als würden mich seine herabstürzenden Massen verprügeln, und ich konnte weder etwas sehen noch etwas hören.

Aufheulend vor Schmerz machte ich einen weiteren Schritt nach vorne, doch dieses Mal trug mich der Wasserfall nicht. Stattdessen riss er mich von den Füßen und schleuderte mich wütend über einen scharfkantigen Felsen, an dem ich mich verzweifelt festzuklammern versuchte, damit die Kraft der Fluten mich nicht hinab ins Nichts zog. Doch meine Hände zitterten zu stark, um Halt zu finden. Sofort rutschten sie ab und rissen dabei auf.

»Nalu, Hilfe! Hilf mir, bitte!«, rief ich und schlang erneut meine Finger um eine Felskante, aber ich konnte mich selbst nicht mehr hören. Wie nur sollte er mich dann hören? War er überhaupt noch da? »Nalu!«

Panisch sah ich dabei zu, wie die Felskante durch die Macht das Wassers zersplitterte und meine Hände erneut jeglichen Halt verloren. Mit einem dumpfen Geräusch schlug mein Kopf gegen etwas Hartes, Warmes, und zwei Arme schlangen sich um meinen Bauch, um mich sicher aus den Fluten zu ziehen, die mir inzwischen fast die Knochen brachen. Keuchend rang ich nach Luft, verschluckte mich, rang wieder nach Luft und musste laut husten, bis das Tosen endlich schwächer wurde und wohltuende Wärme über meinen Rücken wanderte. Mit einem genervten Stöhnen ließ Nalu mich auf das weiche Moos gleiten und setzte sich neben mich, um mich missbilligend anzuschauen.

»Verstehst du jetzt, warum?«

»Wir sind wieder zurück«, stellte ich japsend fest und tastete über meine Arme und Beine. Sie schmerzten, als hätte mich jemand mit dicken Ästen geschlagen, aber wie es aussah, war alles heil geblieben. Nur der Schreck saß mir noch in den Knochen. »Wieso sind wir wieder zurück?«

»Hättest du lieber absaufen wollen?«

»Nein, aber… Was war da nur los?« Unter leisen Schmerzenslauten richtete ich mich auf und setzte mich Nalu gegenüber. »Beim ersten Mal war es kein Problem durchzugehen. Es hat sogar Spaß gemacht, er hat mich getragen und jetzt…« Erschöpft wischte ich mir die nassen Haare aus der Stirn. »Böser Wasserfall.«

»Nix böser Wasserfall. Du hast immer noch nicht kapiert, worum es hier geht! Wir haben einen Auftrag, den wir zu zweit erfüllen müssen, zu zweit, verstehst du? Nicht im Alleingang! Und das weiß die Natur!«

»Wir sind doch zu zweit«, erwiderte ich bockig und zog meine laufende Nase hoch.

»Nein, sind wir nicht. Du bist zwar in meiner Nähe, aber ziehst dein eigenes Ding durch. Und so wird das nicht funktionieren, Maja! Sonne und Mond müssen eins werden… Wir sind Sonne und Mond, okay?«

»Wir werden niemals eins werden.« Obwohl ich furchtbar fror und meine Beine sich anfühlten, als hätte ich brutalen Muskelkater, stand ich auf und verschränkte meine Arme vor dem Bauch, um mein Zittern zu unterdrücken.

»Du musst mir vertrauen. Und ich muss dir vertrauen,

wenn wir die Dunkelsümpfe erreicht haben. Denn dort … dort werde ich dich brauchen, Maja. Nicht umgekehrt.«

Oh verdammt, das wurde ja immer schräger. Nalu, der Meister des gelben Nebels und der Kristalle, brauchte mich? Was redete er da nur?

»Du laberst Blödsinn, Nalu.«

»Nein. Du bist dunkler als ich. Denn du kommst aus der Menschenwelt. Ich kenne nur das Licht und die Zwischenwelt, aber in der Dunkelheit war ich noch nie. Deshalb hat der Nachthelle Hirsch dich ja für die Mission auserwählt.«

Schweigend starrten wir uns an, Nalu ernst und abweisend wie eh und je, ich zweifelnd, während die pitschnasse Arkan ihre langen Schwanzfedern durch ihren Schnabel zog und sich zwischendurch lautstark aufplusterte und schüttelte, um die Feuchtigkeit loszuwerden.

»Kennst du so was denn gar nicht – sich blind aufeinander zu verlassen und gegenseitig zu helfen? So wie das für uns in Amuria normal ist, auch für mich als Einzelgänger?«, durchbrach Nalu schließlich unsere angespannte Stille.

»Geht dich nichts an.« Etwas an seiner Frage tat mir weh. Denn es stimmte, ich kannte so etwas nicht. Ich war immer allein unterwegs gewesen, und es hatte mir gefallen. Aber ohne Nalu würde der Wasserfall mich verschlingen. Ich brauchte ihn, so wie er mich in den Dunkelsümpfen brauchen würde – und dann würde ich nicht mehr bei ihm sein. Auch dieser Gedanke tat weh.

»Von mir aus gehen wir zusammen rein.« Widerwillig streckte ich ihm meine Hand entgegen, deren Fingerspitzen vor Kälte bläulich angelaufen waren. »Führ mich da durch. Aber in den Sümpfen möchte ich allein laufen. Ich kann das, ganz bestimmt.«

Nalu nickte nur, seinen Gletscherblick nachdenklich auf mich gerichtet, und ergriff überraschend sanft mein Handgelenk, um sich mir voraus dem Wasserfall zu nähern und an einer passenden Stelle hineinzulaufen. Ich rechnete damit, dass ich erneut den Halt verlieren und von den Sturzbächen windelweich geprügelt würde, doch dieses Mal ging alles ganz schnell.

Kaum hatte ich in der eisigen Kälte die Orientierung verloren, zog mich Nalu auch schon wieder aus ihr heraus und dirigierte mich auf den sumpfigen Untergrund, den ich bei meiner Ankunft noch als grün und warm wahrgenommen hatte.

Aber jetzt war alles anders. Ich hatte das Gefühl, in eine erdrückende graue Dämmerung entführt worden zu sein, aus der es nie wieder ein Entrinnen geben würde und die mir sämtlichen Lebensmut aus dem Leib saugen würde. Die glucksenden Sümpfe stanken zudem so erbärmlich, dass ich kaum atmen konnte. Aufwimmernd wollte ich zurück in den Wasserfall laufen, um Schutz in der Silberlagune zu suchen, doch Nalu hielt mich eisern fest.

»So geht es mir jeden Tag, Maja. Wenn man die Lichte Seite Amurias einmal erlebt hat, ist alles andere die Hölle auf Erden. Deshalb wollen wir unser Reich ja retten, okay? Hörst du mich, Maja? Maja!«

Vorsichtig tätschelte er mir mit der flachen Hand die Wange, und ich zwang mich, meine Augen wieder zu öffnen. Ich wollte nur noch schlafen, nichts mehr sonst – ach, es wäre mir auch recht gewesen, zurück in den Steinkreis zu gehen und dort bis zu meinem Tod gefangen gehalten zu werden. Wie hatte ich es nur auf dem Hinweg in diesen Sümpfen aushalten können?

»Es wird besser, wenn du dich daran gewöhnt hast, glaub mir. Maja … nicht einschlafen.« Ein zweites Mal gab mir Nalu eine zarte Ohrfeige, um mich wach zu halten. Schon wieder waren meine Augen zugefallen. »Schau mich an. Jetzt. Maja!«

Das Licht seiner Iris drang durch meine geschlossenen Lider, und ich konnte nicht anders, als sie zu öffnen. Seine Augen strahlten aus der Dämmerung heraus wie zwei rettende Sterne.

»Nimm so viel davon, wie du willst.«

Ich wollte nicht, denn ich schämte mich, Nalu gegenüber so schwach, müde und traurig zu sein, doch ich konnte nicht anders. Wie hypnotisiert schaute ich so lange mitten in seine grünblaue Iris, bis ich mich ein wenig an die Dämmerung um uns herum gewöhnt hatte und neue Kraft in meine Arme und Beine wanderte. Doch noch immer sehnte ich mich zurück nach Amuria, und ich konnte mir nicht vorstellen, dass das jemals wieder aufhörte.

»Besser?«

Stumm nickte ich. Ja, besser. Nicht gut, aber besser.

»Können wir weitergehen? Wir sollten uns hier nicht zu lange aufhalten. Die Zwischenwelt hat ihre eigenen Gefahren. Wir könnten in ihr vergessen, wozu wir hier sind. Deshalb ist die Aufgabe der Nebelhüter ja so anspruchsvoll.«

»Hör auf anzugeben«, entgegnete ich matt, und über Nalus Lippen huschte ein schwaches Grinsen. »Das nervt, hab ich dir schon x-mal gesagt.«

»Schön, du bist wieder munterer. Dann los.«

Mit ein paar geübten Bewegungen ließ er zartgelben, warmen Nebel um mich herumwirbeln, der meine Kleidung und meine Haare im Nu trocknete. Sobald ich nicht mehr fror, verblasste der Nebel, und Nalu blickte stirnrunzelnd auf meine Hände, während Arkan meiner Schulter einen Besuch abstattete und mit meinen Haaren zu spielen begann. Worüber dachte er nach? Mussten wir uns etwa wieder Händchen haltend verbinden? Er hatte mir versprochen, dass ich ab jetzt allein laufen durfte!

»Schon gut«, beantwortete er meine unausgesprochene Frage, drehte sich um und begann mir vorauszugehen, schneller und energischer, als ich es in Amuria je bei ihm gesehen hatte. Doch wir hatten gleich nur noch einen kahlen Steg unter unseren Füßen. Hier wuchs nichts, worauf er beim Laufen achtgeben musste.

Ohne jeden Widerstand folgte ich ihm, und sobald wir den Steg erreicht hatten, der sich lang gestreckt über die schmatzenden, stinkenden Sümpfe erhob, wurde neue Hoffnung in mir wach.

Bald würde ich wieder bei meinen Eltern sein, oben, in meiner Welt. Ich würde heimkommen, und alles würde gut werden – und danach würde ich versuchen, Nalu und Amuria für immer zu vergessen.

Zwischen den Welten

»Warum ist es so viel schwerer geworden? Was ist nur los?«

Geduldig bot Nalu mir seinen Arm an, damit ich mich daran hochziehen konnte, doch ich blieb apathisch auf den Knien sitzen und stützte mich mit meinen Händen ab, um wieder zu Atem zu kommen. Ich verstand nicht, was seit Stunden mit mir geschah. Immer wenn ich etwas schneller laufen wollte, begann ich zu stolpern und fiel hin, als wäre ich gegen eine Barrikade geprallt oder an einem unsichtbaren Gummiseil zurückgeschleudert worden. Das Ergebnis jedoch war jedes Mal das gleiche: Ich stürzte und schürfte mir die Knie und Hände auf wie ein kleines Kind, das zu übermütig gerannt war und einen Stein übersehen hatte. Dabei waren die Holzplanken der Stege so glatt geschliffen, dass es nichts gab, was einen zum Straucheln bringen konnte. Wollte ich so sehr zurück nach Amuria, dass ich nicht mal mehr vernünftig geradeaus laufen konnte?

»Steh wieder auf, Maja.«

»Aber ich kann nicht mehr …« Ächzend ließ ich mich auf meinen Po nieder und betastete meine aufgerissenen Knie. Sie brannten wie Feuer und waren bereits leicht angeschwollen. Auf diese Weise würde ich mich niemals von Nalu entfernen und vom Portalloch hochziehen lassen können. Ich schaffte es ja nicht einmal, zu ihm aufzuschließen oder ihn gar zu überholen! Und ich war immer schnell zu Fuß gewesen. Papa hatte manchmal nicht mit mir mithalten können. »Wieso falle ich dauernd hin?«

»Es ist eben leichter, dem Licht entgegenzugehen als der Dunkelheit«, erklärte Nalu mit gedämpfter Stimme. »Das Reich der Dämmerung verwirrt deine Sinne. Man weiß nicht mehr, wo oben und unten ist. Es ist Niemandsland.«

»Meine Sinne sind nicht verwirrt.« Ich mochte müde und schwerfällig sein, aber ich konnte trotzdem alles sehen und hören und leider auch riechen. Der Gestank der Sümpfe wurde immer beißender. Ich hatte mir zwischendurch sogar die Nase zuhalten müssen, um weitergehen zu können. »Ich habe nur dauernd das Gefühl, dass da etwas ist, was mich aufhält.«

»Klar«, erwiderte Nalu, und etwas in seinem Tonfall ließ mich aufhorchen. Argwöhnisch sah ich zu ihm hoch, doch er wich meinen Augen aus. »Deine Sehnsucht nach der Lichten Seite Amurias hält dich auf. Das ist normal.«

»Dann müsstest du auch stolpern. Und zwar dauernd.«

Mit einem neuerlichen Ächzen stand ich auf und trat einen Schritt auf ihn zu. Wieder wich er meinem Blick aus, und seine hellen Augen flackerten nervös.

»*Du* bist das, hab ich recht!? Du lässt mich die ganze Zeit stolpern, du Mistkerl!« Wütend hieb ich meine Ferse auf die Planken. »Wieso machst du das?«

»Weil ich weiß, was du vorhast, Maja. Ich kann das sehen.«

Oh nein, er hatte in meine Gedanken geschaut – und das machte mich nur noch zorniger. Diese blöde Silberlagune und die Abschiedszeremonie hatten mich derart weichgekocht, dass ich mir Nalus wichtigste Eigenart nicht gemerkt hatte.

»Das ist echt unfair! Man schaut anderen Menschen nicht ungefragt in den Kopf!«

»Ja, da stimme ich dir zu. Ich hab es am Anfang ja auch nur getan, um deine Sprache zu lernen. Aber es musste es sein. Du willst abhauen, und das erlaube ich nicht! Es hat außerdem gar keinen Sinn, wir sind längst an meinem Wachposten vorbei. «

»Du hast mir nichts zu erlauben oder zu verbieten, Nalu, gar nichts!«, schrie ich ihn an und wollte meine Faust gegen seine Brust schlagen, aber er wich so geschickt nach hinten aus, dass ich das Gleichgewicht verlor und mich nur mühsam auf den Beinen halten konnte. »Ich will doch nur nach Hause, zu meinen Eltern, die suchen mich seit drei Tagen und sind wahrscheinlich schon halb wahnsinnig vor Sorge! Du schaffst das schon allein mit diesem Portal, du brauchst mich dafür nicht, also bitte, bitte lass mich zu deinem Posten laufen und zurück nach oben gehen!«

Ich unternahm einen sinnlosen Versuch, mich an ihm vorbeizudrücken und wegzurennen, dem Wasserfall entgegen, doch ich hatte nicht die geringste Chance. Wieder schnürte sich das unsichtbare Seil um meinen Bauch, und ich wurde aus der Balance gerissen. Nalu fing mich auf, bevor ich auf den Hintern prallte, und brachte mich geschickt ins Gleichgewicht.

»Maja, ich sag es dir noch einmal. Du hast keine Ahnung von unserer Welt und welche Kräfte unter und über den Portallöchern wirken. Wenn du dich allein nach oben ziehen lässt, kann der Sog deinen Körper zerquetschen, und dein Kopf macht das auch nicht mit, das ist viel zu gefährlich! Du hättest schon beim Herunterfallen sterben können, wenn ich nicht bei dir gewesen wäre und es verhindert hätte!«

»Gott, ich verstehe euch nicht!«, brüllte ich so laut, dass Arkan erbost krächzend davonstob. »Ihr wollt keine Menschen bei euch haben, aber wenn sie durch eure Portallöcher fallen, sorgt ihr dafür, dass sie dabei nicht sterben, stoßt sie aber direkt danach in den Sumpf? Kannst du mir das bitte mal erklären?«

»Nicht wir. Ich«, entgegnete Nalu dunkel, und seine Lippen wurden schmal. »*Ich* hab das so gemacht. Ich wollte dich außerdem nicht sterben lassen, sondern abwarten, bis der Sumpf dir deinen … na, deinen Verstand raubt. Dann hätte ich dich wieder nach oben lassen können, und alles wäre gut gewesen.«

»Er hätte mir beinahe mein Leben gekostet, du Idiot.«

»Ja, hab ich dann auch gemerkt«, erwiderte Nalu tonlos, wirkte aber nicht sonderlich zerknirscht. »Deshalb hab ich dich ja dann auch gerettet …«

»… und gehofft, dass ich völlig gaga bin, wenn ich bei euch eintreffe, und ihr mich getrost zurück nach oben schicken könnt? Denn einer Verrückten glaubt man ja nicht, oder?« Nalu antwortete nicht. Also ja. »Vielleicht entscheidest du dich mal, was du willst. Mich killen, am Leben lassen oder mir den Verstand rauben. Was du übrigens bald geschafft hast, nur indem du bist, wie du bist.«

»Maja, ich meine das ernst. Du kannst nicht allein nach oben. Damals hat dich mein Bruder zurückgebracht, bevor er in die Dunkelsümpfe gewandert ist. Aber ich werde das nicht tun. Nicht nachdem wir einen so wichtigen Auftrag bekommen haben. Der Nachthelle Hirsch zeigt sich nur alle zwölftausend Jahre!« Nalu machte eine schwammige Handbewegung, die alles und nichts bedeuten konnte. »Ich weiß, ihr Menschen denkt immer nur an euch selbst, aber hier geht es um die Gemeinschaft, um das Wohl aller!«

»Mir geht es auch um das Wohl anderer, nämlich um das meiner Eltern!« Wieder hatte ich das Bedürfnis, meine Faust gegen seine Brust zu schlagen. »Wir lieben uns, und ich bin ihr einziges Kind!«

»Ihr einziges?« Nalu schaute mich an, als hätte ich gerade verkündet, freiwillig für immer in der Zwischenwelt zu bleiben und mich um einen Job als Nebelhüter zu bewerben.

»Ja, ihr einziges!«

»Sicher?«

»Natürlich bin ich mir sicher! Ich habe keine Geschwister!« Ich musste fast lachen, weil mir seine Fragen so naiv vorkamen und seine Augen immer runder wurden.

»Das ist aber traurig.«

»Ist es nicht.« Gut, manchmal hatte ich mir eine Schwester oder einen Bruder gewünscht, ja. Aber ich verstand mich prima mit meinen Eltern, und außerdem kam ich bestens allein klar. »Wieso überhaupt? Wie viele Geschwister hast du denn?«

»Nur fünfzehn.«

Jetzt war ich es, deren Augen groß wurden. »Nur?«

»Ja, das ist wenig. Die meisten Amurier haben zwischen hundert und zweihundert Kinder. Manche auch mehr.«

»Eine einzelne Frau?«, hakte ich ungläubig nach. Benutzte Nalu unsere Zahlen nicht richtig, oder meinte er das wirklich ernst?

»Ja.« Seine Mundwinkel kräuselten sich, als amüsierte ihn meine Frage.

»Oje. Deine arme Mama. Das muss ja furchtbar anstrengend sein.« Wenn es so viele Geburten gab, wieso hatte ich dann keine einzige schwangere Frau in Amuria gesehen?

»Nein, ist es gar nicht. Unsere Frauen manifestieren das. Und dann ist das Kind da, wenn die Zeit reif ist.«

»Punkt für Amuria«, stellte ich trocken fest. »Aber was … was lässt das Baby entstehen?«, fragte ich errötend.

»Liebe natürlich.« Nalu sah mich offen an. »Was denn sonst?«

Nein, darauf wollte ich jetzt nicht antworten und schon gar nicht genauer nachfragen, wie er das meinte.

»Meine Eltern lieben sich auch«, sagte ich trotzdem entschieden. »Und sie lieben mich. Deshalb muss ich zurück nach oben. Sofort. Bitte. Sie sorgen sich und sind wahrscheinlich schon völlig außer sich, und diesen Gedanken ertrage ich nicht! Sie wissen doch nicht, dass ich noch lebe.« Die Vorstellung, wie sie im Goblin Forest umherirrten und nach mir suchten, war so belastend für mich, dass ich sie kaum mehr aushielt.

Nachdenklich schaute Nalu mich an. »Mitgefühl …«, murmelte er wie zu sich selbst. »Du hast Mitgefühl.«

»Natürlich hab ich Mitgefühl, es sind meine Eltern! Ich möchte ihnen das nicht länger antun … Bitte, Nalu, lass mich zurück nach oben.«

Grübelnd musterte er seine nackten Füße, neben denen

meine kalkweiß aussahen. Als er wieder aufschaute, war er blass geworden. »Ich wusste das nicht. Dass ihr Menschen so viel Mitgefühl empfinden könnt. Ich dachte, das gibt es bei euch gar nicht mehr.«

»Da hast du eben falsch gedacht. Und für uns Menschen gibt es auch keine Übergänge wie bei euch. Wir kommen nicht in einer anderen Form zurück. Wenn wir weg sind, sind wir weg.« Tot, meinte ich, nicht weg. Aber ich wagte nicht, es auszusprechen. »Selbst wenn meine Eltern fünfzig Kinder hätten, würden sie mich suchen. Das ist furchtbar!«

Nalus Wangen wurden noch etwas bleicher, und er schluckte mit Gewalt, als gefiele ihm nicht, was er nun sagen würde.

»Okay, ich mache dir einen Vorschlag. Komm mit mir bis zu den Dunkelsümpfen. Wir versuchen, die Botschaft des Hirsches zusammen zu erfüllen. Aber ich verspreche dir, dass ich dich auf jeden Fall nach oben bringe, ob wir es schaffen, das Portal zu schließen, oder nicht. Und dann …« Fast gequält griff sich Nalu an sein Herz. »Dann probiere ich etwas aus, was ich eigentlich nicht tun darf, denn es ist schwarze Magie.« Noch immer drückte er die Hand gegen seine Brust. »Ich beeinflusse die Zeit, wenn ich dich nach oben bringe.«

»Was bedeutet das?«, fragte ich zaghaft. Meinte Nalu das ernst – die Amurier beherrschten schwarze Magie?

»Na ja, ich nehme Zeit weg …« Nalu krümmte sich

leicht und keuchte gepresst auf. Ihm tat wirklich weh, was er sagte. »Und deine Eltern werden dich nie gesucht haben, weil sie dich nicht vermisst haben. Du warst nur ein paar Stunden weg.«

»Sowas kannst du?« Verdutzt lachte ich auf.

»Das weiß ich nicht genau. Ich hab es noch nie gemacht. Aber ich denke, ich weiß, wie es funktioniert. Nur …«

»Was? Es gibt einen Haken, oder?« Es musste einen Haken geben, wenn Nalu sich dermaßen wand, von dieser Zeitzaubersache zu erzählen.

»Wenn ich die Zeit nehme, nehme ich auch deine Erinnerungen.« Nalu zuckte zusammen, als fahre ein Schmerz durch seinen Körper. »Du wirst nichts mehr von deinen Erfahrungen bei uns wissen.«

»Aber ist das nicht genau das, was ihr wollt!« Wieder lachte ich, doch nun klang es unecht. Ich mochte die Vorstellung nicht, mich nicht mehr an die echte Silberlagune erinnern zu können und wieder glauben zu müssen, ich hätte mir meinen Besuch in Amuria als Kind nur eingebildet. Trotzdem verstand ich nicht, wieso er mir diesen Vorschlag nicht längst gemacht hatte. »Wenn du das kannst, dann … dann ist das doch die Lösung für alle Menschen, die zu euch fallen!«

»Ist es nicht, Maja!«, fuhr Nalu mich an und löste die Hand von seiner Brust, um sie zur Faust zu ballen. »Erinnerungen sind innere Bilder und ungeheuer wertvoll, so etwas darf nicht gelöscht werden, das ist gegen die Schöpfung! Und nicht lichtvoll, sondern dunkel. Denn es ist ein Raub. Wenn ich das mache, darf ich nie wieder als Heiler arbeiten. Aber wichtiger ist mir, Amuria zu retten. Ganz egal, was danach ist. Bitte komm mit zu den Dunkelsümpfen, damit wir wenigstens einen Teil der Botschaft des Hirsches erfüllen. Als Sonne und Mond. Danach sehen wir weiter – und wenn du unbedingt willst, kannst du dann alleine zurück zum Portalloch.«

Betreten rieb ich mir über das Gesicht und wusste nicht, wohin ich schauen sollte. Nalus Worte erinnerten mich an die magische Begegnung mit dem Nachthellen Hirsch und wie verzaubert ich dabei gewesen war. Ich wollte mich nicht gegen seine Botschaft richten. Aber ich wollte auch nicht in die Dunkelsümpfe.

»Können wir nicht jetzt schnell zurück zu deinem Portalloch laufen, und du beamst mich hoch?«

»Nein.« Nalu hob wie zur Warnung die Hände. »Das würde mich zu viel Kraft kosten, und die brauche ich noch, um in die Dunkelsümpfe zu gelangen. Ich muss Amuria retten, Maja, versteh das doch! Es ist meine Welt …«

»Und wenn ich es alleine versuche?«

»Dann würdest du wahrscheinlich sterben.«

Stöhnend raufte ich mir die Haare. Ich glaubte Nalu, dass es zu gefährlich sein würde, allein und ohne vorherige Stärkung zu seinem Posten zu gehen und mich im Sog des Portallochs nach oben schleusen zu lassen.

Trotzdem hatte ich nie weiter als bis zu diesem Moment gedacht. Jetzt musste ich es – und das ließ meinen Puls sofort schneller werden.

»Wie weit ist es denn noch bis in die Dunkelsümpfe?«

»Ich weiß es nicht genau.« Nalu strich sich eine lange dunkle Strähne aus seiner Stirn. »Es heißt, dass dieser Steg bis zum Ende der Zwischenwelt führt. Sein Erbauer ist danach aus eigenen Stücken bei den Gefallenen geblieben. Wahrscheinlich hat er sich zu stark verdunkelt, während er den Steg manifestiert hat, und hat deshalb immer länger dafür gebraucht. Er kam nie zurück.«

»Das ist gar kein echtes Holz, oder?« Mit ausgestreckten Fingern fuhr ich über die kühlen, leicht feuchten Planken unter mir.

»Nein, wir fällen keine Bäume. Wir nehmen nur Äste, die sie uns freiwillig geben, aber auch in denen siedeln sich andere Wesen an, denen wir damit ihr Zuhause rauben. Diese Stege sind aus der Information von Holz erschaffen worden.«

Ich verkniff mir die Bemerkung, dass diese Fähigkeit bei uns ziemlich gefragt wäre. Die Amurier waren lebendige 3-D-Drucker.

»Wenn ihr so vieles manifestieren könnt, warum schafft ihr es dann nicht, etwas zu erschaffen, mit dem ihr die Portallöcher verschließen könnt?«, fragte ich stattdessen, und sofort verfinsterte sich Nalus Miene. »Müsste für euch doch ein Leichtes sein.«

»Das wissen wir nicht. Der Rat und die Ältesten haben es versucht, unzählige Male. Doch jedes Mal entstand danach ein neues Portalloch, und die alten waren alle noch da. Außerdem hat die Zwischenwelt sich weiter Richtung Wasserfall ausgedehnt. Hast du das nicht gesehen?«

»Doch«, bestätigte ich erschauernd. Ich hatte gehofft, mich geirrt zu haben, doch die Strecke zwischen Sümpfen und Grenze hatte sich verkürzt. Einige der Grasinseln, auf denen die glitzernden Käfer herumgewuselt waren, waren sogar vollständig verschwunden gewesen, verschluckt von den Sümpfen. »Habt ihr eine Idee, warum das so ist? Ihr wisst doch sonst immer alles.«

»Wir vermuten, dass die Gefallenen dafür sorgen, dass die Zwischenwelt sich ausdehnt.«

»Aus Rache, meinst du?« Ich löste meine Hände von dem glatten Holzimitat unter mir und versuchte, Nalus Blick zu erhaschen. »Weil sie nicht mehr zurückdürfen?«

»Das war ihnen immer klar. Und wir mussten niemanden zwingen, in die Verbannung zu gehen. Aber in den Dunkelsümpfen schwärzt sich das Gemüt.«

»Übersetzen, bitte.« Nalu war mal wieder auf Poetenkurs unterwegs.

»Na, die Gefallenen bekommen menschliche Eigenschaften, in der schlimmsten Ausformung. Neid. Hass. Eifersucht. Zorn. Gier. Rachsucht. Zumindest sagen das die Alten. Das macht sie von innen krank, und wahrscheinlich haben sie mit der Zeit schwarze Magie erschaffen und versuchen, uns damit zu zerstören.«

»Was hätten sie denn davon?«, fragte ich irritiert.

»Weiß nicht. Was habt ihr davon, die Erde zu zerstören? Langfristig auch nichts. Aber ihr tut es, Tag für Tag. Es fällt euch gar nicht mehr auf.«

Wieder wusste ich nicht, was ich erwidern sollte. Ich konnte Nalus Denkweise nachvollziehen.

»Magie gibt es bei uns aber nicht.« Wie Nalu schaute ich in die Ferne, wo keine Grenze im Dunst zu erkennen war. Möglicherweise mussten wir noch tagelang durch die Zwischenwelt laufen, bis wir die Dunkelsümpfe erreicht hatten. »Und erst recht keine schwarze Magie.«

»Ihr habt Bomben, die mit einem Schlag sämtliches Leben im Umkreis von Kilometern vernichten.« Oje, Nalu wusste von unseren Kriegen. Wahrscheinlich hatte er auch diese Informationen in meinem Kopf gefunden. »Das *ist* schwarze Magie.«

»Nicht wirklich«, widersprach ich gähnend und fröstelte. Wir mussten uns bewegen, bevor ich zu stark auskühlte. »Es ist Technik. Verstehe ich das richtig? Die Gefallenen sind freiwillig gegangen, weil sie ihre Aufgabe nicht erfüllt haben, und stehen jetzt im Krieg mit euch? Wenden schwarze Magie gegen euch an? Und wir beide, ein junger Amurier und ein Menschenkind, sollen uns in ihre Welt begeben?«

»Ja.« Nalus Gesicht verriet keine Regung. »Weil es

der einzige Weg ist, Amuria zu retten. Es scheint unser Schicksal zu sein, in die Dunkelsümpfe zu gehen.«

»Ich glaube nicht an Schicksal. Und ich habe keine Lust, mich von irgendwelchen wahnsinnigen Gefallenen-Zombies abschlachten zu lassen.«

»Ich auch nicht.«

Ich konnte es kaum ertragen, wie ruhig Nalu blieb. Wir liefen ins Nirgendwo und hatten keine Ahnung, was uns dort erwartete, doch wenn man den Geschichten der Alten auch nur einen Hauch glaubte, wurde es nicht lustig. Kränkelnde, depressive Untote mit Rachegedanken – na, besten Dank.

»Hast du denn gar keine Angst?«

»Ich kenne keine Angst. Angst ist ein dunkles Gefühl. Diese Gefühle gibt es bei uns nicht.«

»Das ist nicht wahr.« Mein Ton klang schneidend, obwohl meine Stimme leicht zitterte. »Ihr hattet Angst vor *mir*. Das hab ich genau gespürt, als ich zu deinem Vater und den anderen in den Kreis gelaufen bin.«

»Das war keine Angst. Es war Überraschung.«

»Das kannst du deiner Krähe erzählen.« Arkan blinkerte mich aufmerksam an, als verstünde sie, worüber wir gerade sprachen. »Okay, ich frage dich jetzt ganz direkt: Werden wir dort sterben?«

»Sterben …« Nalu atmete mit einem leisen Summen aus. »Das ist ein merkwürdiges Wort. Wir nehmen einfach nur eine andere Form an.«

»Aber ich will keine andere Form annehmen!«, rief ich gepresst. »Ich will Maja bleiben, genau diese Maja, die vor dir steht, und ich möchte vollständig in meine Welt zurückkehren, in einem Stück, verstehst du? Wie kannst du nur erwarten, dass ich dich auf einem solchen Trip begleite?«

»Na, weil Freunde so etwas eben tun.«

»Wir sind aber keine Freunde!« Herrgott, wie sollte ich ihm nur begreiflich machen, was er mir antat und dass ich eigentlich gar nicht bei ihm sein wollte?

»Es gibt bei uns nichts anderes, Maja. Ich kenne nur das. Man hilft sich gegenseitig. Du hilfst mir, und ich helfe dir. Also vertrau mir einfach.« Nalus Halsmuskeln spannten sich an, und seine Kieferknochen traten beim Sprechen markant hervor. Doch er blieb beherrscht wie fast immer. »Wir schaffen das nur, wenn wir zusammenhalten, wie Freunde. Und dann müssen wir vielleicht auch nicht sterben.«

»Ich mag dich aber nicht.« Ich musste beinahe weinen, während ich diese Worte aussprach. Etwas daran fühlte sich verkehrt an, aber ich war auch drauf und dran, Nalu vom Steg zu stoßen. Von mir aus sollte er in der Zwischenwelt absaufen.

»Ich mag dich auch nicht besonders. Du bist anstrengend und redest zu viel und weißt immer alles besser. Aber ich sehe auch dein Herz. Und das leuchtet. Also konzentriere ich mich darauf. Nicht auf dein Kopfgelaber.«

»Kopfgelaber?« Langsam wurde er unverschämt.

»Ja. Wir können hier auch noch stundenlang diskutieren und unsere Energie verbrauchen, bis die Heilungsfrucht in den Dämpfen der Sümpfe verdorben ist. Denn das fängt bereits an.«

Nalu klang plötzlich so streng, dass ich mich duckte. Es war fast ein bisschen wie in der Schule, wenn ich beim Spicken erwischt wurde.

»Oder wir halten endlich zusammen und bringen es hinter uns. Du musst mich nicht leiden können, Maja. Ganz sicher nicht.« Jetzt sahen Nalus Augen nicht mehr aus wie ein blaugrüner Gletschersee. Sie loderten in einem dunklen Petrol, durchsetzt von Silberfunken. »Aber es wäre für uns beide gut, wenn du dich wenigstens so verhalten würdest, als wären wir Freunde, sonst sind wir nämlich tot, bevor wir die Dunkelsümpfe erreicht haben. Noch ein paar Stunden in diesen giftigen Dämpfen, und unser Gehirn ist Matsch, und wir können keinen Meter mehr geradeaus gehen. Willst du das?«

»Nein«, erwiderte ich knurrig. Langsam dämmerte mir, dass ich keine Chance gegen ihn hatte. Wahrscheinlich hatten wir Nalus Posten schon vor Kilometern passiert, und ich war viel zu ausgelaugt, um ihn alleine zu finden. Denn Nalu lag richtig, das Denken fiel mir immer schwerer, und ich sah auch nicht mehr so gut wie vorhin. Alles verschwamm ineinander. In diesem Zustand würde ich niemals unversehrt nach oben gelangen können. Es war zu riskant. »Wird das denn die ganze Zeit so bleiben?«

Ich deutete auf eine Blase, die zischend neben uns platzte und trüben Dampf freigab, der bestialisch nach faulen Eiern stank.

»Nein, wohl nicht. Die Übergänge sind immer am schwierigsten. Die Zwischenwelt ist tückisch. Das hab ich dir vorhin schon gesagt. Aber wenn wir in den Dunkelsümpfen angekommen sind, erwarten uns andere Gefahren. Und dafür müssen wir so stark wie möglich sein.«

»Okay, gut.« Nichts war gut, aber ich gab auf. Nalu hatte mich jeder Chance beraubt, frühzeitig zurück nach Hause zu kommen, und fast hasste ich ihn dafür. »Dann gehen wir eben weiter. Bitte ohne unsichtbare Fallstricke. Ich hau nicht ab, versprochen.«

»Nach dir«, entgegnete Nalu kühl und machte mir den Weg frei.

Schon klar, Vertrauen war gut, Kontrolle besser.

»He, Maja.«

»Ja?«

»Halt mal kurz still, bitte.« Es fiel mir nicht schwer, obwohl ich nicht wusste, wozu das gut sein sollte. Überrascht schaute ich dabei zu, wie Nalu vor mir in die Knie ging und mit ein paar eleganten Handbewegungen meine Blutergüsse zum Abschwellen brachte und die Schürfwunden innerhalb von Sekunden zuheilen ließ. Erlöst atmete ich durch, konnte mich aber nicht dazu überreden, Danke zu sagen.

»Okay, jetzt können wir los.«

Seufzend setzte ich mich in Bewegung und hatte schon nach wenigen Metern das erdrückende Gefühl, dass wir unser Ziel niemals erreichen würden und ich in Wahrheit ganz allein war. Obwohl meine Knie nicht mehr schmerzten und ich nicht mehr hinfiel, wurde ich mit jedem Schritt trauriger. Es war eine Traurigkeit, wie ich sie vorher noch nie erlebt hatte. Sie drückte auf meinen Bauch und ließ mein Herz bei jedem Atemzug schmerzen. Auf einmal erschien mir alles sinnlos, sogar ich selbst.

Nicht nur die Lichte Seite kam mir vor wie eine Fantasie, die ich mir nur ausgemalt hatte. Auch der Wunsch, meine Eltern wiederzusehen, löste sich auf und hinterließ nichts als Schwere. Mein Körper kam mir lästig vor, meine Haut zu eng, und immerzu musste ich blinzeln, damit meine Lider nicht zufielen – so unendlich müde war ich. Ich wollte mich quer auf die Planken legen und aufhören zu atmen. Mit einem tauben Gefühl im Kopf blieb ich stehen und gab in den Knien nach, um mich auf den Steg sinken zu lassen und meine Hände tief in den Morast zu schieben …

»Nein, Maja. Tu das nicht!« Nalu schien gespürt zu haben, was ich vorhatte, und wuchtete mich mit einer kraftvollen Bewegung nach oben. »Es ist nicht mehr weit. Wir müssen in Bewegung bleiben.«

»Wozu?« Meine Stimme klang, als wäre ich todkrank.

»Oje ... du hast es schon vergessen.«

Ich wusste nicht, was er meinte, wehrte mich aber kratzend und beißend gegen ihn, als er versuchte, meine Hand zu nehmen. Plötzlich hasste ich ihn so sehr, dass ich mich fühlte wie eine Bestie, die alles töten wollte, was lebte, bevor sämtliche Energie in mir starb und ich meine Arme schlagartig fallen ließ. Nun hasste ich nicht mehr ihn, sondern mich selbst, und dieses Gefühl war so schmerzhaft, dass ich aufheulte.

»Das bist nicht du, Maja. Es ist die Zwischenwelt, die das mit dir macht. Geh einfach weiter, ja? Ein Schritt nach dem anderen. Schau auf meine Füße, das hilft dir.«

Nalu presste seinen Handballen gegen meine Stirn, und für einen kurzen Augenblick fühlte ich mich wieder leichter und stärker. Doch schon nach wenigen Metern wurden meine Traurigkeit und mein Selbsthass so übermächtig, dass mein Körper sich immer krummer nach vorne beugte und meine Sohlen sich nur noch schlurfend über den Steg bewegten. Ich hob meine Blicke nicht mehr, weil mich nichts mehr um mich herum interessierte. Bald wünschte ich mir, auszurutschen und in den Morast zu fallen, um von ihm hinabgezogen zu werden, bis ich nichts mehr spürte, weder von mir selbst noch von der Welt um mich herum.

»Okay, so funktioniert das nicht. Bitte gib mir deine Hand.«

Mit gesenkten Wimpern und geballten Fäusten wich ich Nalus Blick aus. Wenn er nur versuchte, mich zu berühren, würde ich mich rücklings vom Steg fallen lassen, damit diese Qual ein Ende hatte. Wir würden doch sowieso sterben. Warum dann nicht jetzt gleich? Vielleicht konnte ich ihn sogar mit mir ziehen. Dann gab es überhaupt kein Leben mehr in der Zwischenwelt, und sie hatte endlich bekommen, was sie wollte, und konnte die gesamte Erde verschlingen …

»Maja, hörst du mich noch? Du musst mir deine Hand geben, das wird dir helfen.«

Dicke Tränen liefen meine Wangen hinunter. Doch es waren keine erleichternden, tröstenden Tränen. Sie brannten auf meiner Haut, als bestünden sie aus purer Säure.

»Ich bin … es … nicht … wert«, brachte ich heiser hervor und hob abwehrend die Arme. »Muss … sterben …«

»Nur über meine Leiche.«

Ich versuchte noch, Nalu ein Bein zu stellen, doch meine Bewegung war viel zu langsam. Schon hatte er mir den Rücken zugewandt, nach meinen Oberschenkeln gegriffen und mich mit einem kräftigen Ruck auf seinen Rücken gehoben.

»Halt dich fest.« Wie von selbst schlangen sich meine Arme um seinen Hals, obwohl ich noch immer der festen Überzeugung war, im Sumpf am besten aufgehoben zu sein. »Gut. Und jetzt denk an deinen Delfin und die Lagune, so fest du kannst. Schmieg deine Stirn an meinen Nacken, sodass unsere Male sich berühren. Geht das?«

Ja, es ging – ich hatte es sogar längst getan, weil seine Sonnenzeichnung meinen Mond magnetisch angezogen hatte.

»Siehst du die Lagune? Und deinen Delfin? Ist er da?«

»Hmm… da…«, gab ich schläfrig zurück, dankbar, dass die brennenden Tränen versiegten und das überwältigende Gefühl, nicht mehr leben zu dürfen, endlich schwächer wurde. Ich war noch immer traurig, und was wir taten, kam mir sinnlos vor. Doch ich hasste Nalu nicht mehr und mich selbst auch nicht.

Deshalb schloss ich erschöpft meine Augen und ließ mich von Nalu durch die Zwischenwelt tragen, bis es um uns herum immer kälter, trockener und finsterer wurde und der Steg vor uns im schwarzen Nichts verschwand.

Wir hatten die Dunkelsümpfe erreicht.

Willkommen im Nichts

»Maja? Bist du wach?«

Nalus Flüstern jagte kalte Schauer über meinen Nacken, so gespenstisch klang es in der plötzlichen Stille, die uns umgab. Kein Blubbern und Schmatzen des Moores mehr, und auch Nalus Schritte waren lautlos geworden.

»Ja. Und ich kann wieder laufen.«

Keuchend ließ Nalu mich von seinem Rücken gleiten. »Hast du Arkan gesehen?«

»Sie ist bei mir«, gab ich flüsternd zurück, obwohl ich es weniger schaurig gefunden hätte, wenn wir laut gesprochen hätten. Doch auch ich traute mich nicht, meine Stimme zu erheben. Nalu hatte keine Zweifel daran gelassen, dass die Gefallenen uns feindlich gesinnt sein würden und wir alles dafür tun mussten, nicht von ihnen entdeckt zu werden, sobald wir die Dunkelsümpfe erreicht hatten, und nun hatten wir die Zwischenwelt endgültig hinter uns gelassen.

Der Steg war irgendwann ins pure Nichts übergegangen, denn um unsere Füße waberte so dichter grauer Nebel, dass wir nicht sehen konnten, worauf wir jetzt liefen. Aber der Grund war fest und trug uns. Dennoch wussten wir nicht, was vor uns lag, und die Temperaturen waren so stark gesunken, dass ich jämmerlich fror in meinem dünnen Shirt und meiner inzwischen ziemlich lädierten Hose. Trotzdem fühlte ich mich tausendmal besser als in der Zwischenwelt. Meine Traurigkeit hatte sich verflüchtigt, und dass ich den Wunsch verspürt hatte zu sterben, kam mir absurd vor.

»Bist du sicher, dass sie da ist?« Nalu hörte sich nicht ängstlich an, aber er war mindestens so angespannt wie ich, auch wenn er das niemals zugegeben hätte.

»Sie sitzt auf meiner Schulter und bohrt ihre Krallen in meine Haut – ja, ich bin mir sicher.« Arkan fühlte sich sogar richtig schwer an. Viel schwerer, als sie aussah.

»Wieso sitzt sie bei dir?«

»Keine Ahnung. Ist das denn jetzt so wichtig?«, gab ich zischend zurück, obwohl mich Arkans Verhalten ebenfalls wunderte. Bis zum Ende der Zwischenwelt war sie Nalu nicht von der Seite gewichen, aber sobald die Sümpfe trockener geworden waren und die Dämmerung sich in Dunkelheit verwandelt hatte, war sie mit einem hellen Schrei zu mir geflattert und hatte sich auf meiner linken Schulter niedergelassen. »Anscheinend gefällt es ihr bei mir.«

»Hm«, machte Nalu unbestimmt und drehte sich um

sich selbst, wobei seine Augen blaugrüne Schlieren in der Finsternis hinterließen. »Kannst du etwas sehen?«

»Nicht viel«, gab ich zu. »Aber hier riecht es besser. Vielleicht weil es kalt ist.«

»Kalt…« Ich hörte, wie Nalu sich mit den Fingerspitzen über den Arm strich. »Ich fühle mich so komisch in meiner Haut. Als ob sie plötzlich zu klein für meinen Körper ist und spannt und… wehtut?«

»Du frierst«, übersetzte ich kurz angebunden und war froh, dass ich mich endlich wieder wie ein Mädchen anhörte und nicht wie eine uralte sterbenskranke Frau. »Du bist ja auch angezogen wie ein Prärie-Indianer. Zauber dir doch das Wärmeres. Und mir bitte gleich auch.«

»Geht nicht.« Nalus Stimme klang hohl. »Ich muss meine Kräfte schonen. Meine magische Energie schwindet bereits, ich kann das spüren.«

»Die wird auch weiter schwinden, wenn du halb nackt in der Kälte rumstehst. Dein Organismus ist das doch gar nicht gewohnt! Bei euch herrscht immerzu Badewannentemperatur. Aber hier hat es wahrscheinlich nur wenige Grade über null. Versuch es wenigstens.«

»Gibt es keinen anderen Weg?«

»Das fragst du mich?« Ich lachte trocken auf und fing gleichzeitig an zu zittern. »Falls es hier Tiere gibt, ja, dann hab ich noch einen anderen Weg für dich: töten und Fell abziehen. Das wärmt gut. Ist aber erst einmal eine ziemliche Sauerei und kostet Zeit.«

Ich hatte es bei den Inuit erlebt. Bis die Felle der Robben tragbar waren, vergingen Wochen.

Nalu schnaubte angewidert, doch nun hatte auch er zu schlottern angefangen und trat unruhig auf und ab. Er fror ebenso erbärmlich wie ich, nur hatte er keine Ahnung, wie gefährlich das werden konnte.

»Schon mal was von Erfrieren gehört?«

»Nein.« Ui, war der wieder schlecht gelaunt.

»Form wechseln nennt ihr das Sterben ja, und das kann auch durch zu viel Kälte passieren. Also bitte nutz deinen Hokuspokus, bevor du gar keine Energie mehr übrig hast. Wir müssen uns warm halten! Versuch, so was wie Tierfelle zu manifestieren, dafür muss ja keines sterben. Das Zeug muss sich nur so anfühlen und genauso kuschelig sein. Kunstfell eben.«

Mama liebte Kunstfelle. Sie hatte das halbe Forschungszelt damit ausgelegt, und unsere Wohnmobile sahen meistens aus wie ein Nomadenzelt auf Rädern. Manchmal luden sie sich elektrisch auf, und wir bekamen bei jeder Bewegung Stromschläge. Aber jetzt hätte ich alles dafür gegeben, mir ständig einen wischen zu lassen, wenn ich nur nicht länger zitternd in der Kälte stehen musste. Sehen konnte ich sie nicht, aber wir hatten sicher längst Dunstwolken vor dem Mund.

»Kunstfell. Das ist ja interessant.« Noch im Reden löste Nalu seinen Beutel von der Hüfte, wobei die Flasche sanft gluckste, und kramte darin herum, bis ein süßer Duft in meine Nase drang. Aha. Zeit für einen Snack.

»Hey! Finger weg.« Nalu schlug meine Hand unsanft zur Seite. »Das ist jetzt für mich.«

»Echt? *Du* isst etwas?! Ich dachte, ihr macht das nicht.«

»Dass wir es nicht machen, heißt nicht, dass wir es nicht können.«

Nalu drückte die Frucht dicht an seine Nase und atmete tief ein, bevor er mit seinen Zähnen ein winziges Stück heraustrennte und langsam zu zerkauen begann, die Augen geschlossen und tief atmend. Ich musste meine Hände zu Fäusten ballen und in meine Hosentaschen schieben, um nicht erneut nach dem Herzapfel zu grapschen, so sehr lockte mich sein Duft. Deshalb atmete ich erst wieder durch die Nase ein, als die Frucht wieder im Beutel verstaut war.

»Bist du so weit?«

»Ja. Wie kann ich mir diese Kunstfelle vorstellen? Ich muss wissen, wie sie sich anfühlen und riechen.«

»Denk an eure Füchse. Die mit den silbernen Rücken«, schlug ich Nalu in Flüsterlautstärke vor, nachdem er seine Augen wieder geöffnet hatte und sie fest auf meine Stirn richtete. Sie wirkten heller und klarer als vor seiner kleinen Zwischenmahlzeit. »Und mach daraus irgendwas, was … huch. Alle Achtung, du bist schnell.«

»Ladys first«, kommentierte Nalu galant, während ich über meine Arme und Beine tastete.

»Was ist das denn?«

»Hast du jetzt etwa Sonderwünsche? Hält es dich warm, ja oder nein?«

»Ja«, machte ich kleinlaut. Warm war es – und hässlich dazu. Das wusste ich, ohne es genau sehen zu können, obwohl meine Augen sich langsam an die Dunkelheit gewöhnten. Ich hatte keine Ahnung, was Nalu sich bei seiner Kreation gedacht hatte, aber nun trug ich über meiner Hose und meinem Shirt einen Fellmantel mit breitem Gürtel um die Taille. Meine nackten Füße steckten in weichen Schnürstiefeln aus butterweichem und mit hellem Fell besetztem Kunstleder. Begeistert zerrte Arkan mit ihrem Schnabel die große Kapuze über meinen Haarschopf und kuschelte sich darunter. »Ich seh ja aus wie die Schneekönigin.«

»Hab die Infos aus deinem Kopf, also beklag dich nicht.«

Oh verdammt, ich hätte nicht an die Inuit denken sollen. Wahrscheinlich hatte das Spuren in meinem Gehirn hinterlassen.

Testweise machte ich ein paar Schritte auf der Stelle, was erstaunlich gut funktionierte. Die Schöße des Mantels reichten nicht weiter als bis über meine Knie, sodass ich volle Bewegungsfreiheit hatte, und meine Füße fühlten sich in dem wärmenden Pelz sehr behaglich.

Nun atmete auch Nalu erleichtert durch, und es gelang mir, zumindest grob zu erkennen, was er für sich selbst kreiert hatte. Wie ich trug er Stiefel aus Leder, allerdings mit weitaus weniger Fell, und statt eines Mantels hatte er sich einen schlichten Pelzumhang mit Kapuze manifestiert, die er sich jedoch nicht überstülpte. Im Gegensatz zu mir harmonierten seine wildlederartigen Hosen und seine Weste mit seinem neuen Outfit.

Abgesehen von seinen hellen Augen hätte er durchaus als junger Inuit-Jäger durchgehen können, während meine roten Haare und Ursprungsklamotten auf den ersten Blick klarmachten, dass etwas gewaltig schiefgelaufen war. Doch was machte es schon aus? Wir waren in den Dunkelsümpfen, und nachdem ich Nalu hatte frieren sehen, fragte ich mich ernsthaft, ob hier überhaupt irgendein Bewohner der Lichten Seite Amurias länger als einen Tag überlebt hatte. Denn Nalus Kräfte waren sicherlich nicht alltäglich. Er war der Sohn des Heilers, das hatte er ja nun oft genug betont.

»Chic«, lobte ich ihn gnädig, als er mich fragend ansah.

»Ich weiß.«

Ich hatte keine Ahnung, ob er scherzte oder tatsächlich so selbstverliebt war, dass er sich hinreißend fand in seinem neuen Dress, und zuckte überrascht zusammen, als er seine Hände plötzlich in einer Kreisbewegung schüttelte und seine Fingerkuppen bläuliches Licht in die Dunkelheit schickten. Wow, nicht schlecht, eine eingebaute Taschenlampe.

»Wenn ich schon mal dabei bin …« Nalu leuchtete mir mit erhobenen Armen ins Gesicht. Sofort wich ich ein Stück zurück. Ich mochte es nicht, auf diese Weise von ihm ins Visier genommen zu werden. »Geht's dir wieder besser?«

Verlegen machte ich noch einen kleinen Schritt rückwärts, obwohl ich nicht genau wusste, was hinter mir war. Nalu fuhr mit den Fingerspitzen über mein Gesicht. Er berührte mich dabei nicht, doch mir war, als legte sich ein kühlender Balsam über die wunden Stellen, die meine Zwischenwelttränen auf ihnen hinterlassen hatten.

»Ist schon okay«, wehrte ich ab, auch wenn seine Heilbehandlung guttat und ich gerne mehr davon bekommen hätte. »Geht wieder.«

»Das ist normal, Maja.« Nalu ließ die Linke erhoben, um mir in die Augen sehen zu können. Merkte er nicht, dass ich das nicht wollte? »Deshalb ist es ja so schwierig, die Aufgabe des Nebelhüters auszuüben. Die Zwischenwelt zieht alle irgendwann nach unten. Mir ging es auch nicht besonders gut. So lange war ich noch nie in ihr unterwegs gewesen.«

Davon hatte ich nichts gemerkt. Mir war es vorgekommen, als hätte er mich völlig mühelos über den Steg getragen und keine Sekunde an unserer Mission gezweifelt.

»Ich war so gleichgültig«, bekannte ich nachdenklich. »Mir hätte es nichts ausgemacht zu ertrinken. Ich hab es mir sogar zwischendurch gewünscht.«

»Ja. Ich weiß. Es gab einige Nebelhüter, die nicht zurückkamen, weil sie in der Zwischenwelt ihre Form gewechselt haben. Sie hielten es nicht mehr aus. Andere gingen stattdessen nach oben, zu den Menschen, weil sie dachten, dass es dort heller wäre, und wurden anschließend verbannt. Wie geht es dir denn jetzt?«

»Ganz gut eigentlich«, antwortete ich und wunderte mich selbst ein wenig darüber. Immerhin hatten wir die ultimative Gefahrenzone erreicht und keine Ahnung, was vor uns lag. Aber ich spürte wieder Leben in mir, und mein Kopf war wieder klar, nicht so benommen und träge wie vorhin. »Nun sind wir da. Ich weiß nicht, was gleich passiert, aber wir haben das Ziel erreicht.«

»Noch nicht ganz«, widersprach Nalu undurchsichtig. »Trotzdem muss ich dich jetzt fragen: Willst du zurück? Zum Portalloch an meinem Posten?«

Verwirrt hielt ich inne. Stimmt, Nalu hatte mir ja in Aussicht gestellt, dass ich umkehren durfte, sobald wir die Dunkelsümpfe erreicht hatten. Doch nun kam mir nichts abwegiger vor als das. Die Vorstellung, ohne Nalu zurückzulaufen, war so erschreckend, dass mir fast übel wurde.

»Das hast du gewusst, oder?«, fragte ich feindselig. »Dass ich mich nach unserer Tour viel zu beschissen fühlen würde, um allein zurückzugehen?«

Wie zur Antwort hielt Nalu seinen Beutel ins Licht seiner Fingerkuppen, dessen dünner Stoff von der Herzfrucht ausgebeult wurde. »Ich würde sie dir mit Licht und Liebe aufladen und ganz überlassen.«

»Licht und Liebe … oh Mann …«, spottete ich, um zu überspielen, wie sehr mich Nalus Worte trafen. Er war tatsächlich bereit, ohne mich weiterzulaufen und mir seinen letzten, möglicherweise lebensrettenden Proviant zu schenken, damit ich es bis zum Portalloch schaffte? Das war ein wirklich gutes Angebot.

Trotzdem fühlte es sich nicht gut an, nicht richtig, und lieber wäre ich hier mit ihm in der Finsternis erfroren, als ganz allein durch die Zwischenwelt zu laufen. Ich traute dem neuen Frieden in mir noch nicht.

»Ich bin zu müde, um das jetzt zu entscheiden. Können wir uns erst ausruhen? Ich bin ein Mensch, ich brauche Schlaf«, erinnerte ich Nalu an das, was er anscheinend nicht nötig hatte.

»Stimmt. Aber ich weiß nicht, ob wir hier sicher sind, Maja.«

Nalu machte erneut einige markante Bewegungen mit seinen Händen, sodass blaue Lichtfunken in die Dunkelheit stoben und sich so weit ausbreiteten, dass sie unsere unmittelbare Umgebung für einige Sekunden schwach erleuchteten.

Ich erkannte ein paar Felsbrocken, die verstreut beieinanderlagen, und einen knorrigen Baum, dessen Äste aussahen, als hätten sie schon lange kein Laub mehr getragen. Der Boden jedoch wirkte fest und erinnerte mich an den charakteristischen Untergrund, der sich oft in der Nähe von Vulkanen befand und durchsetzt von erkalteter Lava war. Unlogisch war das nicht, denn über uns befand sich ein riesiger Vulkan, auch wenn ich längst nicht mehr das Gefühl hatte, mich in Neuseeland zu bewegen.

Amuria war so anders, dass ich manchmal glaubte, gar nicht mehr auf der Erde zu sein – oder besser gesagt: in der Erde. Gegen diesen Gedanken wehrte sich mein Kopf sowieso erbittert.

»Wieso nennt ihr dieses Gebiet eigentlich Dunkelsümpfe?«, fragte ich Nalu, nachdem wir uns ausführlich umgeschaut hatten, und wagte es, etwas lauter zu sprechen. Das ständige Flüstern begann im Hals wehzutun, und wie es aussah, waren wir die einzigen menschlichen oder halbmenschlichen Wesen weit und breit. »Wir haben festen Boden unter uns.«

»Ja, an dieser Stelle schon. Aber hier gibt es auch Sümpfe, und sie sind so tief und schwarz und giftig, dass man schon in ihre Tiefe gezogen wird, wenn man nur den kleinen Finger hineintaucht. Das ist jedenfalls das, was man sich erzählt. Einige von ihnen sollen auch von bösen Geistern besetzt sein und sich unter Seen verstecken. Sie locken dich mit ihren Gesängen. Du glaubst, dass du durch sie zurück auf die Lichte Seite kommst, und willst unbedingt zu ihnen… und dich mit ihnen verbinden… und dann…« Nalu sprach nicht weiter, sondern zuckte nur ergeben mit den Schultern.

»Solche Geschichten gibt es bei uns auch.« Ich schüttelte mich leicht, um die Gänsehaut auf meinem Rückgrat zu vertreiben. »Ich glaube nicht dran. Hier singt jedenfalls nichts. Es ist ganz still. Oder?«

Lauschend blieben wir Rücken an Rücken stehen und sagten einige Zeit lang nichts mehr. Anfangs dachte ich noch, dass es keinerlei Geräusche gab, doch das war ein Irrtum. Die Äste des kahlen Baumes knackten ab und zu leise, als würden sie von einem sanften Wind hin und her bewegt werden, und über uns vernahm ich immer wieder ein kaum hörbares Sirren und Flattern, das mir vertraut vorkam, ja, ich kannte es aus meiner Welt …

»Leuchte mal nach oben. Geht das? Kannst du ein paar helle Punkte in die Luft über uns setzen?«

Nalus Kraft schwand offenbar wieder. Er musste seine Hände öfter schütteln als vorhin, bis ein paar müde, blasse Funken aufwärtsstiegen und einige Sekunden über uns verharrten. Doch sie genügten, um anzulocken, was eben schon um uns herumgegeistert war.

»Runter!«, zischte Nalu warnend und legte seine Hand auf meinen Nacken, um mich zu sich auf den kalten Boden zu ziehen. »Das sind die Dämonen der Finsternis. Ich hab von ihnen gehört.«

»So ein Käse. Das sind stinknormale Fledermäuse, keine Dämonen. Hey, du tust mir weh!«, beklagte ich mich. »Nalu, bitte!«

Endlich lockerte er seinen Griff.

»Sie tun uns nichts, entspann dich mal.«

Ganz sicher war ich mir nicht, ob ich mit meiner Entwarnung recht hatte. Immerhin war unterhalb der Erde jedes Tier etwas anders als seine Verwandten oberhalb – und die Fledermäuse verdammt groß. Flederratten wäre der passendere Name gewesen. Aber wenn ich richtig gesehen hatte, zogen sie Lichtspuren durch die Dunkelheit, und auch ihre Augen hatten geleuchtet. Wenn sie uns hätten töten wollen, hätten sie das längst tun können.

»Schau doch mal. Sie schenken uns Helligkeit!«

Argwöhnisch hob Nalu seinen Blick. Auch Arkan, die gerade ein kleines Schläfchen gemacht und dabei schwer an meinem Hals gelehnt hatte, wurde wieder munter und reckte ihren Kopf aus meiner Kapuze. Über uns flatterte eine Handvoll Flederratten im Kreis und zog dabei dünne Lichtspuren hinter sich her, die rasch wieder verblassten, zusammen jedoch so stark waren, dass wir unsere Umgebung besser erkennen konnten als durch Nalus Zauberfunken.

»Solche Wesen habe ich noch nie gesehen«, murmelte er und klang nicht sonderlich begeistert. »Schön sind sie ja nicht gerade.«

»Du müsstest sie eben mal von Nahem betrachten.«

Mama hatte vor Jahren eine verletzte Babyfledermaus aufgezogen, die sie im Dschungel gefunden hatte. Ihr linker Flügel war gebrochen gewesen, und wir hatten ihr anfangs stündlich Milch aus einer Miniflasche geben müssen, damit sie überlebte. Ich hatte noch nie etwas Süßeres gesehen und ihre blanken schwarzen Äuglein bis heute nicht vergessen.

»Ihre Flügel sind dünn wie Seide, und sie verständigen sich durch Ultraschalllaute«, erinnerte ich mich laut. »Gar nicht so anders als eure Lichtsprache.«

»Aber ich rieche Blut.« Nalu rümpfte seine Nase, als würde er sich ekeln.

»Sie trinken ja auch Blut. Davon ernähren sie sich. Aber nicht Blut von Menschen, von Tieren! Es muss hier noch andere Tiere geben.«

»Also sind sie doch Dämonen.«

»Nein. Tiere fressen Tiere, das ist normal! Biologische Nahrungskette.«

»Bei uns auf der Lichten Seite nicht.«

Nalus Brauen zogen sich zusammen, und er zuckte zurück, als eine der Flederratten ihm näher kam und ihn dabei neugierig beäugte. Ihre Gesichter waren lange nicht so niedlich wie das unserer verletzten Babyfledermaus. Auch waren ihre Augen nicht rund, sondern mandelförmig, und ihre Beißzähne stülpten sich spitz über ihre Lippen und waren lang wie ein Fingernagel. Aber hässlich waren diese Wesen nicht und dämonisch schon gar nicht.

Nalu sah das anders. »Arkan hat noch nie einen Wurm, einen Käfer oder eine Beere gefressen.«

Die Krähe gab ein bestätigendes Gurren von sich und

schmiegte sich warm an meine Wange. Ich mochte es, sie bei mir zu haben, doch ihr Gewicht drückte immer schwerer auf meine Schulter und begann, mir langsam wehzutun.

»Deshalb sollte sie nun auch in die Lichte Welt zurückkehren dürfen. Arkan, hier«, befahl Nalu und hob demonstrativ seinen Ellenbogen an.

Krächzend löste Arkan sich von meiner Schulter, flatterte eine große Runde um Nalus Kopf herum, ohne sich auf seinem Arm niederzulassen, und kehrte zu mir zurück, um wieder in meine Kapuze zu schlüpfen, als wäre dies nun ihr neues Zuhause.

»Was hat sie nur?« Nalu trat dicht an mich heran und griff unter den Fellsaum, um sie hervorzuziehen, doch sie duckte sich in meinen Nacken und kroch unter meine Haare.

»Habt ihr es bald? He!«, warnte ich Nalu schneidend, als er Anstalten machte, seine Hände in meine Kapuze zu schieben. »Privatsphäre.«

»Mein Geschwistertier befindet sich in deiner Privatsphäre.«

»Ja, und ich hab sie nicht darum gebeten. Vielleicht gefällt es ihr bei mir.« Ein gewaltiges Gähnen erschütterte meinen Kiefer. »Ich bin wirklich müde, Nalu, ich kann kaum mehr stehen. Hier scheint nichts Gefährliches zu sein. Ich will mich ein paar Stunden ausruhen, geht das? Du kannst währenddessen ja eine deiner langweiligen Kristallmeditationen machen. Ich will mich jedenfalls hinlegen.«

»Von mir aus«, willigte er widerstrebend ein. »Aber lieber dort hinten unter dem Baum, dann kann Arkan sich in die Äste setzen, und wir haben wenigstens ein bisschen Schutz.«

Ich wusste zwar nicht, wie ein knorriger, toter Baum uns schützen sollte, und auch nicht, wovor, denn außer den Flederratten war hier nichts, vor dem man sich fürchten musste. Doch ich war zu erschlagen, um nachzufragen. Stumm und fast ununterbrochen gähnend folgte ich Nalu zu dem Baum, wo er sich von seinem Fellumhang befreite und ihn auf dem harten Boden ausbreitete.

»Wird schon ein paar Stunden ohne gehen«, sagte er gönnerhaft, kniff wie im Affekt seine Augen zusammen und riss seine Kiefer ebenso weit auf, wie ich es gerade getan hatte. Erst nach Sekunden schloss sich sein Mund wieder. Verdattert starrte Nalu mich an und betastete dabei mit der Rechten seine Wangen.

»Gähnen«, erklärte ich müde. »Du hast gerade gegähnt.«

»Aber das kann nicht sein.«

»Es war ein Gähnen«, beharrte ich und rollte mich stöhnend auf meinem weichen Lager zusammen. »Ist halt ansteckend ... aber nichts Schlimmes ... keine Krankheit ... sondern ... nur ...«

Ich schaffte es nicht weiterzusprechen. Ich würde es

ihm später erklären, wenn ich mich ausgeruht hatte und wieder munter war. Aber jetzt musste ich schlafen.

Es tat so gut, die Augen zu schließen und die Zwischenwelt samt dem trostlosen Grauen, das ich in ihr gespürt hatte, zu vergessen. Schon mein erster Traum führte mich zurück in die Lichte Welt, wo ich mit Schmetterlingen spielte, dem Flüstern der Regenbogen lauschte und mich so vollkommen und rein fühlte, als würde ich selbst aus purem Licht bestehen.

Ja.

Ich war Licht.

Der Geist des Feuers

»Nalu?«

Obwohl ich noch nicht ganz wach war, schlugen meine Zähne so stark aufeinander, dass ich seinen Namen kaum aussprechen konnte. Mein Ruf glich einem hilflosen Flüstern. Der dickste Kunstpelz nützte eben nichts, wenn der Boden darunter eisig war und man sich nicht zudecken konnte. Also versuchte ich gar nicht erst, ein zweites Mal zu rufen, sondern raffte mich auf, um mich stampfend auf der Stelle zu bewegen und mit den flachen Händen gegen meine Arme zu schlagen. Bewegung war das Einzige, was jetzt half, wieder Wärme in meinen Körper zu bekommen.

Wo steckte Nalu nur? Hatte er nicht Wache halten wollen? Ich konnte ihn nirgendwo sehen, Arkan war ebenfalls verschwunden. Selbst die Fledermäuse schwirrten nicht mehr über mir herum. Waren etwa Gefallene zu unserem Lager gekommen und hatten Nalu entführt, während ich tief und fest geschlafen hatte? Aber wenn ja, wieso hatten sie mich nicht mitgenommen? Und warum konnte ich überhaupt etwas um mich herum erkennen, wenn doch weder Nalu Licht ins Dunkel zauberte noch die Fledermäuse?

»Das gibt es nicht«, wisperte ich atemlos, nachdem ich nach oben geschaut hatte, und vergaß einen Moment lang sogar meine Sorge um Nalu. Über mir prangte der prachtvollste Sternenhimmel, den ich je gesehen hatte. Seine funkelnden Lichter schienen so nah zu sein, dass ich nach ihnen greifen wollte, und mein Herz blieb fast stehen, als sich direkt vor meinen Augen drei Sterne auf einmal lösten und langsam nach unten fielen. Doch sie verglühten dabei nicht wie die Sternschnuppen, die ich in der Menschenwelt beobachtet hatte. Stattdessen zogen sie sich in die Länge, wurden größer und waren selbst dann noch zu sehen, als sie in einiger Ferne mit einem leisen, klaren Geräusch auf den Boden prallten. Ich rechnete fest mit einer Erschütterung, einer Art Erdbeben, doch alles blieb ruhig, und schon lösten sich die nächsten Lichtpunkte aus ihrer schwarzen Ummantelung und glitten lautlos durch die ewige Nacht der Dunkelsümpfe.

Vorhin waren diese Sterne nicht da gewesen, das hätte ich schwören können, Nalu wären sie außerdem sofort aufgefallen. Etwas hatte sich verändert, während ich geschlafen hatte. Die Finsternis um mich herum wirkte sanfter, samtiger, und durch die vielen funkelnden Lichter, die fast ständig in Bewegung waren, hatte sie etwas

Majestätisches an sich. War Nalu diesen Lichtern nachgegangen und dabei in einem der tödlichen Sumpflöcher versunken?

»Nalu!«, rief ich erneut, und dieses Mal schallte meine Stimme gut hörbar durch die sternfunkelnde Dunkelheit. Keine Antwort. »Arkan?«

Obwohl mir wieder warm geworden war, gefror ich innerlich zu Eis, als ich zur Antwort einen Laut hörte, der unmöglich von einem Vogel stammen konnte, auch nicht von einem amurischen. Das Wesen, aus dessen Leib es erklungen war, musste mindestens so groß wie ein Panther sein, wenn nicht sogar größer. Am ehesten ähnelte sein Klang einem Wiehern, durchdrungen von einem heiseren Fauchen, das zwar nicht aggressiv, aber so fremd und kraftvoll geklungen hatte, dass ich es nicht mehr wagte, mich zu rühren. Was auch immer dieses Wesen war: Arkan konnte es nicht sein. War Arkan möglicherweise sein Opfer geworden? Und das Wesen wartete darauf, dass ich die Krähe suchen ging und es seine Klauen in meinen Leib schlagen konnte?

»Verdammt, Nalu, warum bist du nicht da?«, flüsterte ich bebend und hoffte, das Wesen würde meine Furcht nicht spüren können. Wenn es hier Fledermäuse gab, gab es wahrscheinlich auch andere Raubtiere, und so wie die Tiere in der Lichten Welt friedlicher waren, als ich es kannte, waren die Wesen der Dunkelsümpfe vermutlich gerissener und heimtückischer, als ich es in der

Menschenwelt erlebt hatte. Ich hatte mich nie vor einem Tier gefürchtet, selbst vor Giftschlangen, Alligatoren und Taranteln nicht, doch jetzt rann kalter Angstschweiß über meinen Rücken.

Trotzdem war es keine Lösung, reglos stehen zu bleiben. Hilfe suchend schaute ich nach oben. Die Äste des Baumes waren zwar morsch, doch mein Gewicht würden sie aushalten. Entschlossen ging ich auf den Stamm zu, um mich an einem Astloch nach oben zu ziehen, und trat dabei versehentlich auf etwas, was sich menschlich und gleichzeitig leblos anfühlte. Oh nein …

»Nalu?« Ja, das musste Nalu sein, der wahrscheinlich ebenso eingeschlafen war wie ich. In den Dunkelsümpfen schienen auch für ihn andere Gesetze zu gelten. »Sorry, ich hab dich nicht gesehen.«

Keine Reaktion. Hatte ihn mein Tritt etwa nicht geweckt? Irritiert ließ ich mich auf meine Knie nieder, umfasste seine Schultern und rüttelte vorsichtig daran.

»He, Nalu. Wach auf.«

Noch immer reagierte er nicht. War er vielleicht verletzt? Hatte dieses unheimliche Wesen aus dem Gebüsch ihn angegriffen? Erschrocken tastete ich über seine Kehle. Sie war trocken, kein Blut, doch seine Haut fühlte sich so kalt an, dass Panik in mir aufwallte.

»Bitte nicht«, flehte ich und suchte nach seinem Handgelenk, um seinen Puls zu fühlen. Doch meine Finger zitterten zu stark, um sichergehen zu können, dass er noch lebte, weshalb ich mich über sein Gesicht beugte und meine Wange dicht vor seinen Mund hielt.

Atmete er noch? Oder war er erfroren, weil er nicht kapiert hatte, dass er müde geworden und in Gefahr gewesen war einzuschlafen? Hätte ich ihn nicht davor warnen müssen, anstatt mich nur um meine eigene Müdigkeit zu kümmern und darauf zu vertrauen, dass er schon zurechtkommen würde?

»Ich war so blöd«, flüsterte ich voller Reue und führte meine Wange noch näher an seinen Mund. »Ich hab dich im Stich gelassen …«

Nicht nur blöd war ich gewesen, sondern egoistisch dazu – genau das, was Nalu uns Menschen immer vorwarf.

Mit der Linken fuhr ich über seine Brust und seinen Bauch. Bewegte der sich vielleicht? Nein, doch er war wärmer als seine Arme und Beine, und nun erinnerte ich mich auch daran, dass ich noch nie Atembewegungen bei Nalu wahrgenommen hatte, wenn er sich ruhig verhalten hatte. Das musste auch jetzt so sein, sonst würde ich die Nerven verlieren und nie wieder in meine Welt zurückfinden …

Meine Wange sank auf seine, warm und lebendig gegen kalt und starr, und mir war schon nach Weinen zumute, als ich plötzlich einen zarten Luftstrom an meinen Lippen fühlte. Nalu atmete noch! Langsam, aber gleichmäßig, da war noch ein Rest Leben in ihm. Wieder rüttelte ich an seinen Schultern und gab ihm rechts und links einen leichten Klaps auf die Wangen, doch noch immer öffnete er nicht seine Augen. Nur seine Hände zuckten, als wollten sie sich gegen das wehren, was gerade geschah.

»Der Schlaf der Erfrierenden ist tief«, hörte ich plötzlich Papa sagen und fand mich in der ersten Polarnacht meines Lebens wieder. Meine Eltern und ich hatten gemeinsam am Ofen gesessen, und Papa hatte mich mit allerlei Warnungen und Weisheiten über die Gefahren Grönlands versorgt. »Versuch immer wach zu bleiben, wenn du dich in der Kälte verlaufen hast. Leg dich nicht hin, und schlaf auf keinen Fall ein, hörst du? Sonst kann es sein, dass du nie wieder wach wirst. Selbst wenn du noch so müde bist, versuch, dich zu bewegen.«

Nalu schlief bereits und war drauf und dran, direkt neben mir zu erfrieren. Er wusste ja nicht, was Schlaf war, und ebenso wenig wusste er, wie es sich anfühlte einzudösen. Er hatte diese Gefahr einfach nicht erkennen können!

Hastig lupfte ich seinen Umhang, der immer noch auf dem Boden lag, und schlug ihn über seinen Körper, doch das würde nicht ausreichen, um ihn zu retten. Wir brauchten echte Wärme, irgendetwas, was ihm von außen geben konnte, was ihm fehlte.

»Meine Kette«, erinnerte ich mich und wagte es kaum zu fühlen, ob ich sie noch da war. Mir wurde flau, als ich über meinen Hals tastete, doch ich fand das dünne

Lederband sofort, und der durchbohrte Feuerstein, den Papa mir mal geschenkt hatte, war auch noch da. Ich brauchte nur fest daran zu ziehen, um ihn zu lösen, das Lederband war schon lange mürbe.

Innerhalb weniger Minuten hatte ich dünne, trockene Äste und verdorrtes Reisig zu zwei kleinen Haufen aufgeschichtet und einen Stein gefunden, gegen den ich meinen Feuerstein schlagen konnte. Noch nie hatte ich ihn benutzen müssen, aber Papa hatte mir oft genug gezeigt, wie es funktionierte. Ihm war es immer gelungen. Doch ich schürfte mir nur meine Finger auf, weil meine Hände so sehr zitterten, dass ich ständig abrutschte und der Stein über meine Haut schrammte.

»Komm schon, bitte… Ich weiß, dass das geht…« Mit aller Macht dachte ich an die Flammen des Kaminfeuers, vor dem wir in dieser ersten Polarnacht gesessen hatten, während draußen ein Schneesturm getobt hatte, und versuchte dieses Bild in den Stein zu schicken, damit er wusste, was er zu tun hatte. Und auf einmal schien er verstanden zu haben. Ein roter Funkenregen schoss in die Höhe und fiel auf die trockenen Äste hinab, die sofort zu knistern und qualmen begannen.

Sacht pustete ich dagegen, nicht zu viel, aber nicht zu wenig, und fachte die Glut immer wieder von Neuem an, bis sie meine Hilfe nicht mehr brauchte und ich auf der anderen Seite von Nalu den zweiten Reisighaufen entzünden konnte.

Was das fauchende Wesen von dieser Geschichte hielt, war mir herzlich egal. Vielleicht hatte ich ja Glück, und Raubtiere ließen sich in den Dunkelsümpfen ebenso gut von Feuern abhalten wie in der Menschenwelt. Alles, was jetzt zählte, war Nalu aufzutauen und sein Leben zu retten.

Sobald die Feuer brannten und sich allein nähren konnten, kniete ich mich neben ihn und begann, seine Arme und Beine zu kneten, um seinen Kreislauf anzuregen. Dabei wurde mir so warm, dass ich meinen Mantel auszog und zusätzlich über Nalus Bauch legte. Schon nach wenigen Sekunden begannen seine Lider zu zucken. Er kam wieder zu sich!

»Wach auf, Nalu! Du musst wach werden, sofort! Nicht wieder einschlafen, ich habe Feuer gemacht, es wird dich wärmen!«, redete ich auf ihn ein und knetete weiterhin seine Unterarme, die sich wieder etwas lebendiger anfühlten. »Mach deine Augen auf, bitte!«

Er gehorchte – und während ich vor Erleichterung lachte, schrie er so gellend auf, dass ich sofort wieder verstummte. Ich schaffte es gerade noch, rückwärts zu robben, bevor er aufsprang und dabei beinahe in das Feuer zu seiner Linken fiel. Mit beiden Händen klammerte er sich am Baumstamm fest und schaute in sein morsches Geäst, als suchte er eine Fluchtmöglichkeit. Doch sein Körper war so steif vor Kälte, dass er kaum aufrecht stehen konnte und schon wieder drohte, in eines der Feuer zu stürzen.

»Lauf!«, forderte er mich heiser auf und begann, wie Espenlaub zu zittern. »Du kannst dich noch vor der Höllenglut retten, Maja, also lauf zurück in die Zwischenwelt, bevor es zu spät ist! Schnell!«

»Höllenglut?« Fragend deutete ich auf die beiden Feuer, die friedlich und gleichmäßig vor sich hin brannten und dabei eine wohlige Wärme verbreiteten. »Meinst du etwa das damit?«

»Lauf endlich weg, Maja! Ich bin von ihnen eingeschlossen, aber du kannst dich noch retten, also tu es endlich …«

»Ich will dich ja nicht noch mehr aufregen, aber ich habe diese Höllenglut gemacht, damit du nicht stirbst. Du bist eben nämlich beinahe erfroren.« Ich deutete auf seine schlackernden Knie und seine blau angelaufenen Hände. »Du könntest dich ruhig bei mir bedanken, anstatt rumzuschreien. War gar nicht so einfach.«

Ich hielt meinen Feuerstein in die Luft, doch Nalu schüttelte nur perplex den Kopf.

»Du bist mit den dunklen Kräften im Bunde?«

»Ich bin mit gar nichts im Bunde. Ich hab nur Feuer gemacht. Das macht Mutter Natur übrigens auch ab und zu. Der bist du doch so nahe, oder?«

Nalu nickte schluckend, wagte sich aber immer noch nicht näher an die beiden Feuer heran. Er hatte wirklich Angst und so etwas offensichtlich noch nie gesehen. Fast tat er mir leid.

»Blitze? Lava? Vulkanausbrüche? Gibt es bei euch nicht? Okay, stimmt, gibt es auf der Lichten Seite nicht.« Nachdenklich schaute ich ihn an. »Dabei können die auch schön sein. Finde ich jedenfalls. Ich liebe Sommergewitter. Danach gibt es fast immer Regenbogen.«

Einen Vulkanausbruch musste ich nicht unbedingt vor der Haustür haben, aber unsere Monate in Sizilien waren toll gewesen. Ich hatte von meinem Zimmer direkt auf den Ätna sehen können. Immerzu hatte er geraucht und gequalmt, und ich hatte meinen Vater einige Male bis hoch zum Krater begleitet.

»Außer Kontrolle geraten sollte das Feuer natürlich nicht, aber wenn wir Steine drum herumlegen …« Ich suchte einige größere Brocken zusammen. »Dann ist das so was wie ein Schutzwall, verstehst du? Na ja, eben das, was der Rat mit den Kristallen bei mir gemacht hat. Das Feuer kann dann nicht raus. Es bleibt im Kreis.«

Nalu war immer noch wie mit dem Baumstamm verwachsen, schaute mir aber gebannt dabei zu, wie ich die Steine um die Glut drapierte und anschließend ein paar zusätzliche Äste in das Feuer legte.

»Du darfst auf keinen Fall in die Flammen fassen!« Besser, ich erzählte ihm sofort alles Wichtige darüber, bevor er den Helden markieren wollte und sich eine Hand abfackelte. Denn seine Panik war ihm inzwischen sichtbar peinlich. Seine Wangen waren dunkel angelaufen, und seine Wimpern flatterten nervös. »Das ist dann wirklich gefährlich. Und du musst aufpassen, dass der Wind es nicht verbreitet, denn …«

»Achtung, Maja!«, schrie Nalu, doch ich hatte das gleißende Licht über uns ebenfalls bemerkt und mich rechtzeitig in Sicherheit gebracht, bevor es direkt vor mir in die Flammen stürzte und sie zischend erloschen. Dichter Qualm stieg über den verkohlten Ästen auf. »Alles in Ordnung mit dir?«

»Ja, alles gut. War das einer von diesen Sternen?« Ich zeigte nach oben. »Du siehst die doch auch, oder?

Nalus Gesicht war bleich geworden, doch er nickte schwach. »Ja, kam aus dem Himmel.«

»Hm. Dann sind es wohl keine echten Sterne.« Sondern leuchtende Wassertropfen, die ab und zu herunterplatschten? Wenn sie nur aus Wasser bestanden, konnten sie uns auch nicht gefährlich werden, höchstens unangenehm.

Endlich wagte Nalu es, sich von dem Stamm zu lösen und zu mir zu kommen, doch das verbliebene Feuer ließ er keine Sekunde lang aus dem Blick.

»Ich hab so was Ähnliches mal gesehen, bei einem Menschenmann, oben«, fing er mit rauer Stimme an zu reden. »In ganz klein.« Er deutete mit den Fingern die Größe eines Schokoriegels an. »Er hat darauf gedrückt, und dann schoss eine gelbrote Flamme heraus, und damit hat er eine weiße Rolle angezündet und sie sich in den Mund gesteckt. Und danach hat er Rauch ausgeblasen.

Ich dachte erst, er wäre ein Gefallener, der es wieder nach oben geschafft hat, und er manifestiert nun mit schwarzer Magie Nebel, aber es … es war ein Mensch.«

»Ja, ein Raucher. Ich finde es eklig, es stinkt, aber mein Opa hat das auch gerne getan. Wie gesagt, Feuer ist nicht böse. Man kann Böses damit machen, klar. Früher sind zum Beispiel oft Frauen verbrannt worden, als Hexen.« Nalus Augen weiteten sich fragend. »Ja, auf dem Scheiterhaufen. *Das* war böse, und nicht, was die Hexen getan haben. Doch dieses Feuer kann uns wärmen und vor wilden Tieren schützen, denn …«

Ich überlegte, wie viel ich Nalu zumuten konnte. Doch er musste wissen, was geschehen war – und dass sich sein Geschwistertier nicht mehr unter uns befand.

»Arkan ist fort, Nalu. Als ich aufgewacht bin, war sie nicht mehr da.«

Er presste seine Lippen zusammen, atmete aber tief durch, als hätte er mit dieser Nachricht gerechnet.

»Das ist gut«, antwortete er gefasst. »Sie ist zurück zur Lichten Seite geflogen, und ich bin nun erwachsen. Das passt doch zu unserem Auftrag.«

»Ich weiß ehrlich gesagt nicht, ob sie zurückgeflogen ist. Denn ich hab sie gerufen, und dahinten hat etwas … also da …« Wie Nalu atmete ich tief ein und aus und hob mein Kinn, um seinen Blick zu suchen. Mit der Rechten zeigte ich auf das Gebüsch. »Dahinten hat ein Tier geantwortet, mit einem Laut, den ich noch nie gehört habe.

Ich hab es nicht gesehen, und seitdem hat es auch kein Geräusch mehr von sich gegeben, aber es klang groß und stark, und ich hab keine Ahnung, was es ist.«

»Und jetzt kann es uns auch noch sehen.« Vorwurfsvoll deutete Nalu auf das Feuer.

»Ich glaube, das konnte es vorher schon. Jedenfalls ist Arkan weg, und dieses Tier da und… « Ich brachte es nicht übers Herz, meinen Satz zu beenden.

»Du meinst, es hat Arkan getötet.«

»Ja, das könnte sein.« Es tat mir weh, meinen Verdacht so klar auszusprechen, doch wieder gelang es Nalu, sich keine Regung anmerken zu lassen. Nur seine Augen schimmerten grüner als sonst und wirkten auf traurige Weise tief.

»Ich habe noch nie einen Tag ohne sie verbracht. Keinen einzigen.«

Jetzt wusste ich nicht mehr, was ich sagen sollte. Arkan war von Geburt an bei ihm gewesen, und selbst ich vermisste sie, obwohl ich sie erst ein paar Tage kannte und nur kurz auf meiner Schulter getragen hatte. Ich konnte ihr Gewicht immer noch spüren, als hätte sie sich eben erst von mir gelöst. Es fühlte sich anders an, ohne sie in den Dunkelsümpfen zu sein – fast so, als hätten wir einen guten Freund verloren.

»Es ist, wie es ist«, sagte Nalu mit dunkler Stimme und straffte seinen Rücken. »Ich kann es nicht ändern.«

»Kannst du aus meinem Kopf die Information von

Wachs heraussuchen und welches manifestieren?«, fragte ich sachlich, um ihn abzulenken. »Dann könnten wir das Tier mit dem Feuer vertreiben.«

»Wachs?«

Ich überlegte kurz. »Habt ihr Bienen in Amuria?« Ich konnte mich nicht an sie erinnern, aber vielleicht sahen sie auf der Lichten Seite anders aus.

»Ja, natürlich. Ohne Bienen würde alles auseinanderbrechen. Sie sind die unermüdlichen Helfer der Schöpfung.«

»Hast du mal ihre Behausungen gesehen und gefühlt, woraus sie bestehen? Ich brauche nicht den Honig, sondern das Wachs, und die Enden dieser Stöcke«, ich hob zwei armdicke auf und zeigte sie ihm, »müssen damit bedeckt sein.«

»Ich habe gerade nicht viel Kraft in mir, Maja.«

Ja, das sah ich. Wahrscheinlich hatte Nalu zum ersten Mal in seinem Leben echte Angst gehabt und nur wenige Minuten danach erfahren, dass sein Geschwistertier getötet worden war. Vorher war er außerdem beinahe erfroren. Er musste sich hundeelend fühlen.

»Willst du noch einmal schlafen? Ich passe auf uns auf«, bot ich ihm an.

»Nein, das geht nicht.« Sein Gesicht wurde wieder so unnahbar wie bei unserem Kennenlernen.

»Warum nicht? Traust du mir das nicht zu? Hey, ich habe dir gerade das Leben gerettet.«

»Ja, und das ist schon schlimm genug. Eigentlich wollte ich auf uns aufpassen und schlafe einfach ein.«

»Hast es ja nicht absichtlich getan«, entgegnete ich friedlich und versuchte zu verdrängen, dass es gar nicht erst so weit gekommen wäre, wenn ich ihm mal was über das Schlafen und die Gefahren des Erfrierens erzählt hätte. »Außerdem hast du mich durch die Zwischenwelt getragen. Ich denke, wir sind quitt. Wenn du wieder fit bist, manifestierst du das Wachs und darfst das Monster aus dem Gebüsch vertreiben. Okay?«

»Ich kenne das nicht.« Nalu starrte düster an mir vorbei. »Dieses Gefühl in mir. So schwach und müde. Ich mag es nicht. Und auch das kenne ich nicht. Dass ich etwas an mir nicht mag. Ich mag sonst alles an mir.«

»Ja, und das mag ich nicht«, stellte ich nüchtern fest, ging in die Knie und schichtete einen neuen Reisighaufen auf. »Das Tier scheint Feuer zu meiden. Ich denke, hier sind wir sicher. Leg dich hin und schlaf, jetzt kannst du nicht mehr dabei erfrieren.«

»Ich mag das alles immer noch nicht«, murrte Nalu, fügte sich aber und streckte sich zwischen den beiden Feuern lang aus. Er wirkte nicht, als ob er ihnen trauen wollte, war jedoch zu erschöpft, um seine Augen offen zu halten.

Stumm blieb ich bei ihm sitzen und wartete, bis er eingeschlafen war. Erst dann legte ich frisches Holz nach, zog meinen Mantel über und lehnte mich gegen den Baumstamm.

Das Tier wieherte und fauchte kein einziges Mal mehr. Doch ich spürte die ganze Zeit, dass es da war, wach und aufmerksam wie ich. Geduldig wartete es darauf, dass wir in seine Nähe kamen und es tun konnte, wonach es hungerte.

Und doch wurde ich das Gefühl nicht los, dass es uns nicht hasste, sondern aus tiefstem Herzen liebte.

Verwandlungskünste

»Sie verdirbt«, sprach ich aus, was Nalu die ganze Zeit höflich verschwiegen hatte, aber spätestens jetzt nicht mehr zu übersehen war. Der Zauberfrucht bekamen die Dunkelsümpfe nicht. Ihr zuvor überirdisch köstlicher Duft hatte sich in einen süßlichen Gestank verwandelt, ihr Fruchtfleisch war braun und matschig geworden. Obwohl mein Magen wütend knurrte, hatte ich keine Lust, hineinzubeißen und am Ende dabei noch krank zu werden.

»Das kann ich ändern. Moment.« Nalu kramte ein paar Kristalle aus seinem Beutel hervor, schmiegte sie an sein Herz und fuhr mit ihnen über die leicht schrumpelige Schale der Frucht.

Ich konnte dabei zusehen, wie sie sich im Licht der Kristalle straffte und das Braun des Fruchtfleisches sich aufhellte, bis es kaum mehr zu sehen war. Doch der Gestank blieb. Nalu musste die faulen Stellen herausbrechen, um an die letzten Reste unverdorbenes Fleisch heranzukommen.

Fragend sah er mich an. »Du hast gesagt, ich soll Wachs manifestieren, richtig?«

Ich nickte entschlossen. »Ja. Aber zum Überleben brauchen wir mehr. Wachs allein reicht nicht.«

»Dann werde ich fast alles hiervon essen müssen, denn ich muss auch noch Wasser manifestieren. Es ist fast leer.«

»Ich habe welches gesammelt, während du geschlafen hast.« Ich deutete neben das rechte, erloschene Feuer, in dessen Mitte nur noch ein paar Glutnester schwelten.

Nalus Brauen wanderten überrascht nach oben, als er sah, was ich meinte. Das gebogene Stück Rinde, das ich hinter dem Baum gefunden hatte, hatte sich mit sauberem, leicht silbrig schimmerndem Wasser gefüllt – Sternenwasser, wie ich es insgeheim nannte.

Doch jetzt war keine Zeit, damit zu prahlen, Nalu musste die Frucht essen, bevor sie wieder verdarb. »Erkläre ich dir später.«

»Reichen wird das aber nicht. Und wir wissen nicht, ob man es trinken kann.«

»Kann man«, antwortete ich überzeugt.

Nachdem fast alle Sterne erloschen waren, hatten die Wasseransammlungen schwach zu leuchten begonnen und damit die Dunkelheit immer mehr erhellt, fast wie ein Tagesanbruch. In diesem Zwielicht hatte ich Tiere beobachtet, die zu einer der weiter entfernt gelegenen Wasserstellen gelaufen waren und daraus getrunken hatten. Sie hatten ausgesehen wie eine Kreuzung aus Wildschweinen und Waschbären, allerdings in ungefährlicher Größe. Mit angehaltenem Atem hatte ich sie beobachtet, bereit, Nalu jederzeit zu wecken, falls sie uns angreifen würden. Doch sie schienen weder das Feuer zu fürchten noch Interesse zu haben, sich uns zu nähern. Wachsam, aber ruhig hatte das größte der Tiere zu mir herübergeschaut, während die anderen getrunken hatten, und erst dann seinen Durst gelöscht, nachdem es sich davon überzeugt hatte, dass ich keine Gefahr darstellte.

»Riech einfach mal daran. Es erinnert mich an euer Wasser. Und es schmeckt auch fast so gut.« Ich hatte längst davon probiert, und bis auf meinen nagenden Hunger fühlte ich mich pudelwohl.

»Also gut. Was brauchen wir noch?«, fragte Nalu zögerlich. Es gefiel ihm gar nicht, dass ich ihm sagen musste, was er zu machen hatte, aber anders kamen wir hier nicht weiter.

»Ein Messer.« Ich versuchte, meinen Kopf so weit wie möglich zu öffnen, damit er die Informationen rasch finden konnte.

»Niemals«, stieß er mit verzerrtem Gesicht hervor, als er wusste, wovon ich sprach. »Nein, das tue ich nicht, Maja.«

»Keine Ahnung, was du gesehen hast und ihr in der Lichten Welt davon haltet, aber wir brauchen dieses Messer zum Überleben. Ohne geht es nicht.«

»Es ist eine Waffe! Damit kann man töten!«

Nalus Entsetzen war aufrichtig, und kurz überfiel mich das schlechte Gewissen. Doch ich ließ mich nicht davon überwältigen.

»Ja, und genau deshalb will ich eines haben! Es kann doch sein, dass wir uns verteidigen müssen. Entweder weil ein Tier wie dieses«, ich zeigte auf das Gebüsch, in dem es vorhin unheilvoll geraschelt hatte, »uns angreift oder weil wir ein anderes Tier …« Nalu schaute mich so drohend an, dass meine Stimme erstarb und ich husten musste, um weitersprechen zu können. »Mensch, Nalu, wir müssen etwas essen. Beide. Daran kommen wir nicht vorbei.«

»Ich werde keine Tiere essen. Niemals.«

Ich hatte keine Zweifel, dass er das ernst meinte.

»Ich hab darauf auch keine große Lust mehr, glaub mir. Aber verhungern will ich nicht, und immerhin gibt es hier Tiere. Vielleicht finden wir vorher ja etwas anderes, was wir essen können, Früchte oder Nüsse. Es kann auch sein, dass wir Äste abschneiden müssen, um Feuer machen zu können. Bitte, nutz deine Kraft und manifestiere ein Messer mit der schärfsten Schneide, die du dir vorstellen kannst. Ich kann es gerne tragen, du musst es nicht einmal anfassen.«

»Das wäre ja noch schöner …«

»Wieso, glaubst du, dass ich sofort etwas damit abschlachte?«

»Ehrlich, Maja? Musst du immer das letzte Wort haben? Wäre gut, wenn ich jetzt in Ruhe arbeiten könnte.«

In einer überzogen beschwichtigenden Geste hob ich meine Hände und ließ ihn machen. Ich sah rasch, dass es ihn mehr Kraft und Konzentration kostete als das Erschaffen unserer Pelzklamotten. Beim ersten Versuch verschwand das Wachs sogar wieder, kaum dass es sich am Astende gezeigt hatte, und Nalu musste noch einmal von vorne beginnen.

Deshalb zog ich mich leise von ihm zurück, stellte mich an die andere Seite des Baumstammes und schaute mir die Landschaft an, die dank der schimmernden Wasserflächen viel besser zu erkennen war als bei unserer Ankunft.

Sie erinnerte mich an den verbrannten Wald, durch den ich vor ein paar Jahren in Spanien gelaufen war. Die wenigen Bäume wirkten tot und starr, und ihr Holz war tiefschwarz, als wäre es bei einem Feuer verkohlt worden. Doch es gab auch dorniges Gebüsch, und an manchen Stellen wuchsen dicke Flechten über die Steine, die möglicherweise essbar waren. Um die Sternenwassertümpel herum konnte ich sogar trockene Grasbüschel erkennen.

Am Horizont erhoben sich finstere, zackige Felsen, deren Spitzen im tief hängenden grauen Dunst verschwanden. Nichts von dem, was ich sah, wies auf Behausungen hin, und nirgendwo entdeckte ich Spuren menschlicher

Wesen. Trotzdem ging es mir in den Dunkelsümpfen besser als in der Zwischenwelt, wo alles gleich ausgesehen hatte. Lieber war es mir, von Raubtieren bedroht zu werden und Angst vor den Gefallenen zu haben, als jegliche Hoffnung zu verlieren und von dem Wunsch zu sterben erstickt zu werden.

»Zufrieden?«

Die Schwäche in Nalus Stimme ließ mich zusammenfahren, und ich kehrte eilig zu ihm zurück. So elend hatte er sich noch nie angehört – und auch sein Anblick erschreckte mich. Mit pumpendem Bauch lag er auf dem Boden, die Arme weit von sich gestreckt, und rang nach Luft, als hätte er gerade einen Marathonlauf hinter sich gebracht. Dunkle Ringe verliefen unter seinen geschlossenen Augen, und seine Stirn war von dicken Schweißperlen bedeckt.

Doch neben ihm lagen vier Fackeln und ein kunstvoll verziertes Messer, dessen Schneide auffällig funkelte und mich magisch anzog.

»Nicht anfassen«, stoppte mich Nalu röchelnd. »Zu gefährlich. Diamantstahl ...«

»Du brauchst Wasser.« Ehe er protestieren konnte, hatte ich die Rinde ergriffen und hielt sie schräg über seinen offenen Mund, sodass ein dünnes, klares Rinnsal hineinlief. Hustend trank er davon, doch die Hälfte ging daneben. Er war völlig ausgelaugt. »Ein Schweizer Taschenmesser hätte auch gereicht.«

»Du… ich hatte das… in dir… gesehen… Tuch.« Tuch?

»Welches Tuch?«, fragte ich rätselnd.

»Tuch von Frau. Mann… wirft Tuch… auf Schwert…«

»Aaaah.« Jetzt erinnerte ich mich. Er musste die Szene aus »Bodyguard« entdeckt haben, die einzige DVD, die meine Eltern und ich in unserer mexikanischen Unterkunft vorgefunden und deshalb x-mal zusammen angeschaut hatten. In einer Szene durchtrennte der Leibwächter den Schal der Sängerin mit seinem Samurai-Schwert, um ein bisschen vor ihr anzugeben. War ja klar, dass Nalu dieses Bild gefunden hatte und nicht das Küchenmesser aus unserem Wohnmobil. »Aber das ist nur ein Film, Nalu. Ein ziemlich kitschiger sogar.«

»Film?« Nalu verdrehte vor Erschöpfung die Augen, und ich goss sofort etwas Wasser auf seine Stirn.

»Ja. Nicht echt. Geschichten, die wir erfinden, nachspielen und aufzeichnen, sodass andere sie sich anschauen können.«

»Warum tut ihr so was?«

»Macht Spaß, sich mal was anderes anzugucken als immer nur das eigene Leben. Wobei ich den Film doof fand. Aber das Messer ist gut!«, beeilte ich mich hinzuzufügen. »Mit ihm und den Fackeln können wir gleich das Gebüsch durchsuchen und nach dem Tier gucken.«

»Bin … gleich … so weit.« Nalus Atem ging wieder etwas gleichmäßiger, doch er blieb noch einige Minuten still liegen, bis er genug Kraft fand, selbst nach dem Stück Rinde zu greifen und es auszutrinken. »Schmeckt fast wie unser Kristallwasser. Und es kam von oben, sagst du?«

»Ja, es bildet sich, wenn die Sterne vom Himmel fallen. Vielleicht kommen sie regelmäßig wieder, wie bei uns Menschen während der Nacht, und wir können frisches Wasser sammeln.«

»Okay, gut.« Ächzend richtete Nalu sich auf, holte erneut ein paar Kristalle aus seinem Beutel und rieb mit ihnen kreisförmig über seine Brust und seinen Bauch. »Bin wieder hergestellt. Trägst du die Fackeln? Ich nehme das Messer.«

»Bist du sicher, dass du es benutzen kannst, wenn das Tier angreift?«, fragte ich zweifelnd. Ehrlich gesagt war ich mir nicht einmal sicher, ob er überhaupt geradeaus laufen konnte. »Ich kann auch beides nehmen, links eine Fackel und rechts das Messer.«

Anstatt auf mein Angebot einzugehen, schnappte sich Nalu einen der wachsgetränkten Äste, hielt ihn todesmutig in die letzte Glut und ergriff mit der anderen unsere frisch manifestierte Diamantwaffe. Ich hatte ein wenig Sorge, dass er sich damit verletzte oder gar umbrachte, doch seine Miene war eindeutig. Er wollte sich diesem Vieh stellen, und zwar jetzt.

»Da drüben, hast du gesagt?«

Ich nickte nur, zu beschäftigt damit, ihn unauffällig zu

beobachten und rechtzeitig abzufangen, falls er stürzte. Doch Nalu hatte nicht zu viel versprochen. Als er mir vorausging, strahlte er wieder seine alte Kraft und Ruhe aus, und Messer und Fackel standen ihm gar nicht schlecht. Dank der Windstille brannte die Flamme außerdem gleichmäßig und knisterte kaum. Erst kurz vor dem Gebüsch, aus dem ich den Laut des Tieres vernommen hatte, machte Nalu wieder halt.

Wie ich vermutet hatte, standen wir vor purem Dornengeflecht, das so dicht und stachelig wuchs, dass wir unmöglich hindurchgehen konnten, ohne uns zu verletzen. Wir mussten ein Tor hineinschneiden.

»Du weißt, was ich denke, oder?«

Nalu blieb stumm und hob das Messer an, ließ es aber im gleichen Augenblick wieder sinken. »Ich kann das nicht. Und es tut mir nicht leid, dass ich es nicht kann. Auch Dornenhecken sind Wesen.«

»Ich glaube nicht, dass diese Büsche noch leben. Sie tragen kein einziges Blatt mehr.« Zwar konnte ich mir nicht erklären, wie das Tier hier durchgekommen war, aber vielleicht gab es auf der anderen Seite einen Eingang. Ihn zu suchen, war jedoch zu riskant. Wir sollten das Überraschungsmoment nutzen.

Ich wollte Nalu gerade behutsam das Messer aus der herabgesunkenen Hand ziehen, als er schmerzerfüllt aufstöhnte. »Schau doch ...«

Widerstandslos überließ er mir unsere Waffe und leuchtete mit der Fackel auf einen heraussstehenden Ast. Eine lange schwarze, regenbogenfarben schimmernde Feder hing an ihm. Nein, nicht nur eine. Das gesamte Buschwerk war voll davon, und ich seufzte getroffen, als ich bläulich glitzerndes Blut an ihren Kielen entdeckte.

Hier war Arkan gestorben. Das wilde Tier hatte sie tatsächlich getötet.

»Gib her.« Mit einem grollenden Laut, der tief aus seinem Bauch kam, riss Nalu mir das Messer aus der Hand und hieb wutentbrannt auf die Dornenwand ein, bis die Äste nach allen Seiten flogen und ich mich ducken musste, um nicht von ihnen verletzt zu werden. Erst nachdem er einen mannshohen Durchgang in das Gebüsch geschlagen hatte, ließ er das Messer wieder sinken. Er zitterte am ganzen Leib, ob vor Zorn oder Selbsthass, wusste ich nicht. Doch es beunruhigte mich, ihn so aggressiv zu erleben. Bisher hatte ich gedacht, er wäre gar nicht zu solchen Regungen fähig, weil es die auf der Lichten Seite nicht gab, schon gar nicht bei einem Sohn des Heilers.

»Nalu? Alles in Ordnung mit dir?« Ich traute mich nicht, ihn zu berühren oder neben ihn zu treten, doch sein Erstarren verriet, dass er etwas erblickt haben musste, was ihm durch Mark und Bein ging.

»Arkan«, flüsterte er heiser, und wie in der Nacht antwortete eine verstörende, durchdringende Mischung aus Wiehern und Fauchen. Doch anstatt mich zu fürchten, wallte Freude in mir auf. Verwirrt griff ich an meine

Stirn. Wieso hatte ich keine Angst? Dieses Tier musste uns jede Sekunde angreifen!

»Nalu, was ist denn los? Lass mich durch, bitte.«

Da er nicht reagierte, ignorierte ich die spitzen Dornen und schob mich kurzerhand neben ihn, um schon im nächsten Augenblick die brennenden Kratzspuren auf meiner Wange zu vergessen.

Vor uns stand ein schwarz schimmerndes, hochbeiniges Pferd, dessen lockige Mähne und Schweif von langen seidigen Federn durchsetzt waren. Seine tiefblauen, klugen Augen erkannte ich sofort wieder. In einer würdevollen Bewegung drehte es seinen edel geformten Kopf zu uns und blickte uns an. Vor seiner Stirn flimmerte weißliches Licht, als würde zwischen seinen Ohren ein drittes Auge sitzen und hell strahlen. Tänzerisch stampfte es mit seinen zweigeteilten Hufen auf den festen Grund und stieß ein Wiehern aus, in dem ich erneut das durchdringende Fauchen von heute Nacht erkannte.

»Arkan«, flüsterte auch ich und ließ zu, dass Nalu meine Hand ergriff und kurz drückte, als wollte er sich mit dieser Geste für seinen Wutausbruch entschuldigen. »Das ist Arkan!«

»Ja.« Nalu atmete tief ein und aus. Sein Zorn war verraucht, und auch sein Zittern hatte sich gelegt. »Arkan hat ihre Form gewechselt.«

Oh ja, das hatte sie. Jetzt wunderte es mich nicht mehr, dass sie mir tonnenschwer vorgekommen war, als sie auf meiner Schulter gesessen hatte. Wahrscheinlich hatte ihre Verwandlung schon da ihren Anfang genommen.

»Ist sie ein Einhorn?«, fragte ich und kam mir dabei ein bisschen naiv vor. Einhörner waren weiß und niedlich. Arkan hingegen wirkte wie ein mystisches Kriegsross.

»Nein, ein Lichtpferd.«

Lichtpferd. Das gefiel mir. Zufrieden betrachtete ich sie und musste lachen, als sie ein zartes Prusten von sich gab.

»Ich wusste gar nicht, dass es sie wirklich gibt.« Nalu kratzte sich verwirrt am Hinterkopf. »Der Rat hat zwar oft von ihnen erzählt, aber gesehen habe ich noch keines. Selbst die weißen zeigen sich fast nie. Aber ein schwarzes ist eine absolute Seltenheit.«

Ich fragte nicht nach, ob Arkans dunkles Fell etwas Gutes oder Schlechtes verhieß, zu glücklich war ich darüber, dass sie wieder bei uns war. Während Nalu immer noch wie festgefroren im Dornentor stand, ging ich vorsichtig einen Schritt auf sie zu. Ihr Rücken war lang und breit genug, um uns tragen zu können, und aus ihrer Stirn strömte so viel Licht, dass sie wie ein Scheinwerfer wirkte.

»Hast du nicht gesagt, dass die Geschwistertiere immer zur Stelle sind, wenn ihr euch in Not befindet?«

Nalu nickte nur, immer noch bemüht, seine Fassung wiederzuerlangen.

»Ich glaube, genau dafür hat sie heute Nacht ihre Form gewandelt. Damit sie uns helfen kann.«

»Aber unsere Geschwistertiere halten sich immer mehr im Hintergrund, je älter wir werden. Wir sollen ja lernen, uns selbst zu helfen.«

Stimmt, bisher hatte Arkan nicht viel anderes getan, als bei Nalu zu sein und ab und zu seine Nähe zu suchen.

»Kann ja sein, aber jetzt bist du in den Dunkelsümpfen, nicht mehr auf der Lichten Seite, wo eh kaum etwas Gefährliches passieren kann, außer über einen Regenbogen zu stolpern«, gab ich flapsig zu bedenken. »Hier lauern überall Gefahren. Das kannst du mit deinem bisherigen Leben nicht vergleichen. Außerdem hast du einen wichtigen Auftrag zu erfüllen. Ich meine, *wir* haben ihn zu erfüllen.«

»Schon, nur wie soll sie uns denn helfen?« Ratlos betrachtete Nalu ihren muskulösen Körper, während sie uns gleichmäßig atmend beobachtete, als würde sie geduldig darauf warten, dass wir uns endlich einig darüber wurden, was wir nun mit ihr anfangen sollten.

»Na, wir könnten auf ihr reiten und würden dadurch leichter und schneller vorankommen.«

»Reiten?« Nalus Erstaunen war glaubwürdig. Offenbar wusste er gar nicht, was das war.

»Wir setzen uns auf ihren Rücken und lassen uns von ihr durch die Dunkelsümpfe tragen.«

Nalu schluckte und schüttelte entsetzt den Kopf, als hätte ich ihm vorgeschlagen, Arkan zu schlachten und uns zwei saftige Pferdesteaks zu braten.

»Willst du sie nicht wenigstens mal begrüßen?« Wenn Arkan nicht sein Seelentier gewesen wäre, hätte ich es längst getan, aber ich musste ihm den Vortritt lassen.

»Ja, klar.« Mit hölzernen Bewegungen trat er auf sie zu und hielt seine Hand vor ihre rosa schimmernden Nüstern, doch anstatt daran zu schnuppern, machte sie einen Schritt nach vorn, knickte ihre Beine ein und legte sich vor Nalu auf den Boden – ganz ähnlich wie Kamele, wenn sie von ihren Reitern bestiegen werden sollen.

»Schau doch, sie *will* uns tragen«, sprach ich aus, was mir durch den Kopf schoss. »Ja, sie fordert uns auf, auf ihren Rücken zu steigen!«

»Nein, das kann nicht sein!« Mit erhobenen Händen ging Nalu rückwärts. »Mich auf den Rücken meines Geschwistertiers zu setzen und mich von ihm tragen zu lassen, obwohl ich selbst laufen kann, das bringe ich nicht übers Herz, niemals!«

Oje, dachte ich. Wenn du wüsstest, was die Menschen alles mit Pferden anstellen. Für sie ist es das Normalste der Welt, sich auf ihren Rücken zu setzen. Und nicht nur das. Sie müssen für sie sogar um die Wette rennen und über Hindernisse springen oder stundenlang im Kreis laufen, weil den Menschen das Spaß macht. Aber das hier war eine andere Situation. Arkan bot uns ihren Rücken an, weil sie uns helfen wollte, unseren Auftrag zu erfüllen.

»Erinnerst du dich daran, was du zu mir gesagt hast, bevor wir in die Zwischenwelt gegangen sind?«

Nalu schaute mich mit brennenden Augen an. In ihnen tobte ein Feuer aus blauen und grünen Funken, so aufgewühlt war er.

»Du hast gesagt, dass du mich in den Dunkelsümpfen brauchen wirst, weil sie der Menschenwelt ähnlicher sind als die Lichte Seite. Und du hattest recht, das ist sie! Auf dem Weg durch die Zwischenwelt hast du mir den Hintern gerettet. Ohne dich wäre ich längst eine Moorleiche.« Nalu verkniff sich ein scheues Lächeln. »Aber jetzt weiß ich, was zu tun ist. Wir müssen sie als Reitpferd nutzen. Arkan hat die besseren Instinkte und kann uns zum Wasser führen, vielleicht sogar zu Nahrung. Ihre Stirn kann uns den Weg beleuchten, und sie kann uns nachts wärmen. Ich glaube, dass sie diese Verwandlung nur deshalb auf sich genommen hat. Sonst wäre sie doch vollkommen umsonst, oder?«

Eine dünne, goldgelb leuchtende Träne löste sich aus Nalus linkem Auge und rann seine Wange hinunter, doch als er antwortete, klang seine Stimme fest und ungewöhnlich tief. »Ich hasse es, wenn du mir die Welt erklärst, Maja. Und bis vor Kurzem wusste ich nicht einmal, wie Hass sich anfühlt.«

»Willkommen im Klub«, entgegnete ich kaum hörbar und trat neben ihn, um mein Bein über Arkans Rücken zu schwingen. Brav blieb sie am Boden liegen, sie wartete offensichtlich darauf, dass Nalu sich ebenfalls auf sie setzte.

»Ich weiß nicht, Maja …«

»Sag mal, magst du sie nicht fragen? Ihr könnt euch doch miteinander unterhalten, oder?«

Nalus Gesicht verdunkelte sich. »Auf der Lichten Seite ja. Aber hier ist es schwieriger für mich. Können wir nicht einfach zu Fuß weitergehen und ihr überlassen, ob sie mit uns kommt?«

»Schon«, erwiderte ich kühl, löste mich aber nicht von Arkans Rücken. »Aber wohin sollen wir laufen? Hast du irgendeine Idee, wo das Hauptportal liegt und wie groß die Dunkelsümpfe sind?«

Die Vorstellung, blindlings draufloszumarschieren, ohne eine konkrete Richtung zu haben, fühlte sich überhaupt nicht gut an.

»Nein«, gestand Nalu widerwillig. »Hab ich nicht. Ich dachte, ich spüre es irgendwie, sobald wir hier sind, und kann dieses Gefühl als Orientierung nehmen. Aber …«

Na wunderbar. Er hatte tatsächlich keinen Plan.

»Was sagt der Rat denn über die Lichtpferde? Was sind das für Wesen?« Ich klammerte mich immer noch an die Idee, dass Arkan sich für uns verwandelt hatte und uns damit helfen würde.

»Tiere des Schwarzen Kristallwaldes eben. Wenn sie zu den Amuriern kommen, dann hat das immer einen ganz bestimmten Grund. Entweder sie übermitteln eine Botschaft, oder sie zeigen uns etwas, was wir allein nicht sehen oder finden … Okay, ist ja gut, ich hab verstanden«, unterbrach sich Nalu miesepetrig, als ich ihn triumphierend angrinste. »Vielleicht hat sie es wirklich für uns getan und diese Veranlagung zum Lichtpferd schon immer in sich getragen. Die Kristallwaldtiere sind sehr weise. Aber ich wollte in den Dunkelsümpfen für sie da sein und nicht umgekehrt. Es fühlt sich falsch an.«

»Also, für mich würde es sich falsch anfühlen, in den Dunkelsümpfen zu verhungern oder zu erfrieren, weil wir uns hoffnungslos verirrt haben.«

Nalu gab einen undefinierbaren Laut von sich und strich zweifelnd über Arkans Federmähne, erwiderte aber nichts.

»Dieses Hauptportal… war das eigentlich schon immer da?«

»Seitdem die Ersten von uns unter die Erdoberfläche gegangen sind, ja. So erzählt es der Rat. Es hat sich damals von allein geöffnet, als wollte die Erde uns Schutz und Unterschlupf bieten.«

Jetzt ging Nalu in die Knie und sah Arkan fest in die Augen. Beide blinzelten nicht, und ich sah, wie goldene und silberne Lichtfunken zwischen ihren Pupillen hin- und herwanderten.

»Und die Tiere, wie sind die hierhergekommen?«

»Zusammen mit uns…« Nalus Stimme war verträumt geworden. »Nicht alle, aber einige sind uns gefolgt, und die letzten, die durch das Hauptportal nach unten wanderten, waren angeblich die Tiere des Schwarzen Kristallwalds. Es heißt, dass sie kamen, um Licht und Dunkelheit zu verbinden, und die Weisheit der Welt in sich tragen.«

»Und so ein Tier willst du hier zurücklassen? Mensch, Nalu, das wäre wirklich saublöd.«

»Sie war gestern noch ein kleiner Vogel, der nachts auf meiner Schulter geschlafen und gerne mit meinen Haaren gespielt hat. Ich kriege das gerade nicht zusammen, okay?«

»Ja, und ein Diamantwolf hat sie dir gebracht. Aus dem Schwarzen Kristallwald.« Allein bei dem Wort Diamantwolf bekam ich Gänsehaut. Das konnte doch alles kein Zufall sein! »Ich glaube, sie weiß, wo das Hauptportal ist, und kann uns hinbringen. Sollten wir es nicht wenigstens versuchen?«

»Ja, ich sehe es ein. Hast ja recht.« Es dauerte trotzdem noch Sekunden, bis Nalu sich dazu überwinden konnte, auf Arkans Rücken zu steigen, und ich spürte, welch gewaltige Stürme dabei in ihm tobten. Erst als er ihre Mähne ergriffen hatte und die dunklen Federn darin über seine Handrücken fielen, stand sie geschmeidig auf und trug uns mit leichten Schritten aus dem Dornengebüsch heraus.

»Und jetzt?«, fragte Nalu gequält.

»Jetzt lassen wir sie einfach den Weg suchen, oder?«

Arkan wieherte bestätigend und wurde etwas schneller. Obwohl ihre Bewegungen gleichmäßig waren und sie aufzupassen schien, uns nicht aus der Balance zu bringen, musste ich mich an Nalus Hüfte festhalten, um nicht von ihr herunterzufallen. Er wehrte sich nicht dagegen, und zwischen uns befanden sich zwei Schichten dicker Pelz.

Zielsicher und ohne ein einziges Mal zu zögern, trug Arkan uns einer weiten, kargen Ebene entgegen, deren Grenzen von schwarzem Nebel verschluckt wurden. Mit jedem Kilometer, den wir zurücklegten, wurde die Luft kälter und beißender. Anfangs schaute ich mich noch neugierig um, denn dank Arkans Licht konnten wir mehr von unserer Umgebung sehen als bisher. Auch Nalu blieb wachsam. Doch außer einem gezackten Gebirge, dessen Gipfel sich in weiter Ferne durch den Nebel schoben, war nichts zu sehen, was meine Aufmerksamkeit fesseln konnte.

Nachdem ich mich an den Rhythmus ihrer Schritte gewöhnt hatte, begann mich das Klappern der Hufe auf dem harten Grund schläfrig zu machen. Müde lehnte ich meine Wange an Nalus Rücken, sodass unsere beiden Male sich beinahe wieder berührten, und konnte meine Augen nicht mehr offen halten. Angst hatte ich keine mehr. Sie hatte sich in dem Moment aufgelöst, in dem ich mich auf Arkans Rücken gesetzt hatte.

Ich wachte erst wieder auf, weil Arkan auf einer Geröllpiste strauchelte und sich mit einem kleinen Sprung ausbalancieren musste. Mein Herz pochte laut, als ich mich aufrichtete und umsah. Die Landschaft um uns herum hatte sich gewandelt. Endlich gab es lebendige Vegetation, ein paar Büsche, Bäume, und von Arkans Rücken aus entdeckte ich nicht nur zahlreiche Tierspuren, sondern auch heruntergefallene Nüsse und Samen. Als Arkan an einem Sternenwassertümpel hielt, um zu saufen, nutzte ich die Gelegenheit, stieg ab und sammelte ein paar der Nüsse, die unter einigen Büschen auf dem Boden lagen. Sie sahen aus wie eine Kreuzung aus Haselnüssen und Mandeln, und zu meiner Überraschung schmeckten sie angenehm mild und ein bisschen würzig. Der Boden rund um die Büsche war ähnlich wie in der Tundra von dunkelgrünen Flechten überzogen, an denen Arkan gierig nagte, nachdem sie ihren Durst gelöscht hatte. Nur Nalu brütete schweigend auf einem Felsen vor sich hin und weigerte sich, von den Nüssen zu probieren. Seit wir losgeritten waren, hatte er kein Wort verloren, und sein abweisendes Verhalten begann mich zu belasten.

Doch ich bezweifelte immer stärker, dass wir jemals einem Gefallenen begegnen würden. Ich konnte mir nicht vorstellen, dass sie in dieser Kälte hatten überleben können, vermied es aber, dieses Thema Nalu gegenüber anzusprechen. Er war beschäftigt genug mit all den Veränderungen, und als wir wieder aufsaßen und ich mich an ihm festhalten musste, bohrte sich sein Schmerz darüber, sein Geschwistertier benutzen zu müssen, um weiterleben zu können, tief in mein eigenes Herz. Es schlug erst dann leichter, als Arkan auf einer weiten Ebene in einen weichen, fliegenden Galopp fiel und dabei alle Schwere aus mir wich. Es kam mir vor, als könnte Nalu ebenfalls wieder tiefer atmen, doch noch immer sprach er nicht mit mir. Trotzdem genoss ich das einzigartige Gefühl, von Arkan so mühelos und kraftvoll getragen zu werden, schnell wie der Wind und von einem ständigen Lichtschimmer umgeben.

Sobald das Licht der Tümpel zu erlöschen begann und noch keine neuen Sterne am Himmel prangten, steuerte Arkan einen überstehenden Felsen an und bedeutete uns mit einem sanften Stupser ihrer Nüstern abzusteigen. Wie am Abend zuvor entzündete ich ein Feuer, während Nalu stumm an einem Baum lehnte, der im Schatten des Felsens verdorrt war, und vergeblich versuchte, neues Wasser zu manifestieren. Selbst mithilfe der Kristalle aus seinem Beutel gelang es ihm nicht, seine Flasche aufzufüllen. Anstatt sich mit frischem Wasser zu füllen, zerfiel sie in seinen Händen in etliche Einzelteile. Zum Glück hatte ich unterwegs immer wieder aus den Tümpeln getrunken. Ich brauchte sein Wasser nicht, doch Nalu wirkte so frustriert über seine nachlassenden Kräfte, dass ich es kaum wagte, ihn anzuschauen.

Ohne einen Gutenachtgruß kuschelte ich mich an Arkans warmen Bauch und versuchte zu schlafen. Noch gab es keinen Grund, sich Sorgen zu machen. Ich war satt, fror nicht, und mir drohte keine Gefahr. Trotzdem fand ich erst in den Schlaf, als ich spürte, wie Nalu endlich zu uns kam und sich neben mich legte … und wir in meinen Träumen lachend zur Lagune rannten, uns ins Wasser stürzten und mit den Silberdelfinen um die Wette schwammen.

Sternenzauber

»Bist du noch da, Maja?« Nalu tastete im Dunkeln nach mir und atmete auf, als er meinen Arm fand. Unter dem überhängenden Felsen war es stockfinster. »Wach auf!«

»Ich bin wach.« Ich war mir sogar sicher, im selben Moment wie Nalu aus dem Schlaf gerissen worden zu sein – und auch von demselben Geräusch. Ein vielstimmiges, monotones Sirren, das sekundenlang die frostkalte Luft erzittern ließ und dann verstummte.

»Du hast es gehört?«

»Ja. Da ist es wieder …« Wir hielten den Atem an, um besser lauschen zu können, und auch Arkan, an deren warmen Bauch wir uns gekuschelt hatten, hob witternd ihren Kopf.

Erneut hallte das Sirren durch die Luft und erinnerte mich ein wenig an das Flügelschlagen eines großen Vogels. Kaum war es verhallt, leuchteten über uns fast zeitgleich mehrere glitzernde Sterne auf. Noch ehe wir darüber sprechen konnten, platschte einige Meter entfernt der erste leuchtende Wassertropfen auf den gefrorenen Boden.

»Es hat mit den Sternen zu tun!«, rief ich überrascht aus.

»Sieht so aus. Hast du das in der ersten Nacht auch beobachtet?«

»Nein. Da war alles ruhig. Aber als ich aufgewacht bin, waren die Sterne auch schon da. Vielleicht haben wir es nicht mitbekommen, weil wir zu fest geschlafen haben.«

Ich wusste ebenso wenig wie Nalu, was über uns geschah. Zwar freute ich mich, die Sterne wiederzusehen, denn sie bedeuteten, dass morgen ein neuer Tag mit Licht und frischem Wasser anbrechen würde. Aber das rätselhafte Sirren zerrte an meinen Nerven.

»Klingt, als käme es aus der Nähe.« Nalu nahm seine Hand von meinem Arm und setzte sich lautlos auf. Wie im Reflex griff er nach dem Messer. »Was ist das nur?«

Wieder schallte das Sirren durch die Nacht, und kurz darauf blinkten neue Sterne am schwarzen Himmel auf.

»Sollen wir nachschauen gehen?«, schlug ich wispernd vor. Wach waren wir jetzt sowieso und bewaffnet auch. »Ich glaube nicht, dass es gefährlich ist.«

»Ich habe so etwas noch nie gehört.« Konzentriert richtete Nalu seine Augen in die Dunkelheit. »Von einem Tier kommt es nicht.«

Mir kam das Sirren irgendwie vertraut vor. Ich konnte

es nur partout nicht zuordnen, ich fand die passende Erinnerung aus der Menschenwelt nicht.

»Bleib du hier bei Arkan, ich versuche herauszufinden, was da los ist.«

»Du spinnst wohl«, erstickte ich Nalus Versuch, den Helden zu spielen. »Ich komme natürlich mit.«

»Tu, was du nicht lassen kannst. Aber ich führe, ich hab die besseren Ohren von uns beiden.«

Ich sparte mir einen Konter. Obwohl Nalus Sinne sich in den Dunkelsümpfen gedämpft hatten, war er mir in seiner Wahrnehmung immer noch weit voraus. Das Problem war nur, dass er die meiste Zeit nicht klar deuten konnte, was er wahrnahm, weil diese Welt ihm völlig fremd war. Genau deshalb war es gut, wenn ich ihn auf seinem Erkundungstrip begleitete.

Arkan erhob sich, sobald wir unser Lager unter dem überhängenden Felsen verließen, doch sie wieherte uns nicht hinterher, sondern sah uns nur gelassen nach und begann dann, an den Flechten am Boden zu knabbern. Wenn sie nur halb so gute Instinkte wie normale Pferde besaß, hätte sie uns bei echter Gefahr gewarnt oder wäre mitgekommen, redete ich mir ein, und mein Herzschlag beruhigte sich wieder ein wenig, während ich Nalu in die Dunkelheit folgte.

Die frisch entstandenen Sterne schenkten uns ein wenig Licht, gerade so viel, dass wir uns einigermaßen orientieren konnten, aber im Schatten der Felsen geschützt waren. Nalu hatte die richtige Richtung eingeschlagen – das Sirren wurde mit jedem unserer Schritte markanter, und nach seinem Verklingen leuchteten weitere Sterne am Himmel auf. Doch noch immer wussten wir nicht, wie beides miteinander zusammenhing.

Es fiel mir schwer, beim Laufen meine Augen von den leuchtenden Punkten über uns zu lösen, und purzelte deshalb beinahe über Nalu, der angehalten hatte, um sich zu bücken und etwas Längliches vom Boden aufzuheben.

»Was ist das denn? Achtung, vorne ist es spitz«, warnte er mich, bevor er es mir in die Hand drückte. »Verletz dich nicht.«

»Oh. Das ist ein Pfeil.« Erstaunt drehte ich ihn hin und her. Seine Spitze sah aus, als bestünde sie aus einem kunstvoll geschliffenen schwarzen Kristall. Schillernd fing sie das Licht der Sterne ein. Er war länger als die Pfeile, die ich aus der Menschenwelt kannte, und er kam mir auffällig leicht und biegsam vor, doch seine Spitze war ebenso tödlich wie unser Messer. »Lag er auf dem Boden?«

»Nein.« Nalu nahm ihn wieder an sich und schaute sich aufmerksam nach allen Seiten um, bevor er weitersprach – nun wieder in Flüsterlautstärke. »Er fiel eben direkt vor mir vom Himmel. Lautlos. Es ist eine Waffe, oder?«

»Ein Teil einer Waffe.«

Meine Kehle war vor Anspannung rau geworden. Dieser Pfeil, der vor Nalus Füße gefallen war, war ein Hinweis auf menschliche Wesen. Wir waren nicht mehr allein! Die Gefallenen mussten sogar ganz in der Nähe sein… Einen Moment lang wusste ich nicht, ob ich mich umdrehen und zurück zu Arkan rennen oder den Gefallenen entgegenlaufen sollte, zwang mich dann aber zur Vernunft.

»Pfeile werden mit einem Bogen abgeschossen, auf ein Ziel und eigentlich auch geradeaus. Dass sie einfach so vom Himmel fallen, kenne ich nicht. Aber das muss nichts heißen. Nur: Wenn sie uns angreifen wollten, wäre es die falsche Methode.«

Nalu betastete die scharfe Spitze des Pfeils. »Trocken. Kein Blut. Vielleicht ein Fehlschuss?«

Wieder ertönte das Sirren über uns, und nun wusste ich, woher ich es kannte: Es war das unverwechselbare Geräusch, das erklang, wenn die Sehne eines Bogens losgelassen wurde und der Pfeil blitzschnell durch die Luft flog. Doch hier wurde nicht nur ein Pfeil abgeschossen. Es mussten unzählige sein. Trotzdem hatte uns bisher kein einziger getroffen. Entweder waren die Gefallenen hundsmiserable Schützen oder… oder es ging bei dieser ganzen Sache gar nicht um einen Angriff.

Sondern um Licht.

»Komm!«, forderte ich Nalu auf, denn meine Neugierde hatte längst gegen meine Angst gesiegt. »Wenn der Pfeil hier niedergegangen ist, muss er von da vorne gekommen sein. Wir müssen bis hinauf zur Felsenkante klettern und darüberschauen, dann sehen wir, wer die Pfeile abschießt!«

Ehe Nalu mich aufhalten konnte, hatte ich mich vor ihn geschoben und begann, auf dem lavaähnlichen Geröllberg nach oben zu kraxeln. Leise schimpfend kam er mir nach. Während wir uns zum höchsten Punkt vorarbeiteten, hörte ich, wie ganz in der Nähe ein weiterer Pfeil auf die Steine prallte, und ich hatte das Gefühl, dass es am Himmel noch etwas heller geworden war.

Trotzdem traute ich meinen Augen nicht, als wir die Felskante erreicht hatten und unsere Köpfe Millimeter für Millimeter darüberschoben. Der Anblick, der sich uns bot, war so magisch, dass ich schlagartig brennende Sehnsucht verspürte, mich einzureihen und ein Teil davon zu werden.

Unter uns breitete sich ein riesiger, zugefrorener See aus, dessen glatte schwarze Oberfläche geheimnisvoll im Licht der Wassersterne schimmerte. Auf dem See hatten sich Bogenschützen positioniert, junge Männer und Frauen in kriegerischer Kleidung und mit langen, geflochtenen Zöpfen. Zusammen bildeten sie zwei exakte Kreise, die ineinander übergingen. In ihrer Schnittmenge stand ein muskulöser, hochgewachsener Mann. Mit erhobener Hand gab er ein lautloses Signal, woraufhin die Schützen ihre Bogen spannten, sie zum Himmel richteten und nach einigen Sekunden die Sehnen losließen.

Sirrend schossen ihre Pfeile nach oben, bis sie weit über uns im schwarzen Nichts aufprallten und weitere Wassersterne am Himmel blinkten. Wie in Zeitlupe senkten die Schützen ihre Bogen, zogen einen neuen Pfeil aus ihren Köchern und spannten sie, um geduldig auf das Signal ihres Anführers zu warten.

Schluckend rang ich um Fassung. Die Gefallenen hatten also doch überlebt, und sie erschufen jede Nacht aufs Neue ihre eigenen Sterne!

»Oh Nalu, das ist so schön …«

»Schön?« Nalus wütender Tonfall riss mich aus meiner Trance. Grob packte er meine Schulter und zwang mich dazu, mich hinter die Felsenkante zu ducken. »Lass uns abhauen, ich kann das nicht länger ertragen.«

»Ich würde es mir aber gerne ansehen!«

»Ja, weil du nicht begreifst, was es bedeutet.« Kalt schlossen sich seine Finger um mein Handgelenk, und noch immer war er so stark, dass ich keine Chance hatte, mich gegen seinen Griff zu wehren. Strauchelnd kletterte ich hinter ihm die Anhöhe hinunter und war zu beschäftigt, nicht zu stürzen, um ihm Fragen zu stellen. Auch als wir wieder das Tal erreicht hatten, lief er so eilig durch die Finsternis, dass ich Mühe hatte, ihn nicht zu verlieren.

Jetzt war auch ich zornig. Was war nur in ihn gefahren? Er benahm sich ja fast wie in dem Moment, als er Arkans Federn im Dornengebüsch gefunden hatte.

»Ich wusste es. Ich wusste es die ganze Zeit… Diese Verräter!«, fluchte er, als wir das Lager erreicht hatten, wo Arkan immer noch nach Flechten suchte und uns mit einem vertrauensvollen Schnauben begrüßte.

»Wieso denn Verräter?« Die kalte Luft brannte in meinen Lungen, und ich hatte Seitenstechen bekommen, so schnell waren wir gelaufen. »Die Gefallenen sorgen für ihre eigenen Sterne und schießen dafür über Nacht Löcher in die Decke. Was ist daran verkehrt?«

Auf der Lichten Seite hatte ich irgendwann nicht mehr darüber nachgedacht, dass es in Amuria keinen echten Himmel gab, sondern eine Erdkruste, die ständig von hellem, lichtdurchflutetem Dunst verdeckt wurde. Die Gefallenen hatten mich daran erinnert, dass wir uns in einer gigantischen Höhle befanden. Die Pfeile durchlöcherten die Erdkruste über uns und ließen Licht und Wasser hindurch. Ich fand das schön – und außerdem fühlte ich mich dadurch wieder stärker mit der Menschenwelt verbunden.

»Was daran verkehrt ist? Sie sind es, die uns zerstören! Bist du wirklich so schwer von Begriff?« Mit verengten Augen blitzte Nalu mich an, als hätte ich die Gefallenen persönlich zu ihrem nächtlichen Ritual aufgefordert. »Durch sie entstehen die Portallöcher!«

»Das sind doch Sterne, keine Portallöcher. Und sie

schließen sich irgendwann wieder. Jedenfalls sind sie tagsüber nicht mehr zu sehen.«

»Das glaubst auch nur du.« Mit einem aufgebrachten Schnaufen setzte sich Nalu auf unser Lager und knetete seine Stirn. Noch immer war er völlig außer sich. »Unsere Welt ist zu zerbrechlich für so etwas, das hält sie nicht aus! Die Gefallenen führen Krieg gegen ihr eigenes Zuhause, fast wie ihr Menschen …«

»Jetzt fang nicht wieder damit an! Das geht mir echt auf den Keks.« Ach, der ganze Kerl ging mir auf den Keks. Seitdem wir in den Dunkelsümpfen waren, erkannte ich Nalu kaum wieder. Er war schlechter drauf als alle Menschenjungen, denen ich bisher begegnet war, und brauchte sich wegen seiner amurischen Herkunft gar nichts mehr einzubilden. »Die Gefallenen wollen nachts einfach nur Sterne haben, die für sie leuchten. Kannst du das nicht verstehen?«

»Das sind keine Sterne, Maja.« Nalus Stimme war brüchig geworden und lockte Arkan herbei, die mit ihren Nüstern über seinen Nacken fuhr, um ihn zu beruhigen. »Das ist das Blut Amurias, das durch die Wunden unserer Welt tropft.«

»Du übertreibst. Und überhaupt, was ist eigentlich los mit dir? Entweder schweigst du stundenlang vor dich hin oder fängst Streit mit mir an, und deine Aktion gestern, an der Dornenhecke …« Ich fröstelte, als ich daran dachte, wie Nalu auf sie eingehauen hatte. »Das war gruselig. Ich kenne dich so nicht. Nicht dass mir der vorherige Nalu besonders gut gefallen hätte, aber das hier … das mag ich auch nicht.«

»Geht mir nicht anders, Maja«, bellte Nalu, stand auf und durchwühlte seine Haare. »Die Dunkelsümpfe sind wie Gift für mich.«

»Ja, aber wir sind jetzt nun mal hier, und so schlecht ist es doch gar nicht, oder? Ich hab es mir schlimmer vorgestellt.« Ehrlich gesagt machten mir Nalus Veränderungen mehr zu schaffen als die Kargheit, Kälte und Dunkelheit der Sümpfe.

»Ich mir auch«, murmelte Nalu nach einem kurzen Schweigen, während dem er grübelnd auf seine Füße gestarrt hatte. »Ich hab nur das Gefühl, dass die Dunkelsümpfe in Wahrheit gar nicht um uns herum, sondern in mir drin sind.«

»Wie meinst du das?« Ich wagte es, ein Stückchen näher zu kommen, aber er wandte seinen Kopf ab, sodass ich nicht in sein Gesicht schauen konnte.

»Ich hab komische Gefühle in mir, seitdem wir hier sind. Irgendwie eng und finster.« Er deutete auf seine Brust. »Manchmal will ich weglaufen und dann wieder möchte ich dich anschreien oder … weiß nicht … was mit meinen Fäusten machen. Etwas zerstören.« Hilflos hob Nalu seine Hände. »Und das darf alles nicht sein, denn ich bin der Sohn des Heilers von der Lichten Seite, ich … ich darf solche Gefühle nicht haben!«

»Sagt wer?« Noch immer erlaubte Nalu es mir nicht, ihn anzusehen.

»Na, das ist einfach so. Erinnerst du dich nicht mehr an unser Leben?«

Doch, das tat ich, auch wenn mir die Lichte Seite immer mehr wie eine Fantasievorstellung vorkam. Doch ich wusste noch, wie glückselig und zufrieden ihre Bewohner gewirkt hatten. Davon war Nalu inzwischen meilenweit entfernt. Allerdings würde dieser rosarote Ringelpiez mit Anfassen auch nicht in die Sümpfe passen.

»Also, happy bin ich hier ebenfalls nicht. Und mir fehlen Licht und Wärme. Aber wir haben Arkan, und bis jetzt hat uns niemand angegriffen. Zwischendurch schlechte Gefühle zu haben, gehört dazu, wenn man in einer schwierigen Lage ist. Das ist bei uns oben ganz normal.«

Nicht unbedingt das beste Argument, bemerkte ich, doch nun hatte ich es ausgesprochen.

»Ich kann aber nichts mehr manifestieren, Maja«, entgegnete Nalu. »Nicht einen einzigen Tropfen Wasser. Und mein Bauch macht Geräusche und tut so weh, dass ich ganz unruhig und schwach werde …«

»Ja, das ist Hunger«, stellte ich seufzend fest. »Du musst etwas essen, wenn du überleben willst. Ich hab noch Nüsse übrig von heute Nachmittag.« Ich griff in die Taschen meines Fellmantels und holte eine Handvoll heraus. »Sie sind lecker und machen satt. Versuch es wenigstens mal, von der Frucht hast du ja auch gegessen.«

»Aber sie hat sich bewusst für uns gelöst.«

»Und diese Nüsse sind unbewusst vom Strauch gefallen, weil sie reif waren. Na und? Wenn wir sie nicht essen, fressen sie die Tiere. Also, gefressen werden sie auf jeden Fall, und wir können unseren Auftrag nicht erfüllen, wenn du vor Hunger krank wirst oder sogar stirbst. Jetzt nimm schon!«

Widerstrebend ließ sich Nalu die Nüsse in die Hand drücken und steckte eine davon in den Mund. Er sah aus wie Papa, wenn er eine Kopfschmerztablette schluckte. Er hasste die Dinger, aber manchmal ging es nicht anders, und dann guckte er auch, als würde er in eine saure Zitrone beißen. Mit verzerrtem Mund begann Nalu zu kauen, doch sein Gesicht begann sich rasch zu entspannen. Nachdem er die letzte Nuss zerkaut hatte, sah er schon ganz anders aus, und auch nicht mehr, als würde er gleich jemanden umbringen wollen. Das hatte mir wirklich Angst gemacht.

»Besser?«

»Grmpf«, machte Nalu abweisend, nickte aber knapp. »Aber dieses enge Gefühl ist immer noch da.« Wieder deutete er auf seine Brust. »Als würde ich nicht richtig atmen können.«

»Und das hast du noch nie vorher gehabt?« Wurde er etwa krank oder redete er wirklich nur von Gefühlen?

»Doch, schon, aber viel weniger stark und nur ganz kurz. Das erste Mal kam es, als ich das Sumpfloch in meinem Wald entdeckt habe.«

Na, das war ja auch kein Wunder. Mir war es genauso gegangen. »Und jetzt sind wir in einem riesigen Sumpfloch. Auch wenn es hier nicht besonders sumpfig ist.«

»Ich glaube wirklich, diese Dunkelsümpfe sind in Wahrheit gar nicht außen, sondern in uns selbst. So fühlt sich das in mir an. Dunkel und sumpfig.« Nalu gähnte mit knackendem Kiefer. »Das hier nervt mich übrigens auch. Dass ich immer wieder schlafen muss. Dann verpasse ich doch alles Wichtige.«

»Tja, so geht es mir jede Nacht, und ich lebe noch. Glaubst du denn wirklich, diese Pfeile zerstören Amuria?«, wechselte ich das Thema. »Sie sind doch ganz dünn.«

»Ja, klar!« Nalu sah mich wieder einmal an, als wäre ich ein dummes kleines Kind, und sein Gesicht verspannte sich erneut. »Begreif es doch endlich, Maja.« Sein Ton war so kalt geworden, dass ich fröstelnd vor ihm zurückwich. »Die Gefallenen zerstören mein Zuhause. Und das ist, als würden sie mich zerstören. Ich spüre es überall, in meinem ganzen Körper. Denn ich bin ein Kind dieser Erde, ein Kind der Natur. Sie sind geworden wie ihr Menschen …«

Jetzt war ich es endgültig leid. Mir schossen heiße Tränen der Wut in die Augen. »So ein Mensch hat dir den Arsch gerettet, Nalu! Nämlich ich! Hör endlich auf, uns niederzumachen, als wären wir ein Fluch oder eine schlimme Krankheit … Denn das tut *mir* weh!«

Ja, es tat weh. Vorher hatte es mich nur geärgert, manchmal hatte ich mich sogar darüber amüsieren können. Aber jetzt schmerzte es mich so sehr, dass ich Nalu weder ansehen noch weiter mit ihm streiten wollte.

Doch das musste ich auch gar nicht mehr.

Arkan schob sich leise wiehernd zwischen uns und legte sich auf den Boden, ein sicheres, warmes Bollwerk, das mich vor seinen Beleidigungen schützte. Dankbar rollte ich mich zwischen ihren Beinen zusammen und bettete meinen Kopf an ihren weichen Bauch. Doch ich fand keinen Schlaf, und auch die Sterne verschwanden, als hätten sie sich über Nalus Worte geärgert und wollten nicht mehr für uns leuchten. Dicke, schwere Wolken hatten sich vor sie geschoben, und wäre ich nicht so verletzt gewesen, hätte ich mich sogar darüber gefreut. Ich hatte seit unserem Besuch in der Silberlagune keine Wolken mehr gesehen und sie erinnerten mich an das Wetter oberhalb der Erdkruste, das ich möglicherweise nie wieder erleben würde. Neue Tränen stauten sich in meinen Augenwinkeln, während ich dabei zuschaute, wie die Wolken sich zu Türmen verdichteten, bis fast alle Sterne von ihnen verdeckt worden waren und sie von grellen Blitzen durchzuckt wurden, denen nur wenige Sekunden später ein tiefes Donnergrollen folgte.

»Hast du das gehört?«, ertönte Nalus Stimme von der anderen Seite Arkans, die so tat, als ob sie schlief. »Und das Licht gesehen?«

»Hm«, machte ich unberührt. Sosehr er sich auch bemühte, weiterhin kalt und abweisend zu klingen, es beunruhigte ihn.

»Das muss ein Portalloch gewesen sein, das sich gerade gebildet hat.«

»Glaube ich nicht. Hört sich eher an wie ein ganz normales Gewitter.«

»Gewitter?«

»Ja. Gibt es bei uns ganz oft, vor allem im Sommer.«

Eine Weile schwiegen wir, während neue Blitze über uns zuckten und es in der Ferne dröhnend rumpelte.

»Sie beherrschen sogar das Wasser, Maja. Sie laufen auf ihm. Es ist ganz starr geworden durch sie. Bewegt sich nicht mehr. Sie haben es getötet.«

»Komm mal rüber, Nalu.« Seufzend gab ich es auf, länger zornig auf ihn zu sein. Außerdem konnte er ja nichts dafür, in einer heilen Welt aufgewachsen zu sein, in der es nie kalt oder dunkel wurde und sich das Wetter auf summende Regenbögen beschränkte. »Ich hab keine Lust, über ein Pferd hinweg mit dir zu sprechen.«

»Lichtpferd.«

»Ja, Lichtpferd. Boah, du kannst einem vielleicht auf den Geist gehen.«

»Danke. Hab ich von dir gelernt.«

Ich wartete, bis Nalu um Arkan herumgetreten war und sich neben ihre Hinterläufe setzte, zwischen unseren Ellenbogen nur wenige Zentimeter Platz.

»Also«, fing ich gähnend an. »Die Gefallenen haben keine Macht über das Wasser. Der See ist gefroren. Das passiert ab einer gewissen Temperatur. Dann verändert das Wasser seine Struktur und wird fest. Ich zeig dir das, wenn es wieder heller ist. Man kann sogar darauf laufen oder Schlittschuh fahren.«

»Schlittschuh?« Nalu berührte wie nebenbei meinen Handrücken. Inzwischen wusste ich, dass das seine Art war, wieder eine Verbindung zu mir herzustellen, wenn wir uns gezankt hatten.

»Ja, das sind Schuhe mit Kufen, die schnell über das Eis gleiten. Macht Spaß. Aber das Wasser friert von allein, dazu braucht es weder Menschen noch Gefallene. Und schon gar nicht dunkle Magie. Es ist ein Teil der Natur.«

»Und dieses Rumpeln und Leuchten?«

Ich spürte, wie viel Überwindung es Nalu kostete, sich von mir erklären zu lassen, was er nicht verstand.

»Zwei Luftschichten stoßen aufeinander, kalt und warm, und dadurch entsteht Spannung. Na, eigentlich so ähnlich, wie wenn wir aufeinandertreffen. Dann kracht es auch ab und zu.«

Nalus Lachen schallte weich durch die Dunkelheit, und der letzte Rest meines Zorns verflog. Ich mochte ihn immer noch nicht besonders, doch mit ihm zu streiten, machte mich traurig, und ich war froh, dass er wieder lachen konnte.

»Okay, verstehe. Aber die Sterne aus Wasser machen sie. Das hab ich mit eigenen Augen gesehen.«

»Ja, schon. Sag mal, wunderst du dich nicht darüber, dass sie überhaupt noch leben?«, wechselte ich das Thema, weil unser Gespräch sich wieder im Kreis zu drehen drohte. »Ich war mir sicher, dass sie alle längst gestorben sind. Und es sind viel mehr, als ich dachte.«

Nalu lehnte sich wie ich gegen Arkans Bauch und atmete unterdrückt durch. »Der Rat hat von den Verbannten nicht erwartet, allein in die Dunkelsümpfe zu gehen. Viele Frauen sind ihren Männern in die Sümpfe gefolgt und auch umgekehrt, und fast immer haben sie einige ihrer Kinder mitgenommen.«

»Sie sahen nicht aus wie Zombies«, gab ich zu bedenken. »Und auch nicht krank. Vielleicht hat der Rat in Wahrheit gar keine Ahnung von den Gefallenen und erzählt euch absichtlich übertriebene Geschichten von ihnen, damit ihr eure Aufgabe als Nebelhüter gut erfüllt.«

Nalu entgegnete nichts, und ich war froh darum, denn wahrscheinlich hätten wir sonst nur wieder zu streiten begonnen. Was ich schön und sinnvoll gefunden hatte, war für ihn ein Albtraum. Und ganz sicher war ich mir inzwischen nicht mehr, dass das Beschießen der Decke nichts mit den Portallöchern zu tun hatte. Ich vertraute Nalu darin, dass er Zusammenhänge fühlen konnte, die ich nicht wahrnahm, und auch ich wollte nicht, dass das amurische Paradies zugrunde ging – schon gar nicht, während ich mich noch in ihm befand.

Trotzdem fand ich es tröstlich, dabei zuzusehen, wie die Gewitterwolken sich auflösten und die Sterne wieder über uns zu funkeln begannen, bis meine Augen müde wurden und mein Kopf gegen Nalus Schulter sank.

Morgen würde ich ihm zeigen, wie man auf dem Eis lief. Und danach würden wir vielleicht die Gefallenen wiedersehen, und Nalu würde endlich begreifen, dass sie weder böse noch grausam waren. Sie sehnten sich nur nach Licht wie jedes andere Wesen, das lebte – ob unter oder über der Erde.

Dünnes Eis

»Es ist wirklich fest …« Skeptisch fuhr Nalu mit den Fingerspitzen über das Eis am Ufer des Sees.

Schon beim ersten schwachen Tageslicht hatten wir unser Lager verlassen und waren mit Arkan noch einmal zu unserem nächtlichen Beobachtungsposten gelaufen. Von dort aus hatten wir sehen können, dass der See rundum von Felsen eingeschlossen war. Weit und breit gab es keinen Hinweis auf die Behausungen der Gefallenen. Doch allzu weit entfernt konnten sie nicht sein. Trotzdem hatte ich Nalu überreden können, bis hinunter zum Ufer zu gehen, zumal uns Arkan sowieso unmissverständlich in seine Richtung gedrängt hatte. Noch immer vertrauten wir ihrem inneren Kompass und darauf, dass sie wusste, wo das Hauptportal lag, und uns nicht unnötig in Gefahr bringen würde.

»Ja, ist es. Und ich kann auch darauf laufen. Ganz ohne dunkle Magie. Keine Sorge, es tut dem Eis nicht weh«, versicherte ich Nalu, stieß mich schwungvoll ab und glitt mit meinen glatten Sohlen ein paar Meter vom Ufer weg. »Siehst du? Geht ganz leicht!«

In der Drehung winkte ich zu ihm herüber, doch er presste sich die Hand auf die Brust und wirkte seltsam starr.

»Mir gefällt das nicht, Maja. Eben hat das Eis geknackt, ganz in der Nähe.«

»Das ist normal, das tut es auch, wenn sich kein Mensch auf ihm bewegt! Willst du nicht zu mir kommen? Es macht Spaß!«

Doch bei Nalus Anblick war es jetzt schon schwierig, mich weiter zu freuen. Noch immer drückte er verkrampft die linke Hand auf die Brust, und seine Wangen schimmerten ungesund grünlich. Was hatte er nur? Dachte er immer noch, ich würde dem Eis wehtun?

»Komm zurück, Maja, ich ... ich kann gerade nicht gut atmen und das Eis ... oh nein! Maja!«

Das plötzliche Krachen vermischte sich mit Nalus panischem Schrei, und auch Arkan wimmerte kehlig auf. Entsetzt schaute ich nach unten. Der Riss, der sich zwischen meinen Füßen bildete, setzte sich in Sekundenschnelle bis zum Ufer fort, und ehe ich begriff, was geschah, brach ich bereits bis zu den Hüften ein. Die Kälte des Wassers prügelte die Luft aus meinen Lungen, doch ich war geistesgegenwärtig genug, um mit den Beinen zu paddeln und nach dem Rand des davondriftenden Eises zu greifen. Ich bekam es sogar zu packen, aber mein schwerer

Mantel hatte sich im Nu mit Wasser vollgesogen und zog mich unerbittlich nach unten.

»Maja!«, hörte ich Nalu erneut schreien, doch ich hatte keine Kraft mehr zu antworten. Das Eiswasser hatte meinen kompletten Körper erstarren lassen. Es fühlte sich dicker an als normales Wasser und drückte sich fest an meine Brust und meinen Bauch, als wolle es mich ganz bei sich haben, tief unten am Grund des Sees, weit weg von allem Lebendigen …

Nein, das durfte es nicht, ich musste zurück nach oben gelangen, sonst würde ich es noch einatmen und sterben! Mit letzter Kraft versuchte ich, Schwimmbewegungen mit den Armen und Beinen zu machen, um mich von der tödlichen Umarmung des Wassers zu befreien, als plötzlich ein fremdartiger Gesang in meine Ohren drang und meinen Überlebenstrieb in Sekundenbruchteilen erstickte. Weich, lockend und warm legte er sich über Nalus und Arkans Schreie und löschte alles aus, was mir lieb und vertraut gewesen war. Nichts davon spielte mehr eine Rolle. Was ich brauchte, lag am Grund des Sees, und wenn ich dorthin wollte, musste ich das Wasser und seine Gesänge tief einatmen und meine Lungen damit füllen, bis sie platzten.

Ergeben öffnete ich den Mund, spannte mein Zwerchfell an und ließ die Eiswellen in meinen Rachen sprudeln. Gleich war es so weit … nie mehr laufen, nie mehr sprechen, nie mehr kämpfen … keine Angst mehr haben.

Keine geliebten Menschen mehr zurücklassen, die mir gerade erst ans Herz gewachsen waren und von denen ich mich schon wieder verabschieden musste.

Ich war endlich zurück im Paradies.

Zu Hause.

Für immer.

»Sie ist zurück … Ja, sie ist zurück! He, Kleine. Hörst du mich? Nun komm schon, ich seh, dass du eine Kämpferin bist! Das bisschen Ertrinken steckst du doch locker weg …«

Nein, tat ich nicht. Jeder Millimeter meines Körpers stach und pikste, und wäre mein Kiefer nicht völlig erstarrt gewesen, hätte ich die Frau, die mit rauer Stimme auf mich einredete, angeschrien, mich in Ruhe zu lassen, damit ich zurück auf den Grund des Sees sinken konnte.

»Mund auf.«

Zwei Finger drückten auf meine Wangenknochen, und ohne dass ich es wollte, öffneten sich meine Lippen. Sofort perlte etwas Süßes, Heißes über meine Zunge. Obwohl ich mich immer noch nach den Gesängen des Wassers sehnte, schluckte ich.

»Na also, geht doch. Sie wird wieder gesund, keine Bange. Ist nicht die Erste, die sich locken ließ. Der See ist tückisch seit seiner Verwandlung, man darf ihn nur nachts besuchen, und vor allem niemals ohne die Gemeinschaft. Sonst frisst er auf, was er kriegt. Der hat immer Hunger. Noch einen Schluck?«

Ohne meine Augen zu öffnen, nickte ich. Ich wusste nicht, wo ich war, und auch die Stimme kannte ich nicht. Doch langsam erinnerte ich mich wieder daran, was geschehen war. Ich war auf den See gelaufen, um Nalu zu beweisen, dass er mich tragen konnte, und dann hatte sich der Riss gebildet, und ich … ich hatte die Gesänge des Wassers gehört … diese lockenden, warmen, lieblichen Gesänge …

»Nun zeig mir mal, welche Farbe deine hübschen Augen haben.«

»Grau«, hörte ich eine so vertraute Stimme sagen, dass ich lächeln musste. Nalu … Er war hier. Und er erinnerte sich richtig. Meine Augen waren kieselsteingrau. Nicht grün, nicht blau, sondern grau. Mir gefiel es. »Majas Augen sind grau.«

»Ja, sind sie«, lallte ich mit schwerer Zunge und zwang meine Lider nach oben, um direkt in das dunkelbraune Gesicht einer üppigen Frau mit Kopftuch und langem Fellgewand zu schauen, die sich lachend über mich beugte und mir spielerisch in die Wange kniff.

»Willkommen zurück im Leben, Menschenmädchen.«

Fragend suchte ich den Blick von Nalu, der hinter der Frau am Fußende meines Lagers saß und sich offenbar ziemlich unbehaglich fühlte. Doch sein Nicken beantwortete meine unausgesprochene Frage. Ja, diese Frau war eine der Gefallenen – und sie hatte mich aus dem See gezogen, wohl wissend, dass ich aus der Menschenwelt kam.

Mein Nacken knackte protestierend, als ich meinen Kopf drehte, um mich umzusehen. Wir befanden uns in einer dämmrigen Kombination aus Felsennische und Hütte, die mit Fellen ausgelegt war. Ein prasselndes Feuer in der Mitte verbreitete angenehme Wärme. Über dem Feuer ging ein großer Kessel, und ich hätte schwören können, dass ich genau dieses Modell schon einmal in der Menschenwelt gesehen hatte. Vielleicht in einem Museum? Überhaupt gab es hier einiges, was ich in den Dunkelsümpfen nicht vermutet hätte, an erster Stelle das dicke Buch, das neben dem hintersten Lager auf dem Boden lag und meine Blicke wie ein Magnet anzog. Am absurdesten waren jedoch die mit Plüsch gefütterten Crocs neben der zweiten Schlafstelle.

»Ich verstehe nicht …«, stammelte ich und schloss irritiert die Augen. Jetzt ging es mir wie Nalu gestern Nacht. Ich konnte nicht begreifen, was ich sah.

»Musst du auch nicht«, beruhigte die Frau mich und tätschelte tröstend meine Wange.

Ihre Hand fühlte sich so echt an, so menschlich … und erst jetzt merkte ich, wie lange ich das nicht mehr gespürt hatte. Zwar hatte ich mich an Nalus Berührungen gewöhnt, die sich federleicht und unfassbar kraftvoll zugleich anfühlten. Doch das handfeste Tätscheln der Frau erinnerte mich an meine Mutter. Mama war eine große Tätschlerin vor dem Herrn, und ich vermisste sie auf einmal so heftig, dass mir Tränen aus den Augen liefen.

»Schlaf dich aus, Kleine. Morgen ist auch noch ein Tag. Und du, was mache ich mit dir, junger Mann?«

Trotz meiner Sehnsucht nach Mama musste ich innerlich grinsen. Es gefiel mir, wie locker und selbstsicher die Gefallenen-Frau mit Nalu redete. Für ihn musste es beleidigend sein, denn er antwortete nicht.

»Du guckst mich an, als ob du auf großem Rachefeldzug bist. Muss ich dich fesseln und knebeln, damit du nicht abhaust?«

»Nein«, erwiderte Nalu verschlossen. »Aber ich möchte ungestört mit Maja sprechen, sobald sie sich erholt hat.«

»Keine Sorge, ich lass euch Turteltäubchen jetzt alleine. Ich hab keine Ahnung, was du so über uns gehört hast, Junge. Aber wir leben hier nur unser Leben, sonst nichts, und wenn du uns irgendetwas zu verkünden hast, weil die Lichte Seite mal wieder glaubt, besser als wir zu sein, dann geh damit am besten direkt zu Sarno, klar?«

Sarno. War das nicht Nalus Bruder? Wieder antwortete Nalu nicht, was die Frau jedoch nicht zu kümmern schien.

»Ich habe keine Zeit, dir die Dunkelsümpfe zu erklären. Ich muss die Kranken versorgen und kümmere mich um die Alten«, sprach sie ungerührt weiter. »Gib deinem Mädchen ab und zu ein paar Löffel von der Suppe, ja? Dann kommt sie schnell wieder zu Kräften. Ich bleibe in der Nähe. Kela hat dich im Blick, Junge. Immer.«

Wieder zuckte ein Grinsen über meinen Mund. Nalu

musste es hassen, wie sie mit ihm sprach, während ich das erlösende Gefühl genoss, endlich wieder unter normalen Menschen zu sein.

»Hexe«, wisperte Nalu voller Verachtung, nachdem Kela mit raschelnden Gewändern ihre Behausung verlassen hatte.

Großartig, er hatte immer noch schlechte Laune. Freute es ihn denn gar nicht, dass ich dank ihrer Hilfe überlebt hatte?

»Heilerin, nicht Hexe«, verbesserte ich ihn mahnend. »Eine von deinem Schlag.«

»Von wegen.« Nalu rückte ein wenig näher, und ich zwang mich erneut, meine Augen zu öffnen. »Ich dachte, du stirbst...« Scheu berührte er mein Haar, und endlich huschte ein leises Lächeln über sein Gesicht. »Mann, hast du mir einen Schrecken eingejagt.«

»Ich mir auch. Kela hat mich gerettet, oder?«

»Erst hab ich es versucht. Aber es gab keine feste Stelle mehr, und Arkan hat meinen Umhang mit ihren Zähnen festgehalten und wollte mich nicht gehen lassen... und das Eis brach immer weiter ein.« Nalu musste sich räuspern und fuhr sich mit der Linken über seine Brust. »Ich konnte dich schon gar nicht mehr sehen.«

»Und dann tauchte sie auf?«, fragte ich gespannt weiter.

»Ja, von der anderen Seite des Sees, zusammen mit ihren Wölfen. Echt, sie hat Wölfe als Tiere, die liegen draußen vor der Hütte …« Nalu schaute, als wüsste er nicht, ob das nun bewundernswert oder abstoßend war. »Sie sind zahm. Fast wie unsere Tiere, nur mit Reißzähnen. Sie sind aufs Eis gelaufen und haben dich aus dem See gefischt.«

»Krass.« Ich versuchte, mich aufzusetzen, schaffte es aber noch nicht aus eigener Kraft. Nalu musste mir dabei helfen und schob sofort ein dickes Fellbündel in meinen Rücken. »Sie sind nicht gefährlich, oder? Die Gefallenen?«

»Ich weiß es nicht.« Nalu hatte seine Stimme wieder zu einem Flüstern gesenkt. »Ich kann nicht sagen, ob sie was aushecken oder … keine Ahnung. Hier ist alles so anders, als ich es erwartet habe. Du hattest recht, der Rat erzählt Geschichten, die nicht wahr sind.«

»Ja, Kela ist definitiv kein Zombie, und dahinten … da liegt ein Buch, Nalu. Kannst du es mir mal bringen? Es muss aus der Menschenwelt kommen.«

Nalu erfüllte meine Bitte ohne Murren, wirkte aber immer noch verschlossen und gehemmt. Mit spitzen Fingern las er das Buch vom Boden auf und legte es neben mir auf dem Fell ab – das echt war, nicht manifestiert, denn es roch durchdringend nach Tier.

»Heilkräuter und ihre Einsatzmöglichkeiten«, las ich den Titel des Buches vor und musste kichern. »Das muss sie von oben haben. Kann das sein? Dass die Gefallenen ab und zu nach oben gehen?«

»Na, wenn sie eigenmächtig Portallöcher in unseren Himmel schießen, bestimmt. Ist ihnen wohl völlig egal, ob die Menschen ihnen auf die Spur kommen und dadurch womöglich die Lichte Seite entdecken. Ich sag ja, sie sind Verräter.«

»Vielleicht sind sie ja nur deshalb noch da. Weil sie sonst gestorben wären.« Ich fand diese Vorstellung sogar spannend – dass gefallene Amurier sich ab und zu nach oben beamen ließen und ein paar Dinge aus der Menschenwelt klauten, um hier unten besser zurechtzukommen. Vielleicht waren meine Eltern und ich am Taranaki sogar schon einmal einem von ihnen begegnet, ohne es zu wissen!

»Ist mir egal. Es muss aufhören.«

Nalu stand auf, um das Buch zurück an seinen Platz zu legen, kam aber sofort wieder zu mir.

»Und ich muss ihnen unbedingt begreiflich machen, was sie da tun. Am liebsten würde ich sie anschreien, dieses Gefühl ist immer noch da.« Nalu fasste sich erneut an die Brust. »Es hört gar nicht mehr auf, egal, wie sehr ich dagegen ankämpfe.«

Unbehaglich schüttelte er sich.

»Wie geht es dir denn? Du hast ausgesehen wie tot, als die Wölfe dich aus dem Wasser gezogen haben. Ganz starr und bleich.«

»Hm.« Ich nahm mir ein paar Sekunden, um in mich hineinzulauschen. »Mir tun die Muskeln weh, von Kopf bis Fuß. Aber ansonsten eigentlich ganz gut. Ich verstehe nur nicht, wieso der Riss entstanden ist. Das Eis war meterdick, ich hab es doch gesehen!«

»Das weiß ich auch nicht.« Nalu atmete aus, und es schien ihm schwerzufallen. »Ich hatte jedenfalls schon ein blödes Gefühl, als du draufgelaufen bist. Irgendwie wusste ich, dass es nicht gut gehen kann.«

»Was für ein Glück, dass Kela und ihre Wölfe gekommen sind. Sie ist ziemlich cool.«

»Na, ich weiß nicht.« Nalu runzelte die Brauen. »Ich hab das Gefühl, sie nimmt mich kein bisschen ernst.«

Schmunzelnd zwinkerte ich ihm zu. »Na ja, eben nicht so, wie du es von zu Hause gewohnt bist. He, die haben in den Dunkelsümpfen überlebt! Das sind echte Kämpfer. Sie haben hier weder eure magischen Kräfte noch eure Kristalle, und trotzdem sind sie noch da. Und es scheint ihnen gar nicht so schlecht zu gehen, wie wir dachten.«

»Hast du nicht gehört, was sie gesagt hat? Dass es Kranke unter ihnen gibt?« Nalu deutete nach draußen, als ob der Boden vor der Hütte von dahinsiechenden Gefallenen bedeckt wäre, die nur darauf warteten, uns anzustecken.

»Ich kenne das von oben nicht anders. Ab und zu wird man krank, und die alten Menschen brauchen Pflege und Fürsorge, weil sie vieles nicht mehr alleine machen können. Was ist daran so schlimm?«

»Sie beherrschen die Lichtsprache nicht mehr, Maja.

Ich habe es auf dem Weg in die Hütte gesehen. Sie unterhalten sich nur noch wie ihr Menschen! Das ist traurig.«

Ich fand es angenehm, denn dann brauchte ich Nalu nicht mehr als Übersetzer und konnte mich endlich ohne ihn verständigen. Es stimmte schon, die Gefallenen hatten sich in den Sümpfen stark verändert, und ihre Haut war so dunkel geworden, wie ich es von manchen Bewohnern Mexikos kannte, ein sattes Schokobraun. Aber das war ja nichts Schlimmes, solange es ihnen gut dabei ging. Und die Augen der Frau hatten noch immer ungewöhnlich hell geleuchtet, in einem tiefen, warmen Grün.

»Dieser Sarno, von dem sie gesprochen hat, ist das nicht dein Bruder?«

»Doch, ist er.« Nalus Augen verfinsterten sich. »Ich hab ihn gestern Nacht schon gesehen. Auf dem Eis. Er hat den Befehl zur Zerstörung gegeben.«

»Ach, deshalb warst du so stinkig?« Langsam verstand ich ihn ein wenig besser. Es musste ein Schock für ihn gewesen sein zu beobachten, wie Sarno seine Leute aufforderte, die Pfeile abzuschießen, auch wenn ich immer noch nicht richtig daran glauben wollte, dass sie dazu dienten, die Lichte Seite zu vernichten.

»Ich liebe ihn, Maja.« Ernst sah Nalu mich an. »Hab nie aufgehört damit. Aber jetzt hasse ich ihn zugleich und … das … es ist auch so ein scheußliches Gefühl, und es will nicht weggehen. Wie haltet ihr das nur aus mit diesen schlechten Gefühlen? Ich weiß manchmal gar nicht, wie ich noch atmen soll.«

Schweigend erwiderte ich seinen Blick. Ja, Hass war ein doofes Gefühl. Angst auch. Panik erst recht. Am nervigsten fand ich Neid oder Eifersucht, aber beides kam bei mir nur selten vor. Jetzt gerade, in diesem Moment, als Nalu und ich uns so offen und ehrlich anschauten, fühlte ich jedoch nur Gutes. Sogar für ihn. Er hätte auch abhauen können, als er gesehen hatte, dass Kela und ihre Wölfe mich retteten. Sie hätte ihn sicher nicht aufgehalten. Aber er war noch da, bei mir, inmitten jener verbannten Amurier, von denen er glaubte, dass sie absichtlich seine Heimat zerstörten.

»Dir gefällt es hier, oder?«, fragte er nach unserem Blickwechsel resignierend. »Du magst es.« Das nun war eine Feststellung.

»Ach, es ist mir einfach vertraut. Vertrauter als eure Welt. Aber eure Welt mochte ich auch. Sie war nur so … unwirklich. Zu schön, um echt zu sein, weißt du? Und damit auch ein bisschen langweilig«, versuchte ich zu erklären, was in mir vorging, wenn ich an die Lichte Seite dachte, zumindest an die Lichte Seite abseits der Lagune. Aber wenn ich täglich in der Lagune gewesen wäre, wäre das wahrscheinlich auch irgendwann normal geworden, und ich hätte mich nach Abwechslung gesehnt.

»Bin ich denn auch ein Verräter, wenn ich sage, dass es mir …«, seufzend fuhr sich Nalu durch seine glatten

Indianerhaare, »dass es mir manchmal ähnlich ging? Und ich mich dort gelangweilt habe?«

»Ich schätze, das haben alle erlebt, die hier in den Dunkelsümpfen gelandet sind. Sie waren neugierig. Kann ich verstehen. Ehrlich, Nalu, immer nur Kristalle und Regenbogen und Frieden und Heiteitei ... Das ist schön, aber irgendwas ...«

»Irgendwas fehlt«, vollendete Nalu meinen Satz und richtete sich auf, als stellte er sich seiner eigenen Wahrheit. »Das ist es, was ich immerzu dachte – dass es noch etwas zu entdecken gibt, zu erleben, und deshalb hab ich die Lagune manifestiert. Trotzdem liebe ich die Lichte Seite, und ich will nicht, dass ganz Amuria zugrunde geht, weil die Gefallenen sich an uns rächen. Wir wollen unser Reich doch nur schützen!«

Weil ich hungrig auf den dampfenden Kessel schielte, stand Nalu auf, nahm einen hölzernen Napf und füllte Suppe hinein. Wortlos drückte er ihn mir in die Hand.

»Wir müssen mit ihm sprechen«, beschloss ich mit vollem Mund.

»Mit wem?« Nalu wirkte auf einmal mindestens so müde, wie ich mich fühlte.

»Sarno. Deinem Bruder.« Schon die ganze Zeit wünschte ich mir, ihn zu treffen, und glaubte, keine Sekunde länger darauf warten zu können, ohne dass ich verstand, wieso. Sollte ich nicht Angst vor ihm haben? »Er ist der Anführer.«

»Ja, ich weiß. Dass es hier so was überhaupt geben muss … einen Anführer.« Stöhnend schob sich Nalu unterhalb meiner Füße auf das Lager und lehnte sich gegen die Felswand. Langsam glitten seine langen Wimpern herab.

»Anführer, Rat … Wo ist da der Unterschied?«

»Unser Rat besteht aus vier Amuriern. Zwei Männern und zwei Frauen. Sie führen außerdem nicht an, sondern geben Empfehlungen.«

»Ach, echt? Den Gefallenen wurden die Dunkelsümpfe also empfohlen?«, spottete ich. »Und deine Verbannung war auch eine Empfehlung? So wie ein Tipp aus einem Reisekatalog?«

»Hä?« Blinzelnd versuchte Nalu mir zu folgen.

»Nicht so wichtig. Aber euer Rat hat Macht, und das weißt du auch. Immerhin hat er mich eingesperrt. Dafür könnten sie in der Menschenwelt ins Gefängnis kommen.«

»Meinst du, er erkennt mich noch?«, fragte Nalu unvermittelt.

»Wer? Der Rat?«

»Nein, Sarno! Mein Bruder.«

»Wieso nicht?« Genüsslich leckte ich den Rest der Suppe aus dem Napf. Sie schmeckte scharf und süß zugleich und sorgte für ein wohlig sattes Gefühl in meinem Bauch. Endlich wieder richtiges Essen. »Hast du ihn denn sofort erkannt, als du ihn auf dem See gesehen hast?«

»Nicht mit dem Kopf. Er sieht so anders aus als damals. Aber mein Herz wusste sofort, dass er es ist, und ich wollte meinem Herzen zum ersten Mal in meinem Leben nicht glauben. Auch nicht, dass es wahr ist, was er getan hat.«

Nalu verstummte, weil sich die lederne Tür aufschob, doch nicht die Heilerin kam herein, sondern ein grauer, zottiger Wolf, dessen hellgrüne Augen sich gelassen umsahen. Als wären wir alte Bekannte, trottete er zu uns an das Lager und rollte sich neben mir zusammen, um zu dösen. Er wirkte so friedlich, dass ich es wagte, meine Finger durch sein dichtes Nackenfell gleiten zu lassen. Ich hatte schon immer mal einen Wolf streicheln wollen, und es machte mich so müde, dass ich mich gähnend zurücklehnte und wie Nalu die Augen schloss, um mich schlafend von meinem zweiten Beinahetod zu erholen.

In meinen Träumen sah ich, was Nalu längst wusste und ich nicht länger von mir wegschieben konnte.

Amuria, das letzte Paradies der Erde, starb.

Seine schützende Decke bekam immer mehr Brüche und Löcher. Die Zwischenwelt samt ihren giftigen Sümpfen breitete sich unaufhörlich aus, schnell und gnadenlos. Die Lichte Seite wurde von Tag zu Tag kleiner, und auch im Schwarzen Kristallwald begann die Zerstörung ihre Spuren zu hinterlassen, tief unter den Wurzeln der Bäume. Selbst zwischen den Palmen vor meiner geliebten Silberlagune waren weitere Sumpflöcher entstanden. Die Delfine wussten bereits davon. Sie spürten es mit jedem Flossenschlag – bald würde ihr Wasser trüb und giftig werden.

Wenn Nalu und ich Amuria nicht retteten, würden wir zusammen mit ihm untergehen.

Geschwisterkriege

»Bist du dir sicher, dass du mitkommen willst?«

»Was hat der Nachthelle Hirsch gesagt?« Ich gab Nalu einen Stups in die Seite und versuchte mich an einem Lächeln, das vermutlich ziemlich danebenging. Ich war so aufgeregt, dass ich fast ununterbrochen die Zähne zusammenpresste. »Sonne und Mond sollen diesen Auftrag gemeinsam erledigen.«

»Ach, auf einmal...« Auch Nalu bemühte sich zu grinsen und war ein ebenso miserabler Schauspieler wie ich. »Maja, Sarno ist wegen dir verbannt worden, und wahrscheinlich wird er dich an deinem Mal erkennen. Ich hab keine Ahnung, wie er auf dich reagiert.«

»Er wird mich schon nicht auffressen.«

Noch immer hielt ich an dem Glauben fest, dass die Gefallenen uns nicht an den Kragen wollten. Kela behandelte uns, als wären wir ganz normale Gäste, und nachdem sie uns verkündet hatte, dass Sarno bereit war, uns zu empfangen, hatte sie uns aufmunternd zugelächelt.

Doch ich hatte auch ihren prüfenden Blick bemerkt, mit dem sie Nalu gemustert hatte, und ihr leises Seufzen war mir ebenfalls nicht entgangen.

»Wie war er denn früher so?«, fragte ich beiläufig. Erinnern konnte ich mich nämlich nicht an ihn. Ob er tatsächlich einen Groll auf mich hegte, weil er wegen mir verbannt worden war?

»Ich hatte ja Arkan, aber …« Nalu blickte auf seine Hände, und nun war sein Lächeln echt und kam aus tiefstem Herzen. Doch er schien sich auch ein wenig für das zu schämen, was ihm durch den Kopf ging. »Sarno hat immer auf mich aufgepasst, weil er meinte, ich wäre zu verträumt, um alleine auf mich zu achten. Wenn ich mich umdrehte, stand er hinter mir. Aber dann hat der Rat verkündet, dass ich eines Tages die Nachfolge meines Vaters antreten würde und nicht Sarno, der Erstgeborene. Ab da ist er immer öfter in die Zwischenwelt gegangen und … na ja, wurde neugierig auf das, was oben ist.«

»Und dann bin ich ihm vor die Füße gefallen.«

»So ähnlich.« Nalus helle Augen sahen aus, als hätte sich eine dichte dunkle Nebelwand davorgeschoben. »Es wurde lange getagt, um eine Lösung zu finden, und der Rat beschloss, dass Sarno dich zurückbringen und anschließend die Lichte Seite verlassen sollte, als Abschreckung für die unter uns, die danach die Grenze bewachen würden. Er war damit einverstanden, aber gerne ist er nicht gegangen, und ich habe mich immer ein bisschen … schuldig gefühlt? Ist das das richtige Wort, wenn man glaubt, dass man für das Schicksal eines anderen verantwortlich ist? Denn so etwas gibt es bei uns eigentlich nicht.«

»Ja, schuldig. Aber du …«

»Hey, ihr Plappermäuler dadrinnen!« Kelas durchdringende Stimme ließ uns aufschrecken. »Ich kann euch nur empfehlen, Sarno nicht warten zu lassen, das mag er nämlich gar nicht! Und ich übrigens auch nicht. Hab noch einiges zu tun, also setzt eure süßen Hintern in Bewegung.«

Nalu und ich tauschten einen vielsagenden Blick, bevor wir uns von meinem Lager erhoben und über zwei schlafende Wölfe stiegen, um nach draußen zu treten. Neugierig schaute ich mich um. Ich hatte Kelas Behausung bisher nicht verlassen dürfen, weil sie der Meinung gewesen war, ich müsste noch Kraft schöpfen, und sah die Siedlung der Gefallenen zum ersten Mal. Nun konnte ich verstehen, warum Nalu jedes Mal ein Gesicht gezogen hatte, als hätte er sich in einen Horrorfilm verirrt, wenn er von seinen Besuchen bei Arkan in die Hütte zurückgekehrt war.

Im Vergleich zu der Lichten Seite waren wir in einer tristen, farblosen Welt gelandet. Alles sah ein bisschen schmutzig und verlottert aus: die schiefen, aus Torfballen und morschem Holz zusammengesetzten Hütten, Lederzelte und Stallungen, die schlammigen Wege zwischen den Behausungen, die Tiere, die frei herumliefen und unter denen sich sogar Schweine und Hühner befanden, die denen in der Menschenwelt glichen. Die Kinder hatten schwarzen Dreck in den Gesichtern und wechselten ihre Fellkleider vermutlich nur dann, wenn sie kaputtgegangen waren.

Ohne die Hütten, Stallungen und Gefallenen hatten die Dunkelsümpfe zwar trostlos, aber sauber und klar gewirkt. Trotzdem mochte ich die Lebendigkeit und das quirlige Treiben, das um uns herum herrschte. Die Kinder spielten miteinander, aus einer Hütte schallte vielstimmiger Gesang und Gelächter, irgendwo schlug jemand rhythmisch auf eine Trommel, Hunde und Wölfe jaulten und heulten um die Wette, und es war nicht zu übersehen, dass die Gefallenen zusammenhielten und sich gegenseitig halfen. Anders hätten sie hier niemals überleben können.

Doch Nalu und ich stachen wie Exoten aus ihnen heraus. Während Kela uns voraus zur Mitte der Siedlung schritt, einen Kessel Suppe auf ihrer Schulter, wurden wir von allen Seiten neugierig beäugt, bis drei finstere Gestalten sich aus einem Türeingang lösten und direkt auf Nalu und mich zuschwankten. Sie wirkten gar nicht friedlich auf mich, sondern frustriert und aggressiv.

»Zu lange oben geblieben, was, Kleiner?«, rief einer der drei Nalu provozierend zu, während der feiste Typ in der Mitte mich ins Visier nahm und seine gelben Zähne bleckte.

»Werden jetzt schon Menschenmädchen verbannt, ja?«

»Na, willst du bei mir einziehen, Kleine?«, mischte sich der dritte ein und lachte grölend. »Hab noch einen Platz am Feuer frei, sogar für Besucher von oben, wenn sie so hübsch sind wie du.«

»Lieber stürze ich mich ein zweites Mal in den See!«, fauchte ich, und Nalu postierte sich schützend vor mich.

»Lass sie gefälligst in Ruhe, ja? Wehe, ihr fasst sie an!«, raunzte er die Männer an, doch so schnell gaben sie nicht auf.

»Komm, Süße, ich hab richtiges Essen für dich! Menschenessen!«, lallte der dickliche Kerl und versuchte, an Nalu vorbei meine roten Haare zu berühren.

»Schluss jetzt, ihr elenden Saufnasen!«, brüllte Kela und trat mit erhobenem Kessel auf den Dicken zu, als wollte sie ihm damit eins überziehen. »Sonst wird es unangenehm, das könnt ihr mir glauben!«

Erschrocken verstummte er, um sich mit unsicheren Schritten zurückzuziehen. Kela stemmte die Arme in die Hüften und blitzte auch die anderen beiden Typen giftig an, bevor sie sich an die schaulustige Menge hinter uns wandte.

»Hier gibt es nichts zu sehen, kümmert euch um euren eigenen Kram, ja? Wir haben Besuch, das ist alles. Kommt ja selten genug vor. Also benehmt euch oder bleibt weg.«

Die Gaffenden entschieden sich fürs Wegbleiben, was

mir sehr recht war, und die drei Männer waren längst verschwunden.

»Tut mir leid«, entschuldigte sich Kela seufzend. »Nicht alle Verbannten kommen mit den Dunkelsümpfen zurecht. Die drei haben ihre Familien auf der Lichten Seite zurückgelassen und es nie verwunden. Kommt, lasst uns weitergehen.«

Nun folgten uns nur noch einige Kinder, ohne uns dabei zu nahe zu kommen, und niemand sprach uns mehr an, bis wir endlich Sarnos Behausung am Rande der Siedlung erreicht hatten. Sie unterschied sich in ihrer Größe und Form von den anderen Hütten und erinnerte mich vage an eine Bergkapelle. Ihre Wände waren nicht aus Torfballen oder dunkel angelaufenem Holz erbaut worden, sondern setzten sich aus groben Felsbrocken zusammen.

Vor ihrem Eingang wachten zwei prachtvolle schwarze Wölfe, knurrten aber nur leise, als Kela die schwere Tür aufschob und uns hindurchschubste.

»Immer geradeaus, ist nicht zu verfehlen«, raunte sie uns gedämpft zu. »Viel Glück, was auch immer ihr von ihm wollt. Er hat heute kaum Schmerzen, sieht gut für euch aus.«

»Schmerzen?«, fragte ich flüsternd, doch Nalu zuckte nur ratlos mit den Schultern.

»Keine Ahnung. Hatte er auf der Lichten Seite nie.«

Jetzt war ich dankbar, dass Nalu voranging, denn auf keinen Fall wollte ich Sarno als Erste vor die Augen treten.

Wie Kela es gesagt hatte, war der Weg zu ihm nicht zu verfehlen. Der schmale steinerne Flur, in dem wir uns befanden, war links und rechts von Fackeln gesäumt und führte direkt in einen großen, runden Raum, wo Sarno uns bereits vor einem lodernden Kaminfeuer erwartete.

Ich brauchte lähmende Sekunden, bis ich mich überreden konnte, meinen Blick zu heben und ihn anzuschauen. Breitbeinig lehnte er in einem von grauen Fellen bedeckten Stuhl, strotzend vor Selbstbewusstsein, das Kinn in einer ähnlichen Haltung erhoben wie Nalu, und betrachtete uns mit unverhohlener Neugierde.

Alles an ihm hätte mich abschrecken und in die Flucht treiben sollen. Die schlecht verheilten, wulstigen Narben, die quer über sein Gesicht und seinen Hals verliefen. Die Klaue, die er statt einer Hand an seinem linken Arm trug und mich an einen Piraten erinnerte. Die Raubtierzähne, die sich an einem Lederband um seinen muskulösen Hals reihten, und auch die Tätowierungen, die wellenförmig seine Stirn zierten. Außerdem wirkte er riesig auf mich, er musste mindestens zwei Meter groß sein. Sein schwarzer Bart, der lange, geflochtene Zopf und seine dunkelblauen, funkelnden Augen, die sich fest auf uns richteten, vervollkommneten das Bild des unerschrockenen Kriegers, der als erster Amurier die Dunkelsümpfe kennengelernt und überlebt hatte.

In der Menschenwelt hätte ich einen riesigen Bogen um ihn gemacht, wenn ich ihm am Taranaki begegnet wäre.

Doch ich war nicht bei den Menschen, und mein Herz fällte eine andere Entscheidung.

Mutig hob ich meinen Blick und sah ihm direkt in die Augen. Es war, als loderte eine helle Flamme in meinem Kopf auf. Plötzlich erinnerte ich mich wieder daran, wie er mich durch die Zwischenwelt getragen und nach oben gebracht hatte, zurück zu meinen Eltern, und auch daran, wie sehr ich geweint hatte, als er plötzlich weg gewesen war. Mama und Papa hatten gedacht, dass ich unglücklich war, weil ich tagelang Angst gehabt hatte und unter Schock stand. Doch ich hatte Sarno vermisst und nicht verstanden, wieso er nicht mehr da war und die wunderschöne, bunte Welt um mich herum auch nicht.

Jetzt waren die Erinnerungen zurück, und die Wiedersehensfreude durchflutete mich so stark, dass ich ihm wie ein Kind in die Arme stürzte und seine mächtigen Schultern umschlang, um meinen Kopf gegen seinen warmen Hals zu schmiegen.

»Na, na, na«, brummte er, stieß mich aber nicht von sich, sondern klopfte mir beruhigend auf den Rücken. »Haste doch noch nicht genug gehabt von uns, was? So spannend hier unten?«

Überraschend behutsam nahm er mich bei den Schultern und schob mich ein Stück von sich weg, sodass er mir ins Gesicht schauen konnte.

»Streunerin.« Mit einem dröhnenden Lachen legte er den Daumen seiner verbliebenen Hand auf mein Mal, was sofort einen warmen Schauer hinter meiner Stirn auslöste. »Ich wusste, dass du wiederkommst. Und ich wusste, dass ich dich eines Tages wiedersehe, Brüderchen. Konntest es auch nicht lassen, was?«

Nalu gab nur einen verdutzten Brummlaut von sich, doch ich ignorierte ihn. Noch immer durchströmte mich wilde Freude darüber, Sarno erneut begegnet zu sein und mich an das Gefühl erinnern zu können, von ihm durch die Zwischenwelt getragen zu werden, liebevoll und fürsorglich. Selbst im Goblin Forest war er noch bei mir geblieben, bis meine Eltern in die Nähe gekommen waren, und hatte mich ununterbrochen in seinen Armen gehalten, um mich zu wärmen.

»Ich erinnere mich wieder an dich«, murmelte ich in das dicke Fell seiner Weste hinein.

»Ja.« Sarno wartete, bis ich mein Gesicht von seiner Brust löste und ihn anschaute. Er lächelte wissend. »Ich habe versucht, in deinem Kopf die Bilder von Amuria zu löschen. Hat aber nicht ganz geklappt.«

»Wie bitte?« Nalu schnaufte so laut, dass ich mich zu ihm umdrehte. »Du hast Bilder gelöscht, in ihrem Kopf? Wir Amurier lassen nur entstehen, wir manifestieren, aber wir nehmen der Welt nichts weg!«

»Aber wolltest du das nicht auch bei mir …«

»Still, Maja«, unterbrach Nalu mich harsch und lief dunkel an. »Das ist etwas völlig anderes!«

Das sah ich nicht so, es war genau das Gleiche, was er

mir versprochen hatte, aber Nalu wirkte so zornig, dass ich nicht widersprach.

»Wir dürfen den Menschen keine inneren Bilder rauben! Genau das ist doch unser großes Problem!«, wandte er sich wieder Sarno zu. »Sonst sind wir wie sie ... rauben und stehlen ...«

»Ich wollte damit etwas Gutes tun, Brüderchen!« Sarno lachte kopfschüttelnd auf. »Für Amuria und für Maja. Aber ihre Bilder und Erinnerungen waren zu stark, und auch die Beeinflussung der Zeit ist mir nicht gelungen. Diese Fähigkeiten trägst du in dir, nicht ich, und das weißt du. Aber wie gesagt ... es ging gar nicht. Ich hatte ihr nur die an mich nehmen können. Ihr Kopf war zu stark.«

Nun verstand ich, wieso ich mich seit meinem Sturz nach Amuria immer nach einem großen Bruder gesehnt hatte. Es war Sarno gewesen, den ich unbewusst vermisst hatte.

»Ist ja interessant«, erwiderte Nalu schneidend, während ich von Sarnos Schoß rutschte und mich wieder neben Nalu stellte. »Du hast also ihre Erinnerungen an dich verschwinden lassen. Das darfst du nicht, das ist schwarze Magie und Verrat an der Lichten Seite. Aber es passt zu den Löchern in Mutter Erde, und ich hasse dich deshalb!« Mit verzerrtem Mund spuckte er vor ihm aus, was Sarno nur ein schiefes Grinsen entlockte.

»Ach, Nalu, du doch nicht. Du quillst über vor Liebe,

das war schon immer so. Tu von mir aus ruhig so, als ob du mich hasst. Ich weiß, dass es nicht wahr ist.«

»Doch, ist es«, stieß Nalu rau hervor, sah seinem Bruder aber immer noch nicht in die Augen. »Und du bist nicht mehr mein Bruder, Sarno. Denn du zerstörst unsere Welt. Das muss aufhören! Ihr macht alles kaputt!«

Sarno beugte sich mit fragendem Gesichtsausdruck vor, wobei die Raubtierzähne an seinem Hals leise klapperten. »Haben die Dämpfe der Zwischenwelt dir das Hirn vernebelt? *Ich* zerstöre Amuria, sagst du?«

»Ja! Ja, das tust du!«

Nalu war so laut geworden, dass die Wölfe vor der Tür ihren Posten verließen und zu uns in die Hütte kamen, um sich davon zu überzeugen, dass alles in Ordnung war. Mit einer knappen Geste wies Sarno sie an, sich links und rechts neben ihn zu legen. Seine blitzenden Augen richtete er unerbittlich auf Nalu.

»Wir haben es beobachtet. Das mit den Erinnerungen verstehe ich ja noch irgendwie, ich habe selbst darüber nachgedacht, es bei Maja zu tun, auch wenn es schwarze Magie ist, aber …« Nalu holte keuchend Luft. »Ihr schlagt jede Nacht mit euren Pfeilen Wunden in unsere Welt und lasst dadurch neue Portallöcher entstehen und das …« Nalu kämpfte darum, seine Gefühle unter Verschluss zu halten, doch seine zu Fäusten geballten Hände begannen zu zittern, und sein Gesicht war blass geworden. »Das tut mir so weh.«

»Ach, Nalu.« Ächzend erhob sich Sarno von seinem Fellthron und trat mit knirschenden Gelenken zu uns, um vor seinem Bruder in die Knie zu gehen. Selbst dabei wirkte er so stark und machtvoll, dass ich Gänsehaut bekam. Doch der Blick, mit dem er versuchte, Nalu in die Augen zu sehen, war sanft. »Warst halt schon immer ein Sensibelchen … Deshalb haben sie ihn als Nachfolger unseres Vaters gewählt, weißt du?«

Sarno zwinkerte mir zu und schlug Nalu brüderlich die flache Hand gegen die Hüfte.

»Er spürt jede Blume wachsen. Ist eins mit dem wildesten Wasser, und über ihm bilden sich die schönsten Regenbogen. Werde es nie vergessen. Aber er hat auch was von mir. Neugierde. Stimmt's, Bruder?« Wieder knuffte er Nalu, der es immer noch vermied, Sarno ins Gesicht zu sehen. »Wir zerstören dein Amuria nicht, Nalu. Wir haben hier ein großes Problem. Es wird immer trockener und kälter, und wir brauchen Wasser, um zu überleben. Außerdem stehen wir unter Spannung. Ab und zu brechen Stücke aus der Decke. Wir wissen nicht, warum, aber unsere Sternenkrieger versuchen, Druck herauszunehmen, indem wir die Pfeile nach oben schießen. Und gleichzeitig bekommen wir frisches Wasser und Licht.«

»Moment. Ihr habt hier auch Portallöcher, die von allein entstehen?«, mischte ich mich ein und versuchte, Nalus Blick zu erhaschen. »Durch die Menschen zu euch fallen können?«

»Wir benutzen sie sogar, um nach oben zu kommen«, erwiderte Sarno ruhig. »Wir brauchen die Menschenwelt ab und zu, wenn die Ernten schlecht sind oder es zu lange trocken bleibt. Dann nehmen wir Früchte oder Wasser mit nach unten. Aber wir wissen auch, dass es nicht zu viele dieser Löcher geben darf, denn sonst kann Amurias Decke einstürzen und begräbt uns alle unter sich.«

»Und woher willst du wissen, dass du die Löcher mit den Pfeilschüssen nicht erst entstehen lässt?«, fragte Nalu angriffslustig.

»Na, weil nicht mehr so viele neue entstehen wie vorher, seitdem ich die Sternenkrieger ausgebildet habe. Wir stabilisieren die Dunkelsümpfe damit. Lieber viele kleine Wunden, die das Gesamtgefüge für ein paar Stunden entlasten und sich wieder schließen, als eine große, die nie wieder heilt. Denn irgendwann werden sich die Portallöcher zu einem einzigen großen verbinden und dann ... dann ist es aus. Mit der Lichten Seite, der Zwischenwelt und den Dunkelsümpfen. Wir nennen sie übrigens Airuma.«

»Airuma?« Endlich streifte Nalu das Gesicht seines Bruders mit einem kurzen Blick, und seine Augen glommen dabei hell auf.

»Ja, so haben wir unser Reich getauft. Die Schattenseite von Amuria. Airuma.«

»Ich kann dir nicht glauben ...« Nalus Stimme war nur noch ein schwaches Flüstern, doch seine Haltung hatte nichts von ihrem unnahbaren Stolz eingebüßt. »Außerdem – wenn ihr die Portale schon nutzt, wieso geht ihr nicht nach oben zu den Menschen und bleibt dort, wenn es hier unten so schwierig für euch ist?«

»Oh, das haben einige schon getan, und verdenken kann ich es ihnen nicht. Sie kommen nicht besonders gut zurecht, diese Welt ist zu fremd für sie.« Sarno erhob sich, trat rückwärts zu seinem Thron und ließ sich wieder darauf nieder. »Für mich kommt die Flucht in die Menschenwelt sowieso nicht infrage. Ich haue nicht ab. Auch wenn ich nicht Heiler werden durfte, ich möchte die Lichte Welt immer noch bewahren.«

»Damit habt ihr doch was gemeinsam«, versuchte ich zwischen den beiden zu vermitteln, doch Nalu schnaubte nur.

»Wir sitzen im gleichen Boot, Bruder«, fuhr Sarno fort. »Die Zwischenwelt breitet sich nach beiden Seiten aus, nicht nur in eure Richtung. Noch vor drei Jahren haben wir an den Ufern des Sees gewohnt. Sein Wasser war noch nicht giftig und leuchtete jede Nacht für uns. Die Luft war viel wärmer als jetzt, es wuchsen mehr Pflanzen, wir mussten keine Boten in die Menschenwelt schicken, weil wir ihre Dinge noch nicht zum Überleben brauchten. Wir hatten hier nicht viel, doch es reichte. Aber es wird von Jahr zu Jahr kälter und dunkler. Unsere Kinder werden krank, sterben an Husten, Fieber und eitrigen Hautausschlägen. Wir mussten anfangen, Tiere zu jagen, um uns mit ihren Fellen zu wärmen, und manchmal müssen wir sie sogar essen. Ja, ich weiß, Nalu … Mir tut es auch weh. Wir kämpfen hier ums Überleben, jeden Tag aufs Neue. Und wir tun es, so gut wir können, mit so viel Rücksicht auf die Natur, wie es irgendwie möglich ist. Wir haben die Lichte Seite nicht vergessen, und wir sehnen uns alle danach, zurückkehren zu können. Aber die meiste Zeit des Tages sind wir damit beschäftigt, unsere Haut zu retten. Du wirst dich hier einleben, ich helfe dir dabei. Ich lasse dich nicht im Stich, Nalu. Heiler können wir in Airuma immer gebrauchen.«

»Bin noch kein Heiler«, murmelte Nalu erstickt. »Hab als Nebelhüter gearbeitet, um zu beweisen, dass ich … also, dass ich …«

»… dass du genauso neugierig bist wie ich?« Sarno grinste breit. »Glückwunsch, hat geklappt. Und dann auch noch mit dem Menschenmädchen, wegen dem ich verbannt wurde. Hast es nicht mehr geschafft, sie nach oben zu bringen, hm?«

Weil Nalu nicht fähig war zu antworten, tat ich es für ihn und erzählte Sarno kurz und knapp, was geschehen war, seitdem ich erneut durch das Portalloch gefallen war. Dabei schilderte ich ihm auch, dass der Nachthelle Hirsch mir eine Botschaft übermittelt hatte. Zu meinem Erstaunen hatte sich Nalus Übersetzung tief in mir eingeprägt, und ich konnte sie ihm mühelos wiedergeben.

Wenn Tag und Nacht zusammenfinden
Und sich am Rande des Universums die Hand reichen,
Wenn der Mond der Sonne seine Nachtkraft gibt
Und die Sonne dem Mond ihre Tagkraft schenkt
Und beide sich in Harmonie vereinen,
Werden ewig währender Frieden
Und grenzenlose Sicherheit herrschen.
Dunkelheit wird Licht.
Angst wird Liebe.
Alles wird eins.

»Aha«, machte Sarno nach einem kurzen Schweigen und musterte Nalu durchdringend. »Und was hat der Rat dazu gesagt?«

»Dass Maja und ich zusammen das Hauptportal versiegeln sollen, weil sich dadurch die anderen Löcher schließen werden«, erwiderte Nalu trotzig. »Nur deshalb sind wir hier.«

Sarnos Blick wurde so finster und drohend, dass ich Hilfe suchend nach Nalus Hand griff, der sofort reagierte und sie fest umschloss.

»Ihr wollt was tun?«, donnerte Sarno und erhob sich. »Das Hauptportal versiegeln? Ist der Rat denn völlig verrückt geworden?«

»Aber nur so kann Frieden herrschen!« Nalu hatte seine Stimme wiedergefunden. »Und Amuria vor dem Untergang gerettet werden …«

»Gerettet?« Grunzend ließ Sarno sich zurück in seinen Stuhl fallen, hin- und hergerissen zwischen Wut und Belustigung. »Ich sag euch, welcher Frieden herrscht, wenn ihr das tut – der Frieden des ewigen Todes! Denn dann gibt es hier unten gar nichts mehr. Die Lichte Seite nicht, die Zwischenwelt nicht und auch die Dunkelsümpfe nicht. Wenn ihr diese Sorte von Frieden haben wollt, bitte, nur zu! Schließt das Portal und dreht damit allen Amuriern die Wasserversorgung ab. Viel Freude beim Verrecken.«

»Ich verstehe nicht, wovon du redest.« Bockig verschränkte Nalu die Arme vor seiner Brust. »Der Nachthelle Hirsch ist das weiseste Tier des ganzen Kristallwaldes. Er muss wissen, was los ist!«

»Oh, er weiß das bestimmt. Er weiß, dass unser Reich stirbt, und auch, dass das Wasser es am Leben hält. Und dieses Wasser kommt von oben, angereichert mit Sonnenlicht. Es ist ein einziger großer Kreislauf, Nalu, das war es schon immer, und wenn das Hauptportal geschlossen wird, fließt kein Lichtwasser mehr nach. Denn es kommt aus der Menschenwelt. Die Portallöcher sind trocken wie Wüsten! Das ist das pure Nichts, was sich da ausbreitet.«

»Unser Grundwasser«, flüsterte ich und begriff, was Sarno andeutete. »Natürlich, unser Grundwasser speist eure Welt von oben! Deshalb stürzen überall Wasserfälle aus dem Nichts. Und es ist… angereichert mit Licht?«

»Ja. Sonnenlicht.«

Der Rat musste den Hirsch wirklich falsch verstanden haben, vorausgesetzt, Sarno erzählte uns keinen Unsinn. Aber warum sollte er das tun?

»Woher weißt du das alles, Sarno?« Nalu traute seinem Bruder immer noch nicht. »Du bist nie Heiler gewesen.«

»Weil ich es gesehen habe, Träumerchen.« Lässig deutete Sarno auf seine Klaue und die Narben in seinem Gesicht. »Ich war im Portal. Und oben, im Berg. Ich kenne die Verbindungslinien. Die ganze Erdkruste ist von Wasseradern durchsetzt, die zu uns verlaufen und sich von außerhalb in die Lichte Welt ergießen. Sie erstrecken sich über die Dunkelsümpfe hinweg, und ja, wir zapfen etwas davon ab, um zu überleben und Licht zu bekommen. Doch gleichzeitig entlasten wir damit die schützende Decke Amurias. Denn sie steht gewaltig unter Druck.«

»Aber warum nur?« Nalu legte beide Hände auf seinen Hinterkopf, als hätte er Schwierigkeiten, die neuen Informationen zu sortieren. »Warum ist das so? Wieso steht unsere Welt unter Druck und bekommt immer mehr Portallöcher?«

»Das wissen wir nicht genau.« Offen sah Sarno ihn an und versuchte dabei nicht, seine Ratlosigkeit zu überspielen. »Irgendeinen Grund wird es haben, und wir bemühen uns, ihn herauszufinden. Bis dahin versuchen wir, den Prozess aufzuhalten, so gut wir können, und, Bruder, wenn ihr das Hauptportal schließt, trocknet ihr Amuria aus. Bei einem Reich, das aus dem Gleichgewicht geraten ist, geht so etwas schnell. In den vergangenen Jahren sind bei uns etliche Tierarten und Pflanzen ausgestorben, weil das Licht schwindet, und auch eure Welt wird kleiner. Ich weiß das. Mag sein, dass sie noch heil ist, heiler als Airuma, doch sie schrumpft.«

»Moment. Das ist ja ganz ähnlich wie bei uns.« Mein Kopf war plötzlich wieder klar, und ich erinnerte mich an das, was Mama und Papa zu mir gesagt hatten, bevor ich in den Wald aufgebrochen war. »Über dem Portalloch, durch das ich gefallen bin, befindet sich der Goblin Forest, ein Regenwald. In den vergangenen Jahren hat er sich stark verändert.«

»Wie verändert?« Sarno sah mich aufmerksam an.

»Ein paar Tierarten und Pflanzen sind ausgestorben und …« Angestrengt versuchte ich, mich an das zu erinnern, was meine Eltern über diese Veränderungen berichtet hatten. »Es herrscht fast nur noch Dunst und Nebel, der Wald bekommt zu wenig Sonne ab. Außerdem … hm, ich weiß nicht, ob das was damit zu tun hat.«

»Sag es einfach«, forderte Nalu mich auf. »Vielleicht ist es wichtig.«

»Okay, also … bevor ich zu meiner Wanderung aufgebrochen und durchs Portalloch gefallen bin, haben meine Eltern darüber gesprochen, dass immer wieder Gruppen von Walen und Delfinen an den Küsten stranden und oft auch sterben, immer zwölf auf einmal. Ganz in der Nähe von Amuria. Und Nalu …« Ich zögerte. »Nalu hat Delfine manifestiert, in seiner Lagune.«

»Mensch, Maja«, stöhnte Nalu auf und wandte sich ab, als wäre ihm dieses Thema unangenehm. »Muss das sein?«

»Du hast dir eine Lagune erschaffen, Bruder?« Sarnos Mundwinkel zuckten, als versuche er ein Lachen zu unterdrücken, doch seine Augen strahlten. »Wirklich?«

»Kann sein, ja.«

»Kann nicht nur sein. Sie ist wunderschön!«, rief ich. »Wir sind dort mit Delfinen geschwommen … Aber der Wald vor der Lagune bekommt Sumpflöcher, die genauso aussehen und riechen wie die Zwischenwelt.«

»Gratulation, Bruder, du hast was drauf. Delfine und Wale sind eigentlich amurische Tiere. Sie stammen noch aus der paradiesischen Zeit, als wir alle zusammen an der Erdoberfläche lebten und eins waren.« Sarnos Augen waren matt geworden, und auch ich fühlte mich plötzlich, als würde ich in einem Meer von Trostlosigkeit schwimmen. »Sie sind oben geblieben, in den Ozeanen, damit ihr euch bei ihrem Anblick und ihren Klängen daran erinnern könnt, wie es einst war. In euren riesigen Wassern haben sie noch genügend Platz, aber auch die Ozeane werden vergiftet. Es stranden immer zwölf auf einmal, sagst du?«

Ich nickte eifrig. »Ja, immer zwölf und immer ganz in der Nähe.«

»Der Hirsch erscheint alle zwölftausend Jahre ...« Nalu hatte den Groll gegen seinen Bruder vergessen und sah abwechselnd ihn und mich an, seine Augen aufgeweckt und feurig. »Und es gibt zwölf Tierarten im Schwarzen Kristallwald. Der Rat besitzt zwölf heilende Steine. Zwölf Delfine schwimmen in meiner Lagune. Aber was bedeutet es?«

»Zwölf ist die heilige Zahl Amurias und steht für das ständige Werden und Vergehen.« Sarno griff nach hinten und zerrte zwei dicke Pelzkissen aus seinem Rücken, um sie vor uns auf den Boden zu werfen. »Setzt euch, das könnte länger dauern. Nalu, kannst du mir die Botschaft des Nachthellen Hirsches in Lichtform übermitteln? Geht das noch?«

»Ich versuche es, ja, aber kannst du sie denn noch verstehen?«, fragte Nalu zweifelnd.

»Mach dir mal darüber keine Sorgen. Ich beherrsche die Lichtsprache nach wie vor.«

Es dauerte, bis Nalu es gelang, seine goldenen Lichtkreise aufsteigen zu lassen, und ich musste lächeln, als ich sah, wie Sarno mit einer dunkelgrünen, glitzernden Acht antwortete.

»Tut mir leid, Bruder«, ergriff Sarno das Wort, nachdem er minutenlang geschwiegen und nachgedacht hatte. »Ich lese da nichts raus von wegen Portal schließen. Das ist nur die Deutung des Rats. Reines Wunschdenken. Ihr glaubt, dass ihr die Lichte Seite retten könnt, wenn

Amurias schützende Hülle dicht ist und keine Menschen mehr durch die Portallöcher fallen. Aber das ist es nicht, was der Hirsch euch gesagt hat. Sondern dass Mond und Sonne sich am Rande des Universums die Hand reichen sollen, also ihr beide. Mondenmädchen und Sonnenjunge. Stellt sich für mich eher die Frage, was mit Universum gemeint ist. Denn die Lichtbotschaft dieser Information habe ich nicht verstanden.«

»Universum«, wiederholte ich sinnend. »Alles einschließend. Das ist die genaue Übersetzung. Ist es auch ganz sicher das Wort, das du empfangen hast, Nalu?«

»Na ja, eben das, was in deinem Kopf dazu passte. Universum. Ein anderes fand ich nicht. Es stammt gar nicht aus deiner Sprache?«

»Nein, aus einer sehr alten. Latein. Todlangweilig. So redet heute niemand mehr. Aber wir haben das Wort im Unterricht besprochen, in der Schule. Und es bedeutet übersetzt ›alles einschließend‹.«

»Alles einschließend …« Sarno tippte sich mit seiner Klaue gegen die Stirn. »Lichte Seite, Zwischenwelt, Dunkelsümpfe. Universum kann nur das Hauptportal meinen, ja, sehe ich auch so. Denn es verbindet alles miteinander. Fürchte, ihr müsst es riskieren. Macht euch auf den Weg zu Gaia und hofft, dass sie netter zu euch ist als zu mir.« Feixend deutete er auf seine Narben und winkte uns mit der Klaue zu. »Ich hab für meinen Besuch bezahlen müssen. Aber ich war auch nicht eingeladen.«

»Gaia?«, fragten Nalu und ich wie aus einem Mund, ich ratlos und Nalu erschauernd.

»Ja, Gaia. Die Hüterin des Portals.«

Wieder erbebte Nalu.

»Gaia herrscht über alles, was irdisch ist. Und glaubt mir, sie zerfetzt euch in Stücke, wenn ihr versucht, das Portal zu schließen.«

»Was ist sie denn? Ein … eine Art Mensch oder ein …« Ich wusste nicht, wie ich meine Frage vollenden sollte. Geist fühlte sich ebenso wenig richtig an wie Hexe.

»Du kannst sie weder sehen noch hören. Doch wer sie einmal gespürt hat, wird sie nie wieder vergessen. Göttin ist wohl das Wort, das am ehesten passt. Sie ist die große Mutter von allem.« Sarno dehnte seine Schultern und ließ sie dabei laut knacken. »Ich kann euch zum Eingang des Portals bringen, ist nicht weit, ein halber Tagesmarsch. Ihr werdet schon vor dem Felsen spüren, ob ihr willkommen seid oder nicht. Ich gebe euch einen guten Rat: Respektiert es, wenn sie euch nicht empfangen will. Macht es nicht so wie ich. Denn das wird scheußlich.«

Beklommen wandte ich meinen Kopf, um Nalu in die Augen zu schauen, doch er hatte seine Wimpern wie so oft gesenkt und war mit sich selbst beschäftigt. Trotzdem machte er einen kleinen Schritt zur Seite, sodass unsere Arme sich leicht berührten, und sofort ging etwas von seiner Energie auf mich über. Wir hatten uns miteinander verbunden.

Ja, dachte ich, so fest ich konnte. Ja, Nalu, ich bin bereit, dir am Rande des Universums die Hand zu reichen. Lass uns gemeinsam das Reich retten, in dem wir mit den Silberdelfinen geschwommen sind.

»In Ordnung«, sagte er ruhig, als er seine Rechte ausstreckte und Sarno sie wie zur Besiegelung ergriff. »Dann bring uns zu Gaia, Bruder.«

Das ewige Gleichgewicht

»So. Ab hier gehe ich keinen Schritt weiter. Ich hab meine Lektion gelernt. Meine Leute brauchen mich.« Sarno hob entschuldigend seine gesunde Hand.

Mir war schon bei unserem Aufbruch zum Hauptportal flau geworden. Nun aber bereute ich jeden Löffel der Suppe, die ich zu mir genommen hatte, bevor Nalu und ich uns von Kela verabschiedet hatten. Auch Nalus Gesicht hatte an Farbe verloren, doch er nickte tapfer. Seinen Bruder anzulächeln, schaffte er immer noch nicht, und heute Nacht hatte ich gehört, wie er unterdrückt in seine Felldecke geweint hatte. Wahrscheinlich zum ersten Mal in seinem Leben. Dass Sarno Tiere aß, konnte Nalu nicht verwinden, aber immerhin stritt er nicht mehr mit ihm, und ich hatte das Gefühl, dass es auch ihm nicht leichtfiel, ihn vor dem Portalfelsen zurückzulassen.

Sarno musste starke Schmerzen in seinen Beinen haben, er hatte sich am Schluss mehr über den Geröllboden geschleppt, als dass er gelaufen war – ein starker Kontrast zu Nalus leichtfüßigem, schwebendem Gang, den er sich aus der Lichten Welt bewahrt hatte und der ihn von den Gefallenen unterschied.

Wie Kela uns gestern Abend noch erzählt hatte, hatte sein Eindringen ins Portal Gaia so wütend gemacht, dass sie ihn gegen die Felswände geschmettert hatte. Dabei hatte er nicht nur seine Hand verloren und sich das Gesicht verletzt , sondern auch das linke Bein mehrfach gebrochen. Es glich einem Wunder, dass Sarno überhaupt noch lebte. Doch er hatte unbedingt herausfinden wollen, ob es einen Weg gab, die Dunkelsümpfe heller und fruchtbarer werden zu lassen, und das war ihm dieses Risiko wert gewesen.

Im Vergleich zu ihm waren wir schwach, klein und unerfahren. Und trotzdem sollten wir nun durch diesen ovalen Felsspalt in Gaias Höhle gehen und sie fragen, wie wir Amuria retten konnten? Auf einmal kam mir Sarnos Idee wie der komplette Irrsinn vor. Doch dann spürte ich seine dunkelblauen Augen auf meiner Stirn ruhen und auch, wie fordernd er mich ansah.

»Ihr tragt die Zeichen auf eurer Haut. Sonne und Mond. Vergesst das nicht. Gaia wird euch erkennen.«

»Das kann ja sein, aber sollten wir nicht irgendeinen Plan haben?«, gab ich zu bedenken. Mir ging das alles zu schnell. »Wir können doch nicht einfach da reingehen und abwarten, was passiert. Sollen wir uns nicht wenigstens ein paar Fragen überlegen?«

»Fragen?« Sarno grinste belustigt. »Du kannst mit Gaia nicht wie mit einem Menschen reden. Es interessiert sie auch nicht, was du denkst. Das geht nicht über den Kopf, Maja. Der hat in dieser Höhle nichts verloren.«

Hilfe suchend schaute ich zu Nalu, doch er nickte bestätigend. »Ich glaube auch nicht, dass uns ein Plan bei Gaia hilft.«

»Aber was sollen wir denn dann dadrin machen?« Langsam entwickelte sich meine Angst zu Panik. »Wir haben doch einen konkreten Auftrag. Wir sollen Amuria retten. Und hast du nicht gesagt, wir sollen sie nach der Lösung fragen?«

»Ja, schon.« Sarno tätschelte mir beruhigend die Schulter. »Aber das steht dir ja längst auf die Stirn geschrieben. Oder nicht?«

Verwirrt griff ich an mein Mal und wollte fragen, wie er das meinte, doch Nalu schüttelte warnend den Kopf.

»Ich warte hinten bei den Felsen auf euch. Nun geht schon!«, forderte Sarno uns mit wedelnder Hand auf. »Die Tage werden immer kürzer, weil die Lichtkraft des Sternenwassers sich abschwächt. Bald wird es stockdunkel sein, und dann könnt ihr dadrinnen nichts mehr sehen. Und wenn ich sage: nichts, dann meine ich nichts. Ihr würdet nicht mehr nach draußen finden.«

»Danke, Bruder«, sagte Nalu distanziert, doch seine Augen glommen weich auf, als er sich von Sarno wegdrehte und mir zuwandte. »Bist du bereit?«

»Ja«, log ich und versuchte, den galligen Geschmack in meiner Kehle herunterzuzwingen. Wenn ich Nalu jetzt vor die Füße kotzte, war er endgültig fertig mit der Menschenwelt. Er kam ja schon mit den Gefallenen nicht zurecht, und auch wenn sie roh und derb waren, lebten sie im Vergleich zu uns Menschen im perfekten ökologischen Gleichgewicht.

Es beruhigte mich kaum, Nalus Hand in meiner zu spüren, als wir dicht nebeneinander in den hohen, schmalen Eingang der Portalhöhle traten. Seine geriffelten Felswände schimmerten in einem dunklen, fleischigen Orange, eine Farbe, der ich weder auf der Lichten Seite noch in den Dunkelsümpfen begegnet war, und sie kam mir so fremd und beengend vor, dass ich kaum mehr atmen konnte.

»Geht mir auch so, weiter …«, flüsterte Nalu und umschloss meine Hand etwas fester, um mir Führung zu geben.

»Aber ich kriege keine Luft mehr! Achtung, Nalu, pass auf!«, warnte ich ihn – und als würde uns eine riesige Brandungswelle mit sich reißen, trug es uns machtvoll ins Freie zurück, sodass wir Hand in Hand rücklings auf den harten Boden fielen.

Knirschend schloss sich das Tor, dessen Felswände uns beinahe zerdrückt hätten.

»Warst du das?« Nach Luft schnappend drehte ich mich zur Seite, wo Nalu mit aufgerissenen Augen auf dem Boden lag und in den Himmel starrte.

»Was?«

»Na, diese … diese unsichtbare Welle.«

»Nein. Das war Gaia. Sie hat uns nicht durchs Tor gelassen.« Prüfend betastete er seine Arme und Beine. »Bist du verletzt?«

»Gibt wohl ein paar blaue Flecken.« Mein Steiß war geprellt und pochte bereits brennend, doch ansonsten war ich glimpflich davongekommen. »Und du?«

»Alles okay, glaube ich.« Mit schmerzverzerrtem Gesicht setzte er sich auf und schaute ungläubig auf die verschlossene Felswand. »Wir waren nicht einmal drinnen, da hat sie uns schon rausgeschmissen!«

Ja, genau so hatte es sich angefühlt. Gaia wollte uns nicht bei sich haben, das hatte sie uns deutlich zu verstehen gegeben.

»Sollen wir vielleicht noch einmal mit Sarno reden?« Ich jaulte leise auf, als ich mich bewegte. Jetzt erst merkte ich, wie sehr mein Po und meine Hüfte wehtaten. »Vielleicht haben wir irgendetwas nicht bedacht oder verkehrt gemacht.«

Ich guckte mich zu ihm um. Sarno suchte pfeifend Äste für ein Lagerfeuer zusammen und schien sehr zufrieden mit sich zu sein. Uns bedachte er mit keinem Blick, obwohl er mitbekommen haben musste, was eben geschehen war. Die Druckwelle, die uns nach hinten gerissen hatte, war mit Sicherheit bis zu den Felsen zu spüren gewesen, wahrscheinlich hatte er sie sogar gehört.

»Besser nicht. Denke nicht, dass seine Gegenwart uns hier hilft, womöglich erinnert sie sich an ihn.« Ja, da mochte Nalu richtigliegen. »Wie kann das nur sein? Dass Gaia ihn damals zu sich gelassen hat, aber uns schon am Tor loswerden wollte? Wo wir Amuria doch retten wollen?« Nalus Lippen wurden schmal. »Ich verstehe das nicht...«

»Na ja, besonders nett war sie zu ihm auch nicht. Schau doch, wie er hinkt.«

»Ja, aber er war drinnen und hat sehen dürfen, wie unser Wasserkreislauf funktioniert!« Mit angehaltenem Atem strich Nalu über eine leuchtend rote Schürfwunde auf seinem Unterarm. »Wieso lässt sie uns nicht zu sich?«

Sarno hatte das Feuer inzwischen entfacht und sich mit dem Rücken zu uns davorgesetzt. Nein, der wollte uns definitiv nicht helfen, und ich wurde das blöde Gefühl nicht los, dass er genau gewusst hatte, dass wir es nicht beim ersten Versuch schaffen würden. Also hatten wir einen zweiten übrig?

»Haben wir die Botschaft des Hirsches vielleicht doch nicht richtig verstanden?«

Schweigend dachte Nalu nach, und als er den Kopf hob, um mich anzuschauen, wusste ich, dass er kein Stückchen weiter war als ich. »Ich komme nicht drauf.«

»Hast du denn erst von Sarno gehört, dass es diese Gaia gibt? Oder wusstest du schon vorher von ihr?«, versuchte ich einen anderen Weg.

»Ein bisschen. Mein Vater hat mal in einem Ritual von ihr berichtet. Ist schon ein paar Jahre her.«

»Und was genau hat er über sie gesagt?«

»Dass sie die Mutter allen Lebens ist und das Gleichgewicht der Erde zu bewahren versucht. Und ihre Kraft unermesslich ist. Wer sie verärgert, wird sie zu spüren bekommen, doch genauso unermesslich ist ihre Liebe für alles, was lebt.«

»Alles, was lebt …«, wiederholte ich und versuchte, eine angenehmere Sitzposition zu finden. »Auch die Menschen oder nur die Amurier?«

»Hm.« Diese Überlegung gefiel Nalu nicht. »Alles meint wohl alles. Also auch die Menschen«, schlussfolgerte er widerstrebend. »Ihr gehört ja zur Erde dazu.«

»Also liebt sie die Menschen?«

Nalu konnte sich nicht überwinden zu antworten, deshalb musste ich es selbst tun.

»Vielleicht liegt es daran. Sie liebt auch die Menschen, denn mal ehrlich, Nalu, wenn sie so mächtig ist, dann hätte sie uns doch längst auslöschen können, oder? Es müssen nur ein paar Supervulkane gleichzeitig ausbrechen und für mehrere Monate aktiv bleiben. Das reicht. Oder es bildet sich ein Riesentsunami, oder ein paar Erdbeben entstehen, vielleicht auch alles zusammen. Die Erde wäre immer noch da, aber wir Menschen nicht. Also …«

»Also liebt sie euch? Obwohl ihr sie verwundet?«

»Vielleicht betrachtet sie uns ja als Kinder, die noch einiges lernen müssen, und hat Geduld mit uns.«

»Pfff«, machte Nalu zweifelnd, widersprach aber nicht. Angestrengt fuhr er sich durch die Haare. »Es wird langsam dämmerig, wir müssen uns beeilen. Wieso erzählst du das alles?«

»Wenn Tag und Nacht zusammenfinden und sich am Rande des Universums die Hand reichen, wenn der Mond der Sonne seine Nachtkraft gibt und die Sonne dem Mond ihre Tagkraft schenkt und beide sich in Harmonie vereinen«, zitierte ich den Nachhellen Hirsch erneut. »Vielleicht sind wir beide nicht im Frieden. Wir streiten zwar nicht mehr und halten dauernd Händchen, aber wenn du ehrlich bist, kannst du die Menschen nicht ausstehen, Nalu. Und ich bin nun mal ein Menschenmädchen.«

»Du findest mich doch auch ätzend!«, entgegnete Nalu verärgert, errötete aber.

»Tu ich nicht«, verteidigte ich mich erhitzt. »Ich finde dich sogar eigentlich ganz interessant. Jungs wie dich gibt es in der Menschenwelt nicht, ist mal was anderes. Aber du hast mich von Anfang an dafür abgestraft, dass ich durch dein blödes Loch gefallen bin. Dabei kann ich nichts dafür, dass ich ein Menschenmädchen bin, und du hast nur Vorurteile uns gegenüber! Das ist einfach nicht fair. Wie soll ich dich leiden können, wenn du mich dafür hasst, dass ich zufällig oben auf die Welt gekommen bin und nicht bei euch unten?«

»Ach, ich hasse dich doch nicht.« Nalu seufzte schwer. »Ich verstehe dich oft nicht, und ja, ich mag die Menschen nicht. Aber wenn ich ehrlich bin ...« Er stockte, als dürfte er nicht weitersprechen.

»Was? Sag schon.«

»Wenn ich ehrlich bin, hab ich lange nicht mehr so viel Spaß gehabt wie mit dir in den vergangenen Tagen.«

»Dann hast du aber eine sehr merkwürdige Art, das zu zeigen«, erwiderte ich trocken. »Du bist der totale Stinkstiefel geworden in den Dunkelsümpfen. Und vorher warst du auch nicht gerade ein Sonnenschein.«

»Ja, weil ich das alles nicht darf als Sohn des Heilers! Ich darf keine Freude empfinden, während ich in den Dunkelsümpfen bin, und erst recht nicht, wenn ich auf einem Lichtpferd sitze oder mir Nüsse schmecken oder ich ... boah, ich hab letzte Nacht zum ersten Mal geträumt, Maja, das war so toll! Besser als jede Vision, die ich bisher hatte! Und Hunger zu haben und dann was zu essen, hat sich auch irgendwie gut angefühlt ... oder sich in ein warmes Fell zu kuscheln, wenn man durchgefroren ist. Und in die Flammen eines Feuers zu schauen, gefällt mir inzwischen auch. Jetzt hör auf zu grinsen!«

»Sorry, schaffe ich nicht.« Denn nun freute ich mich. »Also hasst du in Wirklichkeit gar nicht mich, sondern dich selbst?«

»Kann schon sein. Also nicht den Lichte-Seite-Nalu. Sondern den Dunkelsümpfe-Nalu. Den, der gerne Nüsse isst, es mag, müde einzuschlafen, und sich gut dabei fühlt, im Galopp über eine weite Ebene getragen zu werden.«

Also hatte ich mir das nicht eingebildet. Nalu hatte es gefallen, als Arkan auf dem Ritt in die Dunkelsümpfe einen Zahn zugelegt hatte. Mir auch. Es hatte sich wie Fliegen angefühlt.

»Und gleichzeitig denke ich die ganze Zeit an die Lagune und frage mich, ob sie überhaupt noch da ist.«

»Ich doch auch.« Ich hatte schon so oft von ihr geträumt, und nicht immer waren es schöne Träume gewesen. »So was hab ich in der Menschenwelt noch nie gesehen.«

»Wie ist denn dein Leben da oben so?«, fragte Nalu schüchtern. »Ich weiß, wir haben nicht viel Zeit, aber wenn Gaia euch Menschen auch liebt und ich im Frieden damit sein soll, wäre es vielleicht gut, wenn ich ein bisschen was darüber weiß.«

»Hm.« Unruhig wechselte ich die Position. Wir sollten uns wirklich beeilen, aber endlich fühlte sich unser Miteinander entspannter an, und Nalus Gesicht wirkte so hell und freundlich, wie ich es zuletzt beim Abschiedsritual erlebt hatte. Außerdem saß Sarno gelassen an seinem Feuer, als wüsste er genau, was hier gerade vor sich ging. Hätte er sich um uns gesorgt, hätte er uns bestimmt unterbrochen und aufgefordert, in die Höhle zu gehen.

»Meine Eltern kümmern sich ja darum, dass die Umwelt heil bleibt und nicht zu viele Tiere aussterben, und das auf der ganzen Welt. Wir sind nie länger als ein paar Monate an einem Ort. Deshalb hab ich keine menschlichen Freunde, aber … die Natur ist mein bester Freund. Und ich verbringe gerne Zeit mit ihr. Da bist du nicht der Einzige …«

»Also hast du keine feste Gemeinschaft wie wir auf der Lichten Seite?«

»Nein«, antwortete ich gefasst. »Nein, wir ziehen umher, sonst könnten meine Eltern ihre Arbeit nicht machen, und für mich ist das okay. Ich will ja auch, dass die Erde heil bleibt und … klar, ich hätte auch gerne Freunde, aber beides geht eben nicht und …«

Nalu und ich hoben lauschend den Kopf, weil es hinter uns leise zu knirschen begonnen hatte. Angespannt drehten wir uns um, wobei ich ein Aufstöhnen unterdrückte. Mann, tat mein Hintern weh.

»Das Tor!«, wisperte Nalu respektvoll. »Es öffnet sich wieder!«

Ja, es schob sich vor unseren Augen auf, Zentimeter für Zentimeter, und obwohl ich wieder Angst bekam vor dem, was uns dahinter erwarten würde, hätte ich kurz vor Glück singen können. Als ich von meinem Leben oben erzählt hatte, waren Nalus Augen so klar und strahlend geworden, dass ich das Gefühl hatte, mich darin spiegeln zu können. All sein Groll hatte sich plötzlich aufgelöst – der sich selbst gegenüber, aber auch der mir gegenüber. Und Gaia hatte diese Veränderung gespürt. Endlich waren Sonne und Mond miteinander im Frieden und in ihrer Höhle willkommen.

»Wir machen eigentlich das Gleiche«, murmelte Nalu, stand wie ich auf und streckte mir seine Hand entgegen. »Ich hab das die ganze Zeit nicht gesehen, aber wir sind beide viel allein, damit die Erde wieder heil werden kann. Jeder auf seine Weise.«

»Ja, jeder auf seine Weise.«

»Sollen wir es noch einmal versuchen?«

Ich nickte nur, doch sobald wir im Gleichschritt und Hand in Hand in das Felsentor traten, hatte ich wieder das Gefühl, keine Luft mehr zu bekommen, und fürchtete, erneut rückwärts hinausgeschleudert zu werden, sodass ich mich am ganzen Leib verkrampfte. Doch das Tor blieb offen. Keine Schatten, die sich knirschend auf uns zubewegten.

»Ich kann nicht atmen ...«

»Wir haben es gleich geschafft, halte durch, Maja.« Auch Nalu klang, als ob ein schweres Gewicht auf seine Kehle pressen würde. Doch er zog mich unbarmherzig weiter, Schritt für Schritt, obwohl das Tor immer enger und dunkler wurde. Ich sah bereits grelle Flecken vor meinen Augen tanzen und japste erstickt auf, als die orangen Felswände sich plötzlich wieder öffneten und wir in eine riesige kreisrunde Höhle stolperten, deren nachtblaue Wände von Abertausenden kristallenen Pünktchen überzogen waren. Von allen Seiten hörte ich Wasser rauschen, das sich auf uns zu zu bewegen schien, doch sehen konnte ich es nicht. Kalt war es hier drinnen nicht mehr. Ich fühlte mich wie in einen samtenen, warmen Umhang gehüllt, auf dem alle Sterne des Universums eingearbeitet und dessen Stoff aus Seelenlicht gewebt worden war.

»Sind wir schon da? Denn das hier …«

Der Schreck über das plötzliche grelle Licht verschlug mir die Sprache, und hätte Nalu mich nicht im gleichen Moment dicht an sich gezogen, wäre ich vornübergefallen. Doch ich hatte keine Chance, mich an das Gleißen zu gewöhnen, denn ihm folgte schlagartig absolute Finsternis, bis die Höhle erneut wie in einem Blitzlichtgewitter erhellt und wieder verdunkelt wurde.

Zwischen Weiß und Schwarz gab es keine Übergänge, und schon nach wenigen Sekunden waren meine Sinne mit diesem ständigen Wechsel überfordert. Mir wurde schwindelig, und Nalu schaffte es kaum, mich auf den Beinen zu halten. Ich hatte das Gefühl, dass meine Schädelwände zerquetscht wurden, wenn ich nicht sofort zurück nach draußen rannte.

»Ich muss hier raus«, wimmerte ich. »Bitte, Nalu, bring mich weg!«

»Aber das ist Gaia! Sie spricht mit uns! Wir können jetzt nicht weg.« Er krümmte sich vor Schmerzen, auch ihm setzte das Lichtgewitter zu, doch seine Finger lösten sich nicht von meinen. »Sie zeigt sich uns!«

»Aber etwas stimmt nicht!«, schrie ich gegen das immer lauter werdende Tosen des Wassers an. Jetzt begannen auch meine Füße in den Felsengrund einzusinken, und als ich nach unten schaute, sah ich, dass sie bedeckt waren von sich windenden Schlangenkörpern in den unterschiedlichsten Grüntönen, deren Leiber sich um meine Knöchel schlossen und in Gaias Schoß ziehen wollten. Sie war ebenso wenig mit unserem Besuch einverstanden wie mit dem Sarnos, und wenn wir nicht bald flohen, würde sie uns vernichten. »Nalu, bitte! Lass mich los!«

»Nein.«

Entsetzt zuckte ich zurück, als ich sah, dass seine Knöchel nicht von Schlangen, sondern riesigen dunkelbraunen Spinnen bedeckt waren. Einige von ihnen krochen bereits seine Hosenbeine hoch und verfingen sich in dem dichten Pelz seiner Stiefel.

»Sie prüft uns nur, Maja«, brüllte er mir ins Ohr, denn das Tosen des Wassers war so laut geworden, dass ich kaum mehr etwas anderes hören konnte. »Sie will wissen, ob wir ihre Schöpfung respektieren!«

Oh, das tat ich. Ich konnte gar nicht anders, denn schon wieder versetzte sie uns in Angst und Schrecken. Zischend schossen grelle, wütende Flammen aus dem Boden, so nah an unseren Körpern, dass ihre Hitze meine Haarspitzen versengte und ein beißender Geruch aus ihnen aufstieg. Unter krampfartigen Hustenanfällen versuchten wir, weiterzuatmen und stehen zu bleiben, denn die Schlangen und Spinnen hatten bereits unsere Knie erreicht. Setzen wollte ich mich jetzt auf gar keinen Fall, und wegen der Feuer hatten wir keine Chance zu fliehen. Ich hatte sowieso längst jegliche Orientierung verloren.

Heulend suchte ich Schutz bei Nalu und schlang meine Arme um ihn, obwohl die ersten Spinnen bereits seinen Umhang erreicht hatten, doch er packte meine Hände und zwang mich, sich hinter ihn zu stellen. Mit aufgerissenen Augen drehte er sich zu mir um.

»Mond und Sonne!«, las ich von seinen Lippen ab, und er zeigte auf mein Mal, bevor er sein Gesicht wieder nach vorne drehte und seinen Kopf senkte, sodass seine Haare seinen bloßen Nacken freigaben. Instinktiv nahm ich seine Hände in meine, sodass unsere Finger sich wie im Gebet umschlossen, und schmiegte meine Stirn gegen sein Feuermal.

Kaum berührten sich unsere beiden Zeichen, lösten sich die Schlangen von meinen Füßen, das Blitzlichtgewitter milderte sich, und die Spinnen krochen in die Ritzen und Spalten der Felsen zurück. Das Tosen des Wassers schwächte sich zu einem gleichmäßigen, sanften und dennoch kraftvollen Rauschen ab. Nun spürte ich wieder den wärmenden Umhang Gaias, gewebt aus den Seelen der Menschen und Amurier. In seinem feinen Maschennetz waren wir immer noch eins und auf ewig miteinander verbunden, durch das Licht, das wir in uns trugen und nach dem jeder von uns sich sehnte.

Obwohl ich mein Mal an Nalus Nacken schmiegte, sah

ich mich plötzlich an der Felswand stehen und den blauen, samtigen Stoff der Schöpfung betasten – und zuckte zusammen, als meine Fingerkuppen dabei blutig aufrissen. Da waren Löcher in Gaias Umhang, kaum sichtbar, doch so scharf verkrustet, dass ich mich daran verletzen konnte. Argwöhnisch fasste ich eines der anderen Löcher an, und wieder riss mein Finger auf. Dieses Mal ärgerte ich mich, ignorierte die Verletzung aber, weil ich weitere Löcher entdeckt hatte, die ich ebenfalls anfasste und zu schließen versuchte, wütend darüber, dass sie überhaupt da waren und mir Angst machten. Doch es hörte nicht auf – ich hatte gerade an der einen Seite das Loch zugedrückt, da klaffte direkt daneben ein neues auf … und wieder eines … Jeder weitere Riss zog etliche andere nach sich, bis das Blut dick und rot aus meinen Händen zu Boden tropfte und ich in mir nichts als nackte Panik spürte.

»Was soll ich tun, Gaia?«

Doch Gaia antwortete nicht. Stattdessen hörte ich eine Stimme, die mir sofort tiefen, beruhigenden Frieden schenkte.

»Heile, heile Segen«, sang Mama leise in mein Ohr, und ich erinnerte mich daran, wie ich als kleines Kind auf ihrem Schoß saß, sie meinen verletzten Daumen an ihre Lippen nahm und ihn zart küsste. Sofort ließ der Schmerz nach und auch meine Angst löste sich auf.

Im selben Moment verschwanden die Löcher in Gaias dunkelblauen Umhang, und ich stand wieder dicht bei

Nalu, dessen Nacken sich eiskalt und starr anfühlte. Doch ich musste gar nicht entscheiden, ihn nach draußen zu zerren. Ein gewaltiger Sturmwind erfasste uns und drückte uns dem Höhlenausgang entgegen, wo wir unsanft ins Freie gewirbelt wurden, unsere Körper wie welke Blätter in einer herbstlichen Bö. Aber als wir fielen, verletzten wir uns nicht. Es war, als ob der Boden uns abfederte und dafür sorgte, dass wir uns bei unserem Sturz keine Knochen brachen.

Trotzdem fühlte ich mich, als wäre ich durch einen Fleischwolf gedreht worden, und nur langsam begriff ich, dass Gaia uns wieder freigegeben hatte.

»Na also, ist doch alles gut gegangen ...« Sarno beugte sich über uns, aber kaum trafen sich unsere Augen, begann ich am ganzen Körper zu schlottern. »Maja? Maja, was ist mit dir?«

Wieder sah ich die Löcher in Gaias Umhang vor mir, doch nun wusste ich, was sie bedeuteten: Sie standen für die Portallöcher in der schützenden Hülle Amurias. Gaia war es, die mich zum Beben brachte und mich zwang, ihre Botschaft in Worte zu fassen, bevor ich sie vergaß. Doch ich konnte es nicht. Meine Stimme versagte, sobald ich es versuchte, und meine Zunge lag schlaff an meinem Gaumen.

»Geh in Verbindung mit ihr, Nalu! Nutz deine Fähigkeiten! Du trägst sie immer noch in dir, Bruder.«

Ja, Nalu, verbinde dich mit mir, bevor sich alles wieder

auflöst, dachte ich inständig. Denn ich weiß nicht, was es bedeutet und ob ich es jemals verstehe. Doch da war immer noch das gleiche, starke, ewige Licht. In mir, in Nalu, in Sarno, in den Herzen aller Menschen.

Wir hatten unser Paradies nicht verloren.

Wir hatten es nur vergessen, und eigentlich waren wir alle eins. Wir mussten nur … unsere Gefühle … es waren unsere Gefühle, die …

»Ich nehme sie«, hörte ich Sarno entschlossen sagen, und wie damals hob er mich auf seine Schultern und trug mich durch die kalte Welt der Dunkelsümpfe.

Erst als wir zurück bei den Gefallenen waren und Kela Nalu und mir das Lager bereitet hatte, gelang es mir wieder, Worte zu formen und zu denken. Ich klang dabei wie jemand, der lange Zeit geschlafen und seit Jahren nichts geredet hatte. Doch noch immer verstand ich nicht, was mit mir geschehen war und was Gaia mir hatte sagen wollen.

»Hast du … gehört … was …«

»Scht«, machte Nalu und tunkte den Lappen, den Kala mir auf die Stirn gelegt hatte, in den Wassertrog, um damit über meine fiebrigen Wangen zu fahren. »Ist noch zu früh zum Reden.«

Wieso schaute er nur so traurig? War denn jede Hoffnung zu spät für Amuria?

»Was … hat Gaia dir gezeigt? Was hast du in mir gelesen?«

»*Wir* sind es, Maja.« Nalu schüttelte mutlos den Kopf, als könnte er immer noch nicht glauben, was geschehen war. »Wir sind es, die die Löcher entstehen lassen, nicht die Gefallenen. Wir selbst verwunden Amuria – die Bewohner der Lichten Seite!«

»Aber womit denn?« Die Löcher in Gaias Umhang, erinnerte ich mich undeutlich … Ich hatte sie vor lauter Angst zu stopfen versucht, und es waren unaufhörlich neue entstanden, bis … ja, was war dann geschehen?

»Das weiß ich nicht.« Nalu seufzte so schwer, dass seine Brust erzitterte. »Aber es hat etwas mit unseren Versuchen zu tun, die Lichte Welt zu retten.«

»Das ist doch total verdreht.« Spätestens jetzt hätte ich gerne ein handfestes Wörterbuch für Amuria besessen, das mir half, die Botschaften von Gaia schwarz auf weiß und unmissverständlich zu übersetzen. »Wie könnt ihr eure Welt denn zerstören, indem ihr versucht, sie zu retten?«

Aber genau so hatte es sich angefühlt, als ich versucht hatte, die Löcher in Gaias Umhang zu stopfen. Ich hatte damit alles schlimmer gemacht, nicht besser.

»Ich kann es dir nicht sagen. Ich weiß nur, dass es mit uns zu tun hat. Aber wie genau …« Wieder schüttelte Nalu den Kopf. »Ich glaube, wir sind gescheitert. Amuria wird sich auflösen.«

»Ich kann das nicht glauben.« Obwohl Nalu mich davon abzuhalten versuchte, richtete ich mich auf und verschränkte die Arme vor der Brust. »Ich bin in Gaias Höhle fast draufgegangen, hab mich von Schlangen und Spinnen bekrabbeln lassen und Todesangst ausgestanden für diese eine Information? Eine Information, die uns nicht ansatzweise hilft?«

»Ja, sieht so aus«, bekannte Nalu kleinlaut. »Es sei denn, vielleicht hast du mehr empfangen, als ich in dir lesen konnte.«

»Nur Bilder, die ich nicht verstehe. Aber ich hab jetzt keine Lust mehr, mir daran die Zähne auszubeißen. Und ich will hier raus. Ich hab das Gefühl, ich ersticke!« Kelas Hütte kam mir plötzlich zu klein und eng vor, nachdem ich gerade erst in einer Höhle um mein Leben gebangt hatte. »Wir kommen jetzt sowieso nicht weiter, und ich brauche frische Luft. Ich gehe ein bisschen mit Arkan spazieren. Begleitest du mich?«

»Maja, du hast eben noch ... he!« Nalu hatte wieder versucht, mich aufs Bett zu drücken, doch ich entwand mich seinem Griff geschickt und schnappte mir meinen Fellmantel, um ihn über meine verblichenen Menschenklamotten zu stülpen. »Du bist verrückt, echt.«

»Hast du einen besseren Plan? Wenn ich bei den Schulaufgaben nicht weiterkomme, mache ich das auch manchmal, ich gehe raus, bewege mich, und danach klappt es fast wie von selbst.« Okay, das war übertrieben. Aber ich kam auf jeden Fall schneller voran als vorher.

»Schulaufgaben.«

»Ja, sei froh, dass du so was nicht kennst. Also, kommst du jetzt mit oder nicht?«

»Ich werde dich wohl kaum allein lassen«, murrte Nalu, stieg umständlich über den Wolf, der längs vor meiner Schlafstätte lag und döste, warf sich seinen Umhang über und öffnete die Tür. »Es ist schon Nacht und kalt.«

»Hier ist es doch immer dunkel und kalt«, konterte ich wegwerfend. »Bringt mich jetzt auch nicht um.«

Nalu hatte mich zu Recht gewarnt. Diese Nacht war noch finsterer als die anderen Nächte, die ich in den Dunkelsümpfen erlebt hatte, und sie kam mir außerdem beißend kalt vor. Doch vom Ende der Siedlung – dort, wo sich Sarnos Haus befand – tönte rhythmisches Stampfen und Trommeln herüber, und die Luft über seinem Haus wurde von einem unruhigen Flackern rötlich erhellt.

»Ich hab es schon im Zelt gehört. Ist wohl irgendein … Ritual.« Nalu betonte das Wort, als wäre es etwas Unanständiges, dabei wurde auf der Lichten Seite ein Ritual nach dem anderen abgehalten. »Auch Kela ist hingegangen. Sie meinte, Sarno hätte es ausgerufen, um die Trockenheit zu beenden und Gaia um Schnee zu bitten. Das Trinkwasser wird knapp.«

»Und die Pfeile?« Ich deutete nach oben.

»Das allein reicht wohl nicht, damit sie ernten können, wenn es wärmer wird.«

Jetzt mischten sich kraftvolle, melodische Gesänge

unter die Trommelschläge, und ich spitzte neugierig die Ohren. Was ich hörte, gefiel mir und lockte mich geradezu magisch an, denn es erinnerte mich an die Tänze der neuseeländischen Maori, die ich mir so gerne anschaute. Ich konnte schon kaum mehr still stehen bleiben.

»Vergiss das mit Arkan. Ich möchte zu dem Ritual und es mir ansehen.«

»Maja, ich glaube, das ist keine gute Idee. Hast du schon vergessen, wie diese Männer gestern auf dich reagiert haben, als wir durch die Straßen gelaufen sind?«

»Jetzt mach dir nicht in die Hosen!« Ungeduldig trat ich auf und ab. »Die werden das kaum wiederholen, wenn Sarno in der Nähe ist. Sei kein Spielverderber, komm mit!«

Ohne seine Antwort abzuwarten, lief ich voraus und den Trommelschlägen entgegen, die immer schneller wurden und schließlich in einem lauten Getöse endeten, gefolgt von Lachen, Klatschen und Jubel. Es hatte nichts gemeinsam mit unserem Abschiedsritual auf der Lichten Seite, und genau deshalb stachelte es meine Neugierde an.

»Von mir aus, aber nur kurz«, willigte Nalu ein, als er begriff, dass er keine Chance hatte, mich aufzuhalten, hakte sich aber bei mir unter, damit ich keine Alleingänge unternehmen konnte. Hinter Sarnos kapellenartigem Heim war die Straße von Fackeln gesäumt, deren Funken sprühende Flammen wilde Schatten auf den Untergrund malten und Nalus Gesicht aussehen ließen wie eine rote Geistermaske.

Ihr Licht führte uns in einen kleinen Wald, in den die Gefallenen eine breite Schneise geschlagen hatten, und weiter auf eine Lichtung. Wie die Lichtung, auf der Nalus Familie lebte, war sie kreisrund und bot doch ein völlig anderes Bild. Einzig die vielen schwarz glitzernden Kristalle, die ihren Rand säumten und vom Feuerschein geheimnisvoll angestrahlt wurden, erinnerten an die Lichte Seite – und die Augen der tanzenden Gefallenen. Bei jeder Bewegung, die sie machten, hinterließen ihre Pupillen helle Streifen in der Dunkelheit. Es gab niemanden, der still stand. Männer, Frauen, Kinder, Alte und Gebrechliche drehten und wendeten sich und sangen, während vier junge Frauen und Männer riesige Trommeln schlugen. Sarno gab mit einem langen Knochen, an dem zahlreiche schwarze Kristalle befestigt waren, den Takt vor und stimmte ein neues Lied an, kaum dass das alte verklungen war.

Am Rande der Lichtung saßen ältere Männer und Frauen, die in dampfenden Kesseln rührten, Suppe ausgaben und Krüge mit einem schäumenden Getränk füllten, doch auch sie bewegten sich unentwegt im Takt der fremdartigen, kraftvollen Gesänge. Der gesamte Untergrund schien unter den Tanzschritten der Gefallenen zu vibrieren, und jetzt sah ich, dass auch ihre Sohlen ab und zu helle Funken in die Nacht aufsteigen ließen. Je temperamentvoller die Tänzer über die Lichtung wirbelten, desto mehr Funken wurden es.

Was mich aber am meisten berührte, waren die Gesichter der Gefallenen. Bei unserem Aufbruch zu Gaia hatte ich Sorge, Schmerz und Leid in einigen Mienen gesehen, ganz anders als das Dauerlächeln auf der Lichten Seite. Umso mehr freute ich mich, jetzt so viele lachende Frauen, Männer und Kinder zu sehen. Zwei besonders kräftige Kerle hatten sogar jeweils einen Greis auf ihre Schultern genommen, damit sie am Tanz teilnehmen konnten, und sie strahlten so glückselig, dass ich mitlachen musste. Selbst Nalus Gesicht hellte sich staunend auf, und seine Augen sandten blaugrünes Licht in die Dunkelheit.

»So was müsst ihr auch mal machen!«, schrie ich über den Gesang und die Trommeln hinweg. »Meinst du nicht?«

Schmunzelnd winkte er ab. »Das wird der Rat niemals zulassen. Er würde glauben, dass es der Erde wehtut!«, rief er in mein Ohr.

»Und, tut es das?«

Nalu schloss die Augen, wahrscheinlich um besser nach unten fühlen zu können. Schon nach wenigen Sekunden öffnete er sie wieder und lächelte mich überrascht an.

»Nein, es ist eher wie eine .... hmmmm ... Wie soll ich das nennen? Es belebt sie. Sie wird weich dadurch und ...« Wieder schloss er kurz die Augen. »Es tut ihr gut, ja, und da ist etwas, was ... Maja, schau doch!«

Die Gefallenen brachen in begeisterten Jubel aus, denn auch sie hatten gesehen, was Nalu derart aus der Fassung brachte, dass er nervös auszuweichen versuchte, bis er feststellte, dass es keinen Sinn hatte. Die weißen Flocken waren überall – sie sanken aus der Luft herab, und sie taten auch nicht weh, sondern kühlten unsere Gesichter, die sich unter dem Schein der vielen Fackeln erhitzt hatten.

»Es schneit!«, jubelte ich, während Sarno ein neues Lied anstimmte und die Gefallenen sich immer ausgelassener über die Lichtung bewegten. »Sarnos Ritual hat funktioniert! Es schneit, Nalu!«

Doch Nalu hörte mich nicht mehr. Er war vollauf damit beschäftigt, eine besonders große Schneeflocke zu betrachten, die auf seinem Zeigefinger gelandet war. Langsam schmolz sie durch die Wärme seiner Haut zu Wasser.

»Das ist ja Zauberei!«

»Nein, das ist Schnee!« Kichernd rempelte ich ihm meinen Ellenbogen in die Seite. »Den gibt es in der Menschenwelt haufenweise. Man kann sogar kleine Häuser daraus bauen und darin schlafen!«

Fasziniert legte Nalu den Kopf in den Nacken und schaute nach oben, wo die Flocken ebenso wild durch die Luft tanzten, wie die Gefallenen es gerade auf der Lichtung taten. Mit einem verträumten Ausdruck in den Augen verfolgte er ihre undurchsichtigen Wege.

»Eigentlich könnten die Gefallenen jetzt ja aufhören, oder? Das Ritual hat funktioniert.«

»Aufhören? Warum denn? Sie haben solche Freude dabei, und ich will jetzt auch mitmachen.«

»Nein, Maja, du bist noch …«

Zu spät. Ich hatte mich schon unter die Gefallenen gemischt und suchte mir ein sicheres Plätzchen in der Nähe von Sarno, der mir lachend zuwinkte und sich wie ein schwerfälliger, kraftstrotzender Bär im Kreis drehte. Es dauerte noch ganze zwei Lieder, bis Nalu endlich dazukam. Sein dunkles Haar war benetzt von Schneeflocken, selbst auf seiner Nasenspitze glitzerten ein paar Eiskristalle. Er unternahm noch einen halbherzigen Versuch, mich wegzuführen, bis er dem Rhythmus der Trommeln nicht mehr widerstehen konnte.

Ich liebte es, ihm beim Tanzen zuzusehen. Er bewegte sich weich und geschmeidig und schien dabei in seiner ganz eigenen Welt zu sein. Noch nie hatte ich ihn so beschwingt und zufrieden erlebt, selbst in der Silberlagune nicht. Am Schluss sang er sogar mit, die Augen geschlossen und die Arme ausgestreckt, bis Sarno den Trommlern das Signal gab, leiser und langsamer zu werden, und das letzte Lied verklang.

»Ab ins Zelt mit euch, bevor Kela euch erwischt«, forderte Sarno uns im Vorbeigehen auf und gab Nalu einen herzhaften Klaps auf die Schulter. »Pass gut auf dein Mädchen auf.«

»Du hast gehört, was er gesagt hat.« Entschieden hakte sich Nalu wieder bei mir unter. »Lass uns heimgehen.«

»Ich bin aber nicht dein …«

»Ja, ist klar, Maja. Bist nicht mein Mädchen, das weiß ich schon. Ich pass trotzdem auf dich auf.«

Ich verzichtete darauf zu protestieren, dazu ging es mir viel zu gut. Dieses Schneeritual war genau das Richtige gewesen nach unserem frustrierenden Besuch bei Gaia, und als wir nach dem kurzen Marsch zu Kelas Zelt todmüde auf unsere Lager fielen, hatte ich zum ersten Mal seit unserem Aufbruch vergessen, weshalb wir hier waren.

»Ich freu mich auf meine Träume«, nuschelte Nalu, bevor seine Augen zufielen, und ich genoss es, in die Dunkelheit hinter meinen geschlossenen Lidern abzutauchen und noch immer den Rhythmus der Trommeln in meinem Bauch zu spüren.

Die Gefallenen hatten es schneien lassen – ganz ohne Hilfe aus der Lichten Welt. So schlecht war es hier nicht. Und über alles andere würde ich morgen früh nachdenken.

Aber für heute Nacht würde ich einfach nur glücklich sein.

Lichtblicke

»Der Schnee! Nalu, wach auf! Ich glaube, ich weiß, wie wir auf die Lösung kommen!«

Aufgeregt rüttelte ich an seiner Schulter. Kela hatte nur kurz nach uns geschaut, als ich schon fast eingeschlafen war, und war dann wieder gegangen. Vielleicht musste sie Nachtwache bei einem kranken Gefallenen halten.

»Hallo, aufwachen! Ich habe Fragen an dich, wichtige Fragen!«

Mitten im Traum hatte ich einen Geistesblitz gehabt, und ich wollte darüber sprechen, bevor ich ihn wieder vergaß.

»Ist was mit Arkan?«, murmelte Nalu undeutlich und öffnete blinzelnd die Augen.

»Nein, Arkan geht's gut. Bist du jetzt wach? Kann ich dich etwas fragen?«

Benommen richtete sich Nalu auf und strich sich die zerzausten Haare aus der Stirn. Ohne das Band, das er sonst trug, sah er fast ein bisschen fremd aus. Aber es gefiel mir.

»Nalu, ich glaube, wir sind gar nicht gescheitert. Wir haben nur die ganze Zeit etwas übersehen! Der Schnee hat mich darauf gebracht. Ich hab eben von ihm geträumt und konnte im Traum sehen, wie das Lachen der Gefallenen beim Tanzen in die Erde sickerte und von dort wieder nach oben stieg, und es sah aus wie … wie ein Balsam, golden und leicht grünlich glitzernd.«

»Du hast ja Träume.« Nalu war immer noch nicht ganz wach, setzte sich aber gähnend auf. »Und was hat das mit unserer Mission zu tun?«

»Vielleicht war es kein Traum. Vielleicht war es eine Nachwirkung von Gaia. Bist du jetzt munter genug? Kannst du mir Fragen beantworten?«

»Kann ich.« Nalu griff neben das Bett und nahm seine Wasserflasche, um ein paar Schlucke zu trinken. Seine Augen wirkten tatsächlich etwas klarer.

»Als du die Silberlagune manifestiert hast, was hast du da für ein Gefühl in dir gehabt?« Ich deutete auf mein Herz.

»Ein wunderschönes.« Nalu seufzte wehmütig. »Ich hab ja an nichts anderes gedacht als an das, was ich mir wünschte, und hab es vor mir gesehen, als wäre es schon da. Manchmal hab ich dabei sogar die Delfine singen und die Wellen rauschen hören.«

»Hat es dir Spaß gemacht, dir das vorzustellen?«

»Natürlich!« Jetzt lächelte Nalu versonnen, als würde er sich daran erinnern. »Es war meine Lieblingsbeschäftigung, und als die ersten Anzeichen da waren, dass sich etwas verändert, habe ich zwischen meinen Schichten nichts anderes mehr gemacht. Innerlich bin ich dadurch ganz frei und leicht geworden. Ich war richtig glücklich. Bis ich das erste Sumpfloch entdeckt habe…«

»Okay, gut. Was genau hat der Rat gemacht, wenn er versucht hat, die Portallöcher zu heilen? Weißt du das, warst du dabei?«

»Nein, das durfte ich nicht.« Bedauernd schüttelte Nalu den Kopf. »Ich weiß nur, dass sie sich nach allen Kräften bemüht haben, die Löcher zu verschließen. Aber bei ihnen scheint alle Magie zu versagen.«

»Hm.« Meine Augen blieben an der Wasserflasche hängen, die Nalu immer noch in der Hand hielt. »Als du versucht hast, nach unserem ersten Tag in den Dunkelsümpfen frisches Wasser zu manifestieren und es nicht ging, wie war das?«

»Nicht besonders toll, ist doch klar.« Nalus Lächeln war verschwunden. »Es hat einfach nicht geklappt, und je mehr ich es versucht habe, desto weniger habe ich Zugang zu meinen Manifestationsenergien gefunden. Ich musste dauernd daran denken, was geschehen würde, wenn ich es nie mehr schaffte und wir krank würden und starben.«

»Und dann ist die Flasche kaputtgegangen.«

»Ja. Wieso fragst du das, was hat das mit unserer Mission zu tun?« Nalus Augen waren schmal geworden. »Ich weiß, dass ich versagt habe.«

»Versagt.« Ich verdrehte die Augen. »So ein Käse. Wir hatten doch genügend Wasser. Nein, mir geht es um was anderes. Wie war das, als ich auf den See rausgelaufen bin? Was hast du da gefühlt?«

»Keine Ahnung, ich … Muss ich dir jetzt echt von allen meinen Gefühlen erzählen?« Ich sah ihn nur stumm an, bis er sich mit einem Grummeln zu einer Antwort überwinden konnte. »Na, von mir aus. Ich konnte nicht mehr gut atmen und hatte ein komisches Gefühl im Bauch. Dachte nur daran, was passiert, wenn das Wasser plötzlich wieder seine Form ändert und dich verschlingt oder da draußen eine sumpfige Stelle ist, die dich vergiftet. Und gleichzeitig hab ich mich über mich selbst geärgert, weil ich nicht zu dir kam, aber es ging einfach nicht, ich konnte mich nicht rühren, mein Herz raste, und ich bekam keine Luft …«

»Und dann ist der Riss entstanden. Ja, genau, das ist es … Dieses Gefühl, das du beschreibst, ist Angst! Und wenn du zu viel Angst hast, geht etwas kaputt!«, rief ich aus und sprang von meinem Lager auf. »Was ist das, was ihr auf der Lichten Seite auf jeden Fall verhindern wollt und wovor ihr euch schützen wollt?«

»Na, dass wir entdeckt und zerstört werden. Weißt du doch.«

»Bingo.« Ich strahlte triumphierend, obwohl Nalu mich anschaute, als wollte er mich Gaias Schlangen zum Fraß vorwerfen. »Eure Angst ist es, die die Portallöcher entstehen lässt! Das ist es, was Gaia uns sagen wollte!«

»Aber das ist doch …« Nalu unterbrach sich selbst und schüttelte dabei abwehrend den Kopf. »Wir haben keine Angst. Das gibt es bei uns nicht.«

»Vielleicht soll es das bei euch nicht geben, ja, kann sein. Aber ich hab es gleich am Anfang gespürt, als ich mich euch gezeigt habe. Der Rat hatte Angst vor mir! Guck doch, Nalu …« Ich lief zur Tür und schob das schwere Leder zu Seite, sodass wir nach draußen schauen konnten. In der Siedlung war es ruhig geworden, aber die Schneeflocken stoben immer noch durch die eisige Luft. »Die Gefallenen haben so viel Freude gehabt bei ihrem Ritual, und es hört gar nicht mehr auf zu schneien. Bei ihrem Tanz hatte niemand Angst, und es hat auch niemand daran gedacht, was passiert, wenn es nicht schneit. Sie hatten einfach nur Spaß, in ihren Herzen, wie du beim Manifestieren der Lagune!«

Nalus Blick fiel auf zwei Wölfe, die vor dem Zelt lautlos miteinander im Schnee spielten. Auch sie sahen aus, als würden sie sich des Lebens freuen.

»Vielleicht denkt der Rat viel zu sehr an das, was nicht passieren darf, als an das Schöne, was geschehen könnte …«

»Ja, weil wir das Schöne, das wir haben, bewahren wollen!« Aufstöhnend riss Nalu mir die Ledertür aus der Hand und schloss sie wieder, denn der eisige, feuchte Wind drohte das Feuer zu löschen. Als er mich wieder anschaute, sah er unendlich müde aus. »Meinst du wirklich, das ist der Grund? Dass wir zu viel an das denken, was wir nicht haben wollen? Denn es stimmt schon. Wenn ich an die Sumpfstelle gedacht habe, um sie zu heilen, hab ich sie natürlich vor mir gesehen, und dann wurde es wieder so eng in meiner Brust …« Er ließ sich auf unser Lager sinken, als würden ihn seine Knie nicht mehr tragen. »Aber was sollen wir denn dann machen? Wie können wir Amuria retten?«

»Das weiß ich nicht genau. Vielleicht können die Gefallenen der Lichten Seite zeigen, wie man auch in schlechten Zeiten fröhlich sein und feiern kann und dadurch Neues entstehen lässt.«

»Du willst … Was?«

»Ich denke, wir sollten zusammen mit den Gefallenen auf die Lichte Seite zurückkehren, ja. Und dem Rat sagen, was wir herausgefunden haben.«

»Dass Angst die eigentliche Wunde Amurias ist?«

Ich nickte. »Genau. Denn ihr habt auch Angst vor den Gefallenen und … na ja, die könnt ihr dann als Erstes auflösen.«

»Maja, das ist Irrsinn!« Jetzt war Nalu wieder hellwach und griff sich angespannt in den Nacken. »Die werden uns angreifen, wenn wir mit den Gefallenen durch den Wasserfall kommen!«

»Angreifen?« Ich konnte kaum glauben, was er da sagte. »Die Lichte Seite und angreifen?«

»Was glaubst du denn, was damals passiert ist und

warum Amuria sich nach unten zurückgezogen hat!?« Nalu zitterte leicht, so erregt war er. »Es gab Leute, die die Kristalle manipuliert haben, damit sie Zerstörung anrichteten und für Angst und Schrecken sorgten!«

»Und das würde dein Vater tun, wenn seine eigenen Söhne durch den Wasserfall kommen?«

Nalu sah mit leicht geöffnetem Mund durch mich hindurch. Sein Gesicht hatte sämtliche Farbe verloren. »Ehrlich gesagt weiß ich es nicht. Aber auf jeden Fall *kann* er es.«

»Trotzdem, Nalu. Das Hauptportal muss offen bleiben, und das muss der Rat erfahren, und außerdem müsst ihr wieder zusammenfinden, als eine einzige, friedliche Welt. Denn Licht und Schatten gehören zusammen wie Tag und Nacht und Sonne und Mond, sie brauchen einander... Das hat der Nachthelle Hirsch gesagt, und Gaia hat es mir gezeigt, das muss doch auch der Rat respektieren!«

Nalu dachte lange über meine Worte nach, während das Feuer niederbrannte, der Schnee sich schwer auf das Zeltdach legte und die Wölfe des Spielens müde wurden und zu uns kamen. Ich war schon fast wieder eingeschlafen, als Nalus Stimme ein letztes Mal durch die Finsternis wanderte.

»Sonne und Mond. Du meinst also, das sind in Wahrheit gar nicht du und ich, sondern die Dunkelsümpfe und die Lichte Seite? Und wir müssen uns in Frieden vereinen und uns gegenseitig helfen, Amuria zu retten?«

»Ja, glaube schon.« Etwas tat weh bei diesem Gedanken, wie ein verborgener Stachel einer wunderschönen Rose, der einen in den Finger pikst, sobald man sie in die Hand genommen hat. Nalu und ich waren lediglich Boten gewesen, und wenn die dunkle und die helle Seite Amurias wieder zusammenfanden, würde ich überflüssig werden. Ich würde wieder einmal Abschied nehmen müssen, wie so oft in meinem Leben.

Und dieses Mal für immer.

Himmel und Erde

»Wir müssen reden, Bruder.« Sarno verneigte sich leicht vor Nalu und mir, während Arkan nervös auf der Stelle tänzelte und ihren Kopf nach hinten zu den Sternenkriegern drehen wollte, jenen Gefallenen, die sich nach unserer langen Beratung mit Sarno dazu bereit erklärt hatten, uns in die Lichte Welt zu begleiten, um dem Rat Gaias Botschaft zu übermitteln.

Sarno hatte gar nicht erst von Nalus und meinem Plan überzeugt werden müssen, und ich war das Gefühl nicht losgeworden, dass er die ganze Zeit schon geahnt hatte, wer für die Portallöcher verantwortlich war. Er ließ auch keinen Zweifel daran, dass allein die Freude es war, die den Gefallenen ihren verbliebene Magie erhalten hatte.

»Würden wir nicht regelmäßig zusammen singen, tanzen und feiern und uns dabei vorstellen, was wir uns wünschen, wären wir längst mausetot«, hatte er zu Nalu gesagt und ihm damit die letzten Zweifel genommen.

Schon einen Tag später waren wir aufgebrochen, und

ich war überrascht gewesen, wie leicht es uns allen gefallen war, uns durch die Zwischenwelt zu bewegen. Nach der ständigen Dunkelheit der Dunkelsümpfe kam sie mir sogar hell vor, und ich hatte es genossen, wieder leichter sehen zu können. Auch die wärmeren Temperaturen hatten mir gutgetan, und nach einigen Kilometern hatten Nalu und ich unsere Fellkleider abgelegt und auf dem Steg zurückgelassen. Nach dem Wasserfall würde sie niemand brauchen. Außerdem hatten wir die Lichte Seite als Ziel und nicht die Dunkelsümpfe, und Nalu hatte recht behalten, dass machte unseren Marsch einfacher.

Doch seit einigen Stunden veränderte sich die Stimmung. Die Schritte der Sternenkrieger wurden schwerfälliger und langsamer, ihre Gesänge waren verstummt, und auch Arkans Verhalten hatte sich gewandelt. Sie kam mir nervös und widerwillig vor, eine ganz neue Seite an ihr, die mich mehr beunruhigte als die Ermüdung der Sternenkrieger. Nalu und ich hatten ihren Trupp angeführt, während wir auf Arkan ritten, Sarno blieb stets dicht hinter uns. Doch nun drängte sie immer wieder zur Seite, als wollte sie zurück in die Dunkelsümpfe galoppieren.

»Ihr merkt es auch, oder?« Sarno wies mit dem Kinn nach hinten. »Meine Leute werden müde. Vielleicht sollten wir eine Pause einlegen.«

»Nein, Sarno, das dürfen wir nicht!« Nalu streichelte Arkans Hals, um sie zu beruhigen. »Das ist das Gefährlichste, was wir jetzt tun können. Das Gift der Zwischenwelt hat sich in den vergangenen Jahren verstärkt. Maja ist auf dem Hinweg fast …« Nalu verstummte und drehte sich fragend zu mir um.

»Ich hab mich fast in den Schlamm gestürzt, ja«, bestätigte ich so nüchtern wie möglich, obwohl mich die Erinnerungen daran immer noch gruselten. Dadurch, dass wir auf Arkan saßen, kam ich mir zwar geschützt und sicher vor, aber ich wusste nicht, wie es mir gehen würde, wenn ich absteigen und zu Fuß weiterlaufen würde. »Hätten wir Pausen gemacht, wären wir wahrscheinlich niemals in den Dunkelsümpfen angekommen.«

Zweifelnd blickte Sarno sich zu seinen Leuten um, die stehen geblieben waren und gähnend zu Boden schauten. Auf der ersten Strecke waren sie in Formation gelaufen, stolz und aufrecht und voller Motivation. Jetzt standen sie durcheinander und mit gebeugten Rücken auf dem Steg und wirkten dabei so müde, als wären sie bereits Tage am Stück durchmarschiert.

»Wie weit ist es noch? Kannst du das einschätzen?«

»Ich denke, wir haben die Hälfte geschafft«, antwortete Nalu nach einer kleinen Pause.

Erst die Hälfte?, dachte ich erschrocken, und eine kleine Panikwelle wallte durch meinen Bauch. Und die Sternenkrieger waren jetzt schon müde?

»Ich glaube, je näher wir der Grenze kommen, desto leichter wird es werden.«

»Na gut. Gebt mir einen kurzen Moment, um ihnen Mut zuzusprechen. Dann ziehen wir weiter.«

»Natürlich, Bruder.«

Ich mochte es, wie respektvoll Nalu und Sarno inzwischen miteinander umgingen, und ich spürte, dass Nalus Groll gegen Sarno sich endgültig gelegt hatte. Wie ich musste er schlucken, als wir dabei zusahen, wie Sarno jede Kriegerin und jeden Krieger mit einem seiner tiefschwarzen Kristalle an der Stirn und in der Mitte des Brustbeins berührte und sie dann fest in seine Arme schloss, als würde er ihnen dadurch Kraft geben. Wahrscheinlich war das auch so. Obwohl er stärker hinkte als bei unserem Aufbruch, wirkte er immer noch stark und entschlossen, und als er uns das Zeichen gab, dass wir weiterziehen konnten, machten die Sternenkrieger einen erfrischten, wacheren Eindruck. Einige von ihnen lächelten sogar.

Doch Arkans Nervosität und Widerspenstigkeit blieb bestehen, und ich beobachtete mit einem kalten Gefühl im Magen, wie der Dunst um uns herum sich nach und nach zu einem blutigen Dunkelorange zu verfärben begann, eine Farbe, die ich in der Zwischenwelt noch nie gesehen hatte und die ein tiefes Grauen in mir auslöste.

»Was ist das?«, flüsterte ich in Nalus Ohr.

»Kein gutes Zeichen«, gab er murmelnd zurück und hinderte Arkan mit einem entschiedenen Druck seines linken Beins daran, sich zu unserem Tross umzudrehen.

»Ich fürchte, das Gift der Zwischenwelt ist nun so stark, dass es sichtbar wird.«

Jetzt bildete der Dunst sogar Wolken, die mich vage an den todbringenden Pilz einer Atombombe erinnerte, und wieder spürte ich, wie mein Magen zu Eis gefror und meine Kehle sich verschloss, als wollte sie den roten Dunst auf keinen Fall einatmen. Noch befand er sich rechts und links des Steges, doch ich hatte das Gefühl, dass die blutroten Wolken sich unaufhörlich auf uns zubewegten.

»Was ist, wenn wir davon einatmen? Was passiert dann?«

»Ich weiß es nicht.« Nalu zuckte mit den Schultern, und Arkan schüttelte unruhig ihre Mähne, als wollte sie uns sagen, dass sie diesen Dunst auch nicht mochte. »Nicht zu viel nachdenken. Wir haben keine andere Wahl, als weiterzulaufen.«

Ja, ich sah es auch, als ich mich kurz umdrehte. Der rote Dunst begann, sich auch hinter uns aufzubauen, und einige der Krieger starrten bereits hinein, als hätte er sie hypnotisiert. Sarnos Aufmunterungsritual hatte schon an Wirkung verloren. Zwar liefen sie wieder in Formation, aber ihre Bewegungen wirkten schwerfällig und lustlos.

Nicht zu viel nachdenken, hatte Nalu gesagt. Wir durften jetzt auf keinen Fall die Hoffnung verlieren. Ich selbst hatte herausgefunden, dass es die Angstgedanken und -gefühle des Rats waren, die die Portallöcher entstehen ließen. Ich war zwar keine Amurierin, meine Gedanken würden niemals jene Kraft entwickeln wie die von Nalu oder Sarno oder gar wie die des Rates. Trotzdem versuchte ich, an die Lichte Seite zu denken und mich auf sie zu freuen, auf die vielen Farben, die Regenbogen, die unzähligen Blumen und Schmetterlinge und Vögel, die warme, duftende Luft und das Plätschern und Rauschen der Wasserfälle …

Jetzt wurde auch ich müde, doch es war eine natürliche Müdigkeit und nicht der Wunsch, nie wieder aufzuwachen. Deshalb schloss ich vertrauensvoll meine Augen und lehnte mich leicht an Nalus Rücken, um in Gedanken weiter durch die Lichte Seite zu reisen und mir alles, was ich dort gesehen hatte, ganz genau vorzustellen. Bald schon tauchten erste Traumbilder in mir auf, und ich wollte gerade einem riesigen Schmetterling hinterherlaufen, als Nalu Arkan abrupt stoppte und ich aufwachte. Ein angstvolles Keuchen entwich meiner Kehle. Die Blutwolken waren nun so nah, dass ich das Gefühl hatte, sie anfassen zu können, wenn ich an den Rand des Steges lief und meinen Arm ausstreckte.

Sarno, der wieder zu uns gekommen war, legte beruhigend die Hand auf meinen Unterschenkel, doch sein Blick war voller Sorge.

»Es kann nicht mehr lange sein«, versicherte Nalu ihm leise. »Noch ein, zwei Stunden und wir erreichen den Wasserfall.«

»Ja, und ich erinnere mich gut an ihn.« Sarnos Augen funkelten kaum mehr, und das Weiße um die Iris herum war rot geädert. »Seine Wucht kann einen in Stücke reißen. Aber meine Leute sind jetzt schon am Ende ihrer Kräfte. Schau sie dir an.«

Sarno hatte recht. Die Sternenkrieger konnten sich kaum mehr aufrecht halten. Die giftigen Dämpfe der Zwischenwelt hatten die jungen Männer und Frauen restlos ausgelaugt. Entsetzt stellte ich fest, dass einige von ihnen husteten, bei anderen prangten auf einmal nässende Wunden auf der Haut, die aus dem Nichts entstanden sein mussten. Vielleicht eine Folge des blutigen Dunstes? Doch am meisten schockierte mich, dass sich das satte Braun ihrer Gesichter bei allen Kriegerinnen und Kriegern in ein ungesundes, mattes Grau verwandelt hatte. Jetzt sahen sie wirklich aus wie Zombies, obwohl ihre Mienen nichts Böses ausstrahlten, sondern zerfurcht waren von dem elenden Gefühl der Sinnlosigkeit, das einen in der Zwischenwelt unweigerlich packte und niederzuzwingen drohte.

Ich wunderte mich, warum Nalu und ich davon nahezu unberührt geblieben waren, wo doch selbst Arkan nervös geworden war und immer wieder Versuche unternommen hatte umzukehren. Auch jetzt drängte sie zurück in Richtung der Dunkelsümpfe. Wir konnten sie nur mit Mühe und Not daran hindern loszupreschen.

In Sarno hatte der Sumpf der Zwischenwelt ebenfalls

seine Spuren hinterlassen. Die Narben in seinem Gesicht sahen aus wie entzündet, und immer wieder griff er nach seiner Klaue, als würde sie ihn schmerzen.

»Wir sind aber doch fast da.« Nalu deutete nach vorne, wo der Steg sich in bleiernem Nebelgrau verlor. »Bald kommt der Wasserfall, wir müssen ihn nur durchschreiten und dann …«

»Und dann?«, fiel Sarno so leise dazwischen, dass seine Krieger ihn nicht hören konnten. »Siehst du nicht, dass sie wie Dämonen aussehen, jedenfalls in den Augen der Lichten Seite? Der Rat würde niemals erkennen, dass von ihnen keine Gefahr droht, und ich kann das sogar verstehen!«

Obwohl ich nicht einsehen wollte, so kurz vor dem Ziel aufzugeben, musste ich Sarno recht geben. Hätte ich nicht gewusst, wie bösartig die Kräfte der Zwischenwelt in den Seelen wüten konnten, hätte ich mich bei dem Anblick der Gefallenen auch gefürchtet, und ich wollte mir nicht ausmalen, was er bei den Bewohnern der Lichten Welt auslöste.

»Wahrscheinlich würden sie den Wasserfall nicht einmal überleben, Nalu. Sie sind bis auf die Knochen geschwächt.«

»Aber dann schaffen sie den Weg zurück doch auch nicht!«, mischte ich mich ebenso leise wie Sarno ein. Die Gefallenen warteten geduldig, doch einige von ihnen hatten sich vor Ermüdung an den Rand des Steges gesetzt und starrten mit toten Augen in seine schmatzenden Blasen, deren Gestank nahezu unerträglich geworden war. »Unser Proviant ist leer, und frisches Wasser haben wir keines mehr für sie!«

»Maja hat recht.« Nalu griff sanft in Arkans Mähne, um sie am Tänzeln zu hindern, und sie gab ein scharfes Prusten von sich. »Sie werden die Strecke zurück nicht überleben.«

»Vielleicht doch.« Sarnos Züge verhärteten sich, als kostete es ihn Überwindung auszusprechen, was ihm auf dem Herzen lag. »Überlasst uns Arkan. Sie ist ein Lichtpferd, ihre Kräfte sind unermesslich, und sie haben euch vor dem Gift der Zwischenwelt bewahrt. Mit ihr schaffen wir es vielleicht nach Hause, und dann können wir noch ein, zwei Jahre in Frieden leben, bevor Amuria endgültig zerbricht. Aber wenn wir in dieser Verfassung weitergehen und der Rat uns sieht, dann ...« Seufzend packte Sarno Nalus Knie. »Auch die Lichte Seite kann sich wehren, Bruder. Wenn der Rat seine Kristalle gegen uns richtet, sind wir in Sekunden Staub und Asche. Und das wird er tun, wenn er uns in dieser Verfassung sieht. Er wird glauben, wir wären auf einem Rachefeldzug und würden ihnen alles Finstere, das wir erlebt haben und mit uns tragen, in ihre heile, helle Welt schleudern. In uns ist kein Licht mehr zu sehen. Die Zwischenwelt hat es uns genommen, wir waren nicht stark genug. Es tut mir leid, Nalu. Wir haben es versucht. Mehr geht nicht.«

Wieder versuchte Arkan, sich schnaubend Nalus Griff zu entziehen, und mit einem Stöhnen, das tief aus seinem Bauch kam und sich anhörte, als würde ein verletztes Tier um sein Leben kämpfen, drehte er sich zu mir um.

»Lass uns absteigen, Maja. Es ist vorbei.«

»Nein, bitte nicht, wir haben doch noch gar nicht ...«

»Steig ab, hab ich gesagt.«

Ich hasste es, dass er wieder glaubte, mir Befehle erteilen zu können, aber die Resignation in seiner Stimme lähmte mich zu sehr, um zu widersprechen. Wie er ließ ich mich von Arkans Rücken gleiten, und kaum berührten meine Füße den Boden, spürte ich, wie der Sumpf nach mir zu greifen begann. Meine Gedanken wurden schwammig, und ein schales, gleichgültiges Gefühl kroch in meinen Bauch.

»Es stimmt, Arkan hat uns vor dem Schlimmsten bewahrt. Aber nun sind wir fast da, und sie darf zurück in die Dunkelsümpfe gehen.« Nalu griff sich an sein Herz. Tat es genauso weh wie meines? »Wenn sie Sarno und seinen Leuten hilft, heil nach Hause zu kommen, bin ich bereit, sie dafür loszulassen.«

»Aber ... so geht doch alles kaputt, und ich kann auch nicht zurück zu meinen Eltern!«, rief ich mit zitternder Stimme und schaffte es kaum, still stehen zu bleiben. »Wo soll ich denn bleiben? Hier in der Zwischenwelt?«

»Natürlich nicht.« Warm legte sich Sarnos gesunde Hand auf meine Schulter, und sofort wurde ich ein bisschen ruhiger. »Ich nehme dich mit zum Portalloch und bringe dich nach oben. Das wird schon irgendwie gehen.«

»Nein, Sarno, das geht nicht.« Nalu klopfte Arkan liebevoll auf den Hals und gab sie frei, doch noch blieb sie bei uns stehen. »Nur derjenige kann sie nach oben bringen, der sie in unsere Welt hat fallen lassen. Ich muss es tun. Wir kehren gemeinsam zurück, alle zusammen. Und ich bleibe danach bei euch in den Dunkelsümpfen. Das ist schon in Ordnung. Wie du gesagt hast, Sarno: Wir haben es versucht.«

Ein schauerliches Husten schallte aus dem Trupp der Gefallenen zu uns herüber, und einer der jüngeren Krieger hatte sich so weit über den Steg gelehnt, dass seine Haare bereits den Schlamm des Sumpfes berührten. Er sah aus, als sehnte er sich danach, von ihm in den Abgrund gezogen zu werden. Wir mussten eine Entscheidung fällen, sofort. Doch lieber wollte ich auf der Stelle sterben, als Sarno und Nalu zuzustimmen.

»Ich will nicht zurück nach oben, ohne Amuria gerettet zu haben. Und Nalu sollte nicht in den Dunkelsümpfen leben müssen. Genauso wenig wie ihr. Das war nicht das, was Gaia wollte! Sondern dass sich beide Welten friedvoll miteinander verbinden! Wenn ihr jetzt zurückkehrt und ich nach oben gehe, war doch alles umsonst …« Nun weinte ich, denn die Dämpfe der Sümpfe begannen, mir meine letzte Hoffnung und Zuversicht zu rauben.

»Maja.« Nalu griff nach meiner Schulter und zog mich an sich, bis meine Stirn gegen seinen Hals rutschte. »Es tut mir leid, ich habe mir das auch nicht so gewünscht, aber es geht nicht anders. Ich möchte nicht das Leben meiner Brüder und Schwestern auf dem Gewissen haben. Und ich schaffe es nicht, Sarno ein zweites Mal ohne mich in die Verbannung gehen zu lassen. Ich möchte bei ihm sein, wenn du wieder oben bist. Denn in der Lichten Welt bin ich nicht mehr erwünscht, sie würden mich nicht zu sich lassen.«

Schluchzend gab ich auf. Ich sah es ja selbst, wir hatten unsere Kräfte überschätzt. Die blutroten Dunstwolken rückten immer näher, und der Zerfall der Lichten Seite war wahrscheinlich schon viel zu weit fortgeschritten, um Amurias Schicksal wenden zu können. Deshalb versuchte ich nicht, Arkan aufzuhalten, als sie ihre Nüstern mit einem zärtlichen Wiehern an Nalus Wange schmiegte, sich erneut umdrehte und den Gefallenen entgegenschritt.

Ja, sie wollte zurück in die Dunkelsümpfe, und Nalu gab es vielleicht nicht zu, aber es war nicht allein sein Bruder, dem er folgen wollte. Er wollte auch Arkan nicht verlieren, denn sie war alles, was ihm aus der Lichten Seite bleiben würde.

»Komm, Maja. Je schneller wir zum Portalloch gelangen, desto mehr Kraft hat er, dich unversehrt nach oben zu bringen. Ich weiß, es ist schwer.« Tröstend legte Sarno seinen gesunden Arm um mich und drückte mich an sich. »Aber es ist die einzige Möglichkeit, die wir haben, um alle am … Nanu, was macht sie denn jetzt?«

Verwundert erstarrte er. Auch Nalu bewegte sich plötzlich nicht mehr von der Stelle. Das Licht vor Arkans Stirn verwandelte sich mit einem hellen, vibrierenden Summen in einen langen silbrigen Strahl, der sich um sich selbst zu drehen begann und in allen Schattierungen des Regenbogens schimmerte.

Ein ehrfürchtiges Raunen lief durch die Reihen der Gefallenen, als Arkan leichtfüßig auf sie zutrat, ihr edles Haupt senkte und die Spitze ihres Lichtstrahls auf die Brust des ersten Kriegers richtete. Wir konnten dabei zusehen, wie das Licht in seinen Oberkörper wanderte – und schlagartig kehrte frische Farbe in sein Gesicht zurück. Auch seine Augen wurden klarer. Ich sah nicht mehr jene Ausweglosigkeit darin, die die anderen Gefallenen zeichnete, und sein Röcheln verstummte. Verdutzt griff er sich an die Brust, während Arkan schon beim nächsten Krieger stand und ihn versorgte. Geduldig schritt sie von einem zum anderen, um ihr Licht auf die Herzen der Sternenkrieger zu richten und ihnen neue Lebensenergie und Zuversicht zu schenken.

Die Hustenden konnten wieder leichter atmen, die nässenden Wunden begannen zu heilen, und auch die Krieger, die schon bereit waren, sich in den blubbernden Morast fallen zu lassen, kamen wieder auf die Füße und blickten uns erwartungsvoll an, als fragten sie sich, worauf wir noch warteten.

»Gut so«, knurrte Sarno und schulterte seinen Bogen. »Braver Gaul.«

»Lichtpferd«, verbesserte ihn Nalu und erntete dafür einen kräftigen Schubs, doch ehe er sich dafür rächen konnte, war Arkan wieder bei uns, um auch unsere Herzen mit neuer Kraft zu versorgen. Während sie ihr Licht fließen ließ, wich der blutige Dunst um uns herum ein wenig zurück und bewegte sich nach oben, um sich über uns zu verdichten. Das sah zwar immer noch schauerlich aus, war mir aber tausendmal lieber, als ihn einatmen zu müssen. Erst ganz zum Schluss widmete sich Arkan Sarno, der erleichtert aufatmete, als seine Schultern und seine Hüften ein hörbares Knacken von sich gaben. Sofort konnte er sich wieder gerade aufrichten und drehte sich erstaunlich geschmeidig zu seinen wiederbelebten Kriegern um.

»Wir sollten die Chance nutzen und in einem Marsch bis zum Wasserfall laufen. Dort wird Nalu versuchen wahrzunehmen, ob der Rat sich schon an der Grenze befindet. Falls ja, soll er ruhig sehen, was ist, denn es ist die Wahrheit. Stolze, starke Krieger, die ihre Herkunft niemals vergessen haben.« Sarno reckte seine Faust und legte sie dann auf sein Herz. »Denkt an alles Schöne, was ihr bald wiedersehen werdet. Wir kehren in unser Paradies zurück, in das Land der Regenbogen, Kristalle und Wasserfälle.«

Ein zustimmendes Murmeln breitete sich aus, während die Sternenkrieger sich wieder in Formation aufstellten und wir uns auf Arkan schwangen. Ehe Nalu und ich Fragen stellen konnten, hatte Sarno eines seiner Lieder angestimmt, und die Sternenkrieger fielen ein. Es war keiner der Gesänge, die ich bei dem Schneeritual gehört hatte, sondern eine leicht melancholische, weiche und doch unendlich kraftvolle Melodie, in deren Klänge Nalu und ich bald einfielen und leise mitsummten.

Arkan lief wieder forsch voraus, und der Steg erzitterte unter den gleichmäßigen Schritten der Sternenkrieger. Arkans Lichtmagie in ihnen hielt an, und ich zweifelte nicht daran, dass sie uns ihr Licht genau im richtigen Moment gegeben hatte. Vor ihrer Stirn war kein silbriges Schimmern mehr zu erkennen, sie musste ihre heilende Energie für uns aufgespart haben, und womöglich dauerte es Tage, bis sie wieder genügend davon erschaffen hatte.

Als wir endlich den Wasserfall rauschen hörten, hätte ich jubeln und tanzen können. Die blutigen Dunstwolken hatten sich fast vollständig aufgelöst, es war heller und wärmer geworden, und obwohl sich die Zwischenwelt erneut weiter ausgebreitet hatte, ragten die ersten verbliebenen Grasinseln aus den Sümpfen. Wir hatten die Grenze zur Lichten Seite erreicht!

Ich wollte Nalu gerade bitten, absteigen zu dürfen, weil ich es nicht mehr aushielt, tatenlos auf Arkans Rücken zu sitzen, als ein dumpfes Wummern den gesamten Steg erschütterte und die Sümpfe um uns herum blubbern und schmatzen ließ.

»Runter!«, schrie Nalu, sprang von Arkan und riss mich mit sich, um sich flach auf den Boden zu pressen. »Haltet euch am Steg fest! Hast du gehört, Sarno?«

»Am Steg festhalten, Leute!«, brüllte Sarno, doch die Krieger hatten Nalu längst gehorcht. Panisch wimmerte ich auf, als das Wummern sich verstärkte und der Steg zu schwanken begann, wobei er ein dumpfes Ächzen von sich gab, als würde er gleich in tausend Stücke zerspringen.

»Pass auf, der Sumpf!«, zischte Nalu, doch es war schon zu spät. Direkt neben uns war eine Blase zerplatzt, und dampfende Schlammspritzer landeten auf meinem nackten Unterarm. Hastig wischte Nalu sie mit seinem Beutel weg, doch sie hatten schon kleine Wunden hinterlassen, die schmerzhaft brannten und aussahen, als hätte ich mir Säure über die Haut geträufelt.

»Was passiert hier? Greifen sie an?«

»Nein.« Nalu schob ein Bein über meinen Rücken, um mich zu fixieren, während eine zweite Erschütterungswelle am Steg rüttelte und den Sumpf zum Kochen brachte. »Neues Portalloch, ganz in der Nähe … Ist gleich vorbei.«

Dieses »gleich« kam mir vor wie eine Ewigkeit, in der die Planken des Steges in meine Hände schnitten und das

Blubbern um uns herum nicht verstummen wollte. Doch irgendwann verklang das Dröhnen, der Steg hörte zu schwanken auf, und der Sumpf beruhigte sich nach und nach. Wir hatten es überlebt.

»Alles in Ordnung bei euch?«, rief Nalu zu Sarno und den Sternenkriegern rüber und richtete sich stöhnend auf, um nach Arkan zu sehen. Zitternd stand sie auf dem Steg und hatte wie ich einige Schlammspritzer abbekommen. Doch ihrem Fell konnten sie offenbar nichts anhaben, sie war unverletzt. Trotzdem sah sie nur noch aus wie ein normales Pferd, das sich erschreckt hatte. Allein die glänzenden Federn in ihrer Mähne und ihrem Schweif erinnerten daran, dass sie ein magisches Wesen war.

Mit eiligen Schritten trat Sarno zu uns. »Neues Portalloch?«, fragte er knapp.

Nalu nickte seufzend. »Wenn es stimmt, was Maja glaubt, und sie aus Angst entstehen, dann …«, wieder seufzte er geplagt, als würde ihm schwerfallen, was er nun sagen würde, »dann kann es sein, dass der Rat uns längst wahrnimmt und er es ist, der für das Loch gesorgt hat. Ich muss jetzt in den Wasserfall gehen und nach drüben lauschen. Kommt ihr mit bis zur Grenze, oder wollt ihr lieber …?«

»Wir kommen mit«, fiel Sarno entschieden dazwischen und gab seinen Leuten das Signal zum Weitermarschieren. »So ein kleines Erdbeben ist doch gar nichts.«

Nalu schaute besorgt auf meinen Arm, doch ich schüttelte tapfer den Kopf, bevor er fragen konnte, ob ich mich ausruhen wollte. Auf keinen Fall würde ich allein hierbleiben. »Nicht schlimm, nur ein bisschen verbrannt. Geht schon.«

Arkans Zittern hatte sich wieder gelegt, doch sie lauschte unentwegt und zuckte einige Male zusammen, als sie uns zum Wasserfall folgte, dessen Rauschen mir noch mächtiger vorkam als beim letzten Mal. Blumen blühten nun keine mehr auf den wenigen Moosinseln, die ihn umgaben, und der Boden war schlammiger geworden. Die Grenze zur Lichten Seite kam mir beinahe undurchdringlich vor.

Still blieben wir stehen, sämtliche Augenpaare gebannt auf Nalu gerichtet, der sich langsam zum Wasserfall bewegte, kurz lauschte und dann mit einem einzigen Schritt in seinen tosenden Fluten verschwand. In der Ferne breitete sich erneut ein wummerndes Dröhnen aus, doch die Erschütterungen unter unseren Füßen waren kaum spürbar. Trotzdem schlug mein Herz so schnell, das mir fast schlecht wurde und ich Mühe hatte weiterzuatmen. Schon das zweite Portalloch innerhalb von wenigen Minuten – wie lange würde die zerbrechliche Decke von Amuria diesen Zerfall noch aushalten? Würde sie schon beim nächsten Portalloch in sich zusammenstürzen und uns unter sich begraben? Und wann kam Nalu endlich aus dem Wasserfall zurück?

Arkan begann auf der Stelle zu tänzeln, wobei sie

immer wieder ein warnendes Prusten von sich gab, und auch Sarno trat unruhig auf und ab. Die Sternenkrieger hingegen blickten sehnsüchtig und ungewöhnlich ruhig auf den Wasserfall, als hätten sie vor nichts mehr Angst und wären zu allem bereit, um endlich ihre alte Heimat wiederzusehen.

»Keine Sorge, das Wasser wird ihm nichts tun«, raunte Sarno mir besänftigend zu. »Nalu war schon immer eng mit den Geistern des Wassers verbunden und kann sogar mit ihm sprechen. Gleich ist er wieder da, du wirst sehen.«

Sarno täuschte sich nicht, und ich keuchte vor Erleichterung laut auf, als die Fluten sich plötzlich teilten und Nalu hindurchschritt, sichtlich erschöpft und vor Kälte schlotternd, aber unversehrt. Der Ausdruck in seinen Augen jedoch ließ frostige Gänsehaut über meinen Nacken kriechen.

»Was hast du gesehen, Bruder?« Sarno bemühte sich, ruhig zu bleiben, doch seine gesunde Hand ballte sich wie im Reflex zusammen.

»Sie haben uns bemerkt und stehen bereit, direkt hinter der Grenze. Mit Kristallen.«

»Was bedeutet das, mit Kristallen?« Angespannt drehte ich den Feuerstein in meiner Hosentasche, bis er mir die Hand zerkratzte und ich ihn losließ.

»Na ja, ich denke, sie sind zu allem in der Lage.« Nalu strich sich das Wasser aus den Haaren und schüttelte sich wie ein Hund, um die Nässe loszuwerden. »Aber ich habe eine Idee, wie wir sie von ihrer Furcht ablenken können und Zeit gewinnen. Wir schicken zuerst Arkan durch den Wasserfall.«

»Arkan?« Sie hatte sich doch gerade erst von dem Portallochbeben erholt! Doch sie schnaubte zustimmend, und über ihrer Stirn flackerten erste helle Funken.

»Ja. Ein Lichtpferd hat den Rat seit Hunderten von Jahren nicht mehr besucht, und nun werden sie dabei zusehen, wie es aus der Zwischenwelt zu ihnen kommt, nicht aus dem Schwarzen Kristallwald. Vielleicht erkennen sie sogar, dass es Arkan ist. Niemals werden sie sie angreifen, und dieses Überraschungsmoment können wir nutzen, um zusammen über die Grenze zu gehen. Denn so, wie wir jetzt aussehen«, Nalu lächelte leicht und ließ seine Augen über die Reihen der Sternenkrieger gleiten, »könnte es klappen.«

Ich musste ebenfalls lächeln, als ich verstand, was er meinte. Sie sehnten sich so sehr nach der Lichten Seite, dass ihre Gesichter von innen strahlten und ihre Augen glitzerten. Im Bereich ihrer Brust breitete sich sogar ein zartes hellgrünes Leuchten aus, das nach oben in ihre Kehle wanderte, ganz so, wie ich es beim Rat gesehen hatte, als er mich angelächelt hatte. Nie hatte ich deutlicher erkennen können, dass sie von der Lichten Seite kamen, und Nalu hatte recht: Das würde auch der Rat wahrnehmen.

»Maja.« Nalu verbeugte sich leicht vor mir, eine Geste, die mich bestürzte und mir viel zu ernst vorkam. »Ich danke dir für alles, Mondschwester. Unsere Wege trennen sich jetzt.«

Er wechselte einen raschen, wissenden Blick mit Sarno, während ich das Gefühl hatte, der Boden unter mir würde sich auflösen und ich endlos zu fallen beginnen – ganz ähnlich wie bei meinem Sturz in die Zwischenwelt.

»Ich weiß nicht, was geschieht, wenn der Rat seine Angst verliert, aber es kann sein, dass sich dann alle Portallöcher schließen. Deshalb laufen wir zusammen zu meinem Posten, sobald Arkan durch den Wasserfall geht, damit du rechtzeitig zurück nach oben kommst. Sonst wirst du für immer bei uns bleiben müssen, und das … das geht nicht, Maja. Das weißt du.«

Ja, ich hatte es die ganze Zeit gewusst. Aber nicht eine Sekunde lang hatte ich geglaubt, Sarno und die Sternenkrieger würden ohne Nalu und mich durch den Wasserfall laufen. Wieder wechselten die beiden einen Blick, und Sarnos Miene wirkte so traurig, dass mein Herz kurz aussetzte und nur unregelmäßig weiterschlagen konnte.

»Aber ich dachte … ich dachte, ich helfe euch, den Rat zu überzeugen, und wir verbringen noch Zeit auf der Lichten Seite und schwimmen in der Lagune und … Nein, Nalu. Nein, das kannst du nicht machen, das geht nicht! Ich will mit euch kommen!«

»Maja.« Nalu hatte seine Stimme gesenkt. »Du musst

zurück nach oben, du kannst hier nicht überleben, versteh das doch. Willst du denn deine Eltern nicht wiedersehen?«

Die Sternenkrieger hinter uns waren unruhig geworden, und auch Arkan begann wieder, auf der Stelle zu tänzeln. Ich hielt unsere ganze Mission auf.

»Doch, aber … ich …«

Das plötzliche Rumpeln unter uns war so brachial, dass Arkan schrill aufwieherte und stieg. Ihre Hufe verfehlten nur haarscharf meinen Kopf, als Nalu mich zu Boden schleuderte und meinen Körper fest in den muffigen Schlamm drückte. Mir war, als ob ganz Amuria aufschrie, weit unter uns, und sich in seinem Schmerz aufbäumte, bevor um uns herum schwere Brocken aus dem Nichts herabstürzten und die Erde so stark erschütterten, dass ich das Gefühl hatte, mich auf einem Floß zu befinden, das einen endlosen Wasserfall hinunterschlitterte.

»Ich hab solche Angst …« Mit beiden Händen klammerte ich mich an Nalus Arm fest, schlotternd am ganzen Körper und mit einem Reißen im Herzen, als würde es in Stücke gefetzt. »Oh Gott, Nalu, ich bin das! Ich hab dieses Loch entstehen lassen!«, heulte ich in einem schlagartigen Erkennen auf. Denn nie zuvor hatte ich solche Angst bekommen wie in dem Moment, als Nalu mir gesagt hatte, dass unsere Wege sich nun trennen würden. Ja, ich hatte panische Angst, ihn zu verlieren, ich spürte sie in meinem ganzen Körper.

»Schütz deinen Kopf!«, schrie Nalu gegen das Dröhnen an und stieß mit der Faust einen Brocken festen Schlamm zur Seite, der beinahe auf mich gekracht wäre. Weitere Brocken folgten, aber Nalu konnte sie von uns wegschlagen. Nur langsam legte sich das Dröhnen und Beben, und als das Wummern verstummt war, fuhr fauchend ein kalter Luftzug über uns hinweg. Verzweifelt versuchte ich, die Angst in mir wegzudrücken und mich auf etwas anderes zu konzentrieren, doch egal, woran ich dachte, sie breitete sich nur noch stärker in mir aus. Denn alles Schöne, was ich mir vorstellte, würde ich gleich für immer verlieren.

»Maja … schau mich an, bitte.« Nalu umschloss mein Gesicht mit seinen Händen und pustete sacht gegen meine Lider.

»Aber ich hab gerade ein Portalloch entstehen lassen«, schluchzte ich. Ich konnte ihn nicht ansehen. Nicht nachdem durch meine Gefühle ein Loch in Amuria klaffte. »Weil ich Angst habe. Ich weiß, das darf ich nicht, denn sonst … sonst entstehen noch mehr Löcher, aber ich komme nicht dagegen an, und ich will eure Welt doch nicht zerstören, ich will das nicht …«

»Maja.« Nalus Griff wurde etwas fester, und endlich schaffte ich es, ihm in die Augen zu schauen. Ich vermisste ihr Gletscherseeblaugrün jetzt schon. »Es war Gaia. Gaia lässt die Löcher entstehen, nicht du oder der Rat oder die Gefallenen. Sie macht das selbst.«

»Nein, ich war das … das haben wir doch herausgefunden …«

Nalu strich sanft über meine Stirn. »Ich hab lange über deine Worte nachgedacht. Es stimmt wohl, dass die Portallöcher durch unsere Angst entstehen. Aber Gaia macht sie, nicht wir. Sie ist die Mutter aller Wesen – der Bewohner der Lichten Seite, der Menschen und der Gefallenen. Und es schmerzt sie, wenn ihre Kinder sich gegenseitig misstrauen und einige von ihnen denken, sie dürften keine dunklen Gefühle haben. Hast du nicht selbst gesagt, dass diese Gefühle normal sind und ich nur dann unausstehlich bin, wenn ich mich dafür hasse?«

Schniefend nickte ich. Ja, das hatte ich gesagt. Er war wirklich unausstehlich gewesen.

»Also. Welche Mutter mag es schon, wenn ihre Kinder sich selbst hassen, weil sie so sind, wie sie sie geboren hat?«

Jetzt hatte sich das Dröhnen vollkommen gelegt, und die Stille, die herrschte, war gespenstisch. Selbst der Wasserfall hatte sein Rauschen gedämpft. Es war, als würde nicht nur ich, sondern ganz Amuria Nalus Worten lauschen. Ich durfte also Angst haben – und auch der Rat? Es wurde nur dann gefährlich, wenn wir sie ablehnten und uns dafür verurteilten?

»Hast du mich gehört, Maja? Wovor hast du denn solche Angst? Vor den Portallöchern?«

»Nein, ich hab Angst, ohne dich zu sein«, brach es aus

mir heraus, und ich begann haltlos zu schluchzen. »Du bist mein erster bester Freund, und wir teilen die gleiche Traumlandschaft, und ich wollte noch einmal mit dir in der Lagune schwimmen, und nun muss ich dir für immer Lebewohl sagen … und der Lichten Welt auch …« Plötzlich wallte der gesamte Schmerz der vergangenen Jahre in mir auf und schnürte mir fast die Kehle ab. »So ist es schon immer, mein ganzes Leben lang. Ich gewinne Menschen lieb, um sie nach kurzer Zeit wieder zu verlieren, weil meine Eltern an einen anderen Ort ziehen, und so wird es bei dir auch wieder sein. Was hat es denn überhaupt noch für einen Sinn, sich einem anderen Menschen zu öffnen und Freundschaft zu schließen, wenn man ihn dann doch wieder …«

»Es ergibt immer Sinn. Immer. Und wenn es nur für eine einzige Sekunde ist.« Nalu ergriff meine Hände, und dieses Mal wehrte ich mich nicht dagegen. »Wenn du dein Herz verschließt und niemanden hineinlässt, weil du den Schmerz vermeiden willst, wenn du ihn verlierst – dann verlierst du irgendwann dich selbst. Und das ist der größte Schmerz, den es auf der Welt gibt. Sich selbst zu verlieren.«

Ja, genauso fühlte es sich an, seit Jahren. Als würde ich blasser und blasser werden und mein Herz dabei immer schwerer. Ich hatte mir eingeredet, dass es okay wäre, keine Freunde zu haben, aber das stimmte nicht. Ich sehnte mich wie verrückt danach. Ich wollte es nur nicht mehr erleben, ihnen Lebewohl sagen zu müssen. Auch Gaia musste sich so fühlen, wenn sie ihre Kinder anschaute. Sie waren kurz davor gewesen, gegeneinander Krieg zu führen und einander umzubringen.

»Ich möchte dich nicht verlieren, Nalu.«

»Du kannst mich gar nicht verlieren.« Nalu lächelte mich weise an. »Versprochen. Mich wirst du nicht verlieren. Es sei denn, du willst es.«

»Ich will es nicht«, versicherte ich. »Aber manchmal könnte ich dich auf den Mond schießen.«

»Ich dich auch. Bist du jetzt so weit? Ich habe mich im Wasserfall mit Energie aus der Lichten Welt aufgeladen. Nimm meine Hand. Wir werden rennen müssen, sonst schaffen wir es nicht zum Portalloch. Aber wenn du dicht bei mir bleibst, kannst du so schnell sein wie ich.«

»Deine Klugscheißerei wird mir fehlen.«

Lachend kniff Nalu mir in die Wange, und obwohl ich mich immer noch elend fühlte, wagte ich ein zittriges Grinsen. Dann war es jetzt eben so. Ich würde mich von Nalu zurück nach oben bringen lassen, auf die Gefahr hin, dass ich ihn und die Lagune mein Leben lang vermissen würde – und seinen bärtigen Riesenbruder wahrscheinlich auch.

»Dann los. Wir müssen uns beeilen, bevor Arkans Lichtkraft in den Kriegern nachlässt. Sarno? Wir sind so weit!«

Ich wollte protestieren und mir Zeit erkämpfen, um

Sarno noch einmal zu umarmen und Arkan Lebwohl zu sagen, doch sie war schon in den Fluten des Wasserfalls verschwunden.

Nachdem Nalu und ich uns umgedreht hatten und schwerelos Hand in Hand über den Steg flogen, spürte ich die ersten Veränderungen. Etwas in mir brach auf, wurde frei und begann kraftvoll zu fließen, warm und weich. Mit jedem unserer Schritte wurde es heller in der Zwischenwelt, und wir konnten freier atmen. Die Landschaft um uns herum begann, sich lautlos zu verändern. Dunkelgrüne Halme schoben sich aus dem braunen Morast, die letzten blutroten Wolken lösten sich auf und machten Platz für goldfarbenes, weiches Licht, die Oberfläche der Sümpfe begann bläulich zu glitzern, und ihr Gestank verwandelte sich in einen frischen, angenehmen Duft.

Ich spürte, wie Gaia heilte, weil ihre Kinder sich endlich miteinander versöhnten und die Angst voreinander verloren. Ein warmer Wind blies kraftvoll in unseren Rücken und schob uns voran, während sich ein Portalloch nach dem anderen verkleinerte, um sich bald vollständig zu schließen, damit das letzte Paradies der Erde sich von seinen Schrecken erholen konnte.

Es hatte nie wahrhaft eine Grenze zwischen der Lichten Seite und den Dunkelsümpfen gegeben, und in dem neuen Frieden Amurias löste die Zwischenwelt sich friedvoll auf, sodass Licht und Schatten sich endlich ungetrübt begegnen konnten.

Amuria wurde eins. Es gab keine Trennung mehr, und ich, ein Menschenkind, hatte Gaia dabei geholfen. Die Amurier würden uns Menschen nicht mehr fürchten müssen, und vielleicht konnten wir uns eines Tages sogar wieder begegnen und voneinander lernen.

»Ich lasse dich nicht allein, versprochen! Wir gehören doch zusammen, Sonne und Mond«, flüsterte Nalu, bevor er mich fest in seine Arme nahm und ich durch einen gleißenden Tunnel aus goldenem Licht zurück in mein Leben geschleudert wurde, das von nun an niemals wieder so sein würde wie zuvor.

Ich konnte nicht aufhören, mich darauf zu freuen.

Auf Immerwiedersehen

»Hey. Alles okay mit dir?«

Gähnend öffnete ich meine Augen. Der dichte gelbe Nebel um mich herum war verschwunden. Auch die Regenwolken hatten sich verzogen, es drangen sogar erste wärmende Sonnenstrahlen durch den letzten Dunst. Doch mein linker Fuß steckte noch immer im Schlamm abseits des Steges fest. Meine Zehen kitzelten und prickelten, als ich ihn herauszog. Wahrscheinlich war mein Bein eingeschlafen, während ich an dem Baumstamm gelehnt gedöst und gewartet hatte, bis ich wieder etwas sehen konnte. Ganz so, wie Papa es mir aufgetragen hatte.

Ich fühlte mich benommen, als ich zurück zum Steg stapfte, wo ein Junge in meinem Alter stand und auf mich zu warten schien. Merkwürdige Klamotten, dachte ich amüsiert. Barfuß war er auch. Trotzdem kam er mir sofort vertraut vor, obwohl ich mir sicher war, ihm noch nie zuvor begegnet zu sein.

»Geht's dir gut?«

»Ja«, antwortete ich und lachte fröhlich auf, weil es tatsächlich stimmte. Ich hatte mich sogar noch nie so gut gefühlt wie in diesem Augenblick. Nur hatte ich keine Ahnung, wieso. »Ich könnte Bäume ausreißen.«

Der Junge zuckte zusammen, als gefiele ihm diese Vorstellung nicht, löste seine unnatürlich hellen blaugrünen Augen aber nicht von meinem Gesicht. Wieder durchströmte ein vertrautes Gefühl meinen Bauch, wie wenn ich ihn schon seit Jahren kennen würde und zahlreiche Abenteuer mit ihm durchstanden hätte.

»Was ist?« Ein selbstsicheres Grinsen huschte über seine Lippen, als wüsste er genau, was in mir vorging. Doch er wollte, dass ich es aussprach.

»Du kommst mir so bekannt vor ...«, und er strich sich seine glatten, dunklen Haare aus der Stirn.

»Du mir auch.« Sein Grinsen wurde breiter. »Ich bin aber neu hier oben. Also, in dieser Gegend. Hab vorher woanders gelebt.«

»Ich auch.«

Schweigend musterten wir uns. Er sah wirklich schräg aus mit seinen wadenlangen Lederhosen, dem Stirnband und der offenen Weste über seiner nackten Brust, doch ich musste dem Impuls widerstehen, hinter ihn zu treten und seine Haare im Nacken anzuheben. Das war so bescheuert, dass ich erneut lachen musste.

»Vielleicht kennen wir uns ja aus einer anderen Dimension.« Der tiefe Ernst hinter seinem Lächeln ließ mir einen Schauer über den Rücken rieseln.

»Ach, echt? An so was glaubst du?«

»Könnte doch sein.« Er zuckte lässig mit den Schultern. »Wenn ich mich richtig erinnere, hab ich dir in dieser anderen Dimension sogar versprochen, dass wir uns wiedersehen werden. Also, ich bin da.«

»Du hast echt einen Knall.« Kopfschüttelnd sah ich ihn an. Aber war das nicht so gewesen? Hatte mir nicht erst vor Kurzem jemand versprochen, dass ich ihn niemals verlieren würde, es sei denn, ich würde es wollen? Oder hatte ich das nur geträumt? »Bist du immer so drauf?«

»Ich tu mich halt noch ein bisschen schwer mit meiner neuen Welt.« Sein Grinsen wurde schwächer, doch das Leuchten in seinen Augen blieb. »Vielleicht kannst du mir die Gegend zeigen und dabei erzählen, wie das Leben so läuft an diesem Fleck der Erde? Ist ja ganz schön hier.«

»Ich … hm. Ja, kann ich. Ist mein Lieblingswald, aber er …«

Zögernd hielt ich inne. Der Goblin Forest sah irgendwie anders aus, seitdem der Nebel sich verzogen hatte. Heller, freundlicher und lebendiger. Es lag ein Zauber in der Luft, den man beinahe greifen konnte, und die Sonne ließ jedes einzelne Blatt golden funkeln.

»Ich dachte, er stirbt.« Irritiert sah ich mich um. Nein, so sah kein sterbender Wald aus. So sah ein Wald aus, der gerade zu neuem Leben erwachte. »Hast du die Nebelschwade gesehen, diese dicke gelbe? Warst du da schon hier?«

»Klar. Ich hab sie entstehen lassen.«

»Na, das kann ja lustig werden mit dir.« Meine Herren, der Typ hatte wirklich einen Sprung in der Schüssel. Trotzdem platzte mein Herz fast vor Freude, neben ihm in meinem Lieblingswald zu stehen und mit ihm sprechen zu können, ganz gleich, welchen Blödsinn er dabei von sich gab.

»Nein, ehrlich, ich war das. Ist meine Spezialität.«

»Kannst du dann vielleicht auch die Kiwis wieder auferstehen lassen?«, erwiderte ich frech und trat ihn leicht gegen seine Wade. Auch das war ein so vertrautes Gefühl, dass ich zusammenzuckte.

»Muss ich nicht. Hab gerade einen gesehen. Dahinten, in einer Höhle. Schläft.« Er zeigte auf eine kleine Lichtung abseits des Steges. »Wir sollten ihn jetzt nicht stören, er ist noch ziemlich jung.«

»Das muss ich sofort meinen Eltern erzählen! Sie versuchen die Welt zu retten, weißt du. Wissenschaftler.«

»Ja, ich weiß.«

»Das kann nicht sein.«

»Nein?« Wieder grinste er mich undurchsichtig an, doch seine Augen begegneten meinen dabei sanft, tief und liebevoll. »Du wirst dich noch erinnern, wenn du so weit bist. Ich helfe dir gerne dabei.«

»Okay, wir… wir sehen uns…«, stotterte ich und

drehte mich von ihm weg, was sich so schrecklich anfühlte, dass ich mich ihm sofort wieder zuwandte. Gott sei Dank, er war noch da. Eine Sekunde lang hatte ich geglaubt, ihn für immer verloren zu haben. »Morgen? Gleiche Zeit, gleicher Ort?«

»Ich werde da sein.« Er hob seine Hand, und kurz glaubte ich, goldenes Licht aus seinen Fingern strömen zu sehen.

Ich sollte mich wohl mal gründlich ausschlafen, sobald ich zurück im Camp war. Der Jetlag saß mir offenbar noch in den Knochen.

»Bis dann, Maja.«

»Ich hab dir nicht meinen Namen gesagt!«

»Nein, aber morgen sag ich dir meinen.«

Noch einmal überlegte ich angestrengt, ob ich den Jungen schon einmal gesehen hatte, irgendwann, irgendwo, doch dann gab mein Kopf auf. Er war hier, direkt vor mir, und das war alles, was jetzt zählte. Dass wir uns gefunden hatten. Denn zusammen würden wir Welten bewegen können und Sonne und Mond miteinander verbinden, auf dass unsere Erde wieder ein klein wenig heiler und heller wurde.

»Ich freu mich drauf.«

»Ich mich auch.« Ein letztes Mal lächelte er mich an. Dann drehte er sich um und lief leichtfüßig in den Wald hinein, weit abseits des befestigten Pfades, wie auch ich es am liebsten tat. Er war schon lange im tiefgrünen

Dickicht verschwunden, als seine angenehme warme Stimme wie eine ferne Erinnerung durch meinen Kopf wanderte. »Und vergiss niemals: Dein Herz leuchtet im Dunkeln.«

Amuria
Der Himmel unter der Erde
ISBN 978-3-96129-119-9

Edel Kids Books
Ein Verlag der Edel Germany GmbH

www.edel.com
1. Auflage 2019

Projektkoordination: Judith Haentjes
Text: Bettina Belitz
Umschlagillustration: Melanie Korte | Illustration & Grafik Design
Umschlaggestaltung: Lisa Schaub
Layout und Satz: Uhl + Massopust, Aalen
Herstellung: Frank Jansen
Druck und Bindung: GGP Media GmbH, Pößneck

Printed in Germany